少年锦时

李卓宜 著

作家出版社

图书在版编目（CIP）数据

少年锦时 / 李卓宜著. -- 北京：作家出版社，2020. 1
ISBN 978-7-5212-0797-2

Ⅰ. ①少… Ⅱ. ①李… Ⅲ. ①散文集 – 中国 – 当代
Ⅳ. ①I267

中国版本图书馆CIP数据核字（2019）第272838号

少年锦时

作　　者：李卓宜
责任编辑：桑良勇
装帧设计：吴志坚　王海锋
插　　图：袁　琳
出版发行：作家出版社有限公司
社　　址：北京农展馆南里10号　　　邮　　编：100125
电话传真：86-10-65067186（发行中心及邮购部）
　　　　　86-10-65004079（总编室）
E-mail:zuojia@zuojia.net.cn
http://www.zuojiachubanshe.com
印　　刷：三河市北燕印装有限公司
成品尺寸：145×210
字　　数：268千
印　　张：11.625
版　　次：2020年1月第1版
印　　次：2020年1月第1次印刷
ISBN 978-7-5212-0797-2
定　　价：39.80元

序

　　前前后后算起来，要动笔写这篇序的念头已翻来覆去有些时日了。一个学期忙忙乱乱，金色的秋天掠过去，很快严冬的尾声也初露端倪，但这些文辞却迟迟、迟迟地未能见诸笔端。一方面，高二的课业委实不算轻松，另一方面，也是千头万绪，因为真的很急迫地想要一诉衷肠，有些话，反倒迂迂回回地说不出来。毕竟，要是不像这样把几年来的习作一一点检集结，我还着实不能将这条踏得懵懂而坚定的笔行之路细细抚爱一遭。而这篇序，我私心希望，它的余音可以流向时光深处，让那个眼睛明亮、心思柔软的小姑娘听见。

　　初三曾草草整理过一本作文集，也写过一篇辞藻横飞的序。而今，这本文集还是采撷了那个牵绊种种人间至美的名字——少年锦时，我却执意不愿将彼时的故事开头照搬过来。说到底，长大了些，实在是矜于像从前那样满纸热烈地向文字告白，轻飘飘地排出一串"热爱"，很敢又很满地把写作对我的意义宣之于口，同样，也不会再那么琳琅地用词了。其实，沿着来路看过去，这是我的随笔一直以来都存在着的问题，求开阔、重恣肆，疏于剪裁，不写到言尽意满不罢休；追求形式，一味铺陈，形式上的花样儿不免把一颗澄亮真心都淹没。此外，那些输入不足、输出有余的景况，动笔时常常光顾的力不从心……一言以蔽之，满目都是历历的不完美。

　　但，就是在这样的不完美之中，有很多让人心折的美也在岁月中留下了影迹。那些大步走进我生活又慷慨留下一捧暖光的人，那些如刻刀雕琢大理石一般打磨与塑造着我人格的事，那些不能长留却曾拥我入怀、把一些颠扑不破的无声真谛诉与我听的自然风光，被一支稚拙但真诚的笔拓下一角，于是很多记忆的温度、情感的浓度，不至于在时光的残忍冲荡下徒然消逝。那蘸着真情写就的字里行间，一个小少年跌跌撞撞成长的身形清晰起来。在与或短逢或久伴的生命触碰相亲的一程中，她学会珍重相遇、汲取和给予朗照肺腑的爱；在学着面对命运礼赠与无常重击的一程中，她学会结柔肠、炼傲骨，懂得宽怀亦敢于拼搏；在向书本、自然伸出探索触角的一程中，她学会开敞胸怀，聆风听雨，一点点撕碎现世局限，去挖掘思维纵深，打磨精神内核，获取更浑厚与隽永的震动。这一路走来的点点滴滴，都被这些长长短短的文篇锚定着，不论何时回首都清晰如昨，这不能不让人满怀感念。

　　的确，文字对我的陪伴是很久长的，比这些成句成章的写作更久长——这种亲切感自然得好似命中注定，就好像很多小孩子对积木、拼图或小火车抱持的那种天生的亲爱一样。因为还不曾被生活用砂纸从头到脚磋磨一番，我时常过分质地柔软、泠泠见底，对幸福和苦痛都怀揣额外的敏锐。而文字，有求必应、回音不绝的文字，总能很好地与这种柔软彼此辉映、相互成全，让那些在胸腔里搅动成一团的情绪得见天日，就连悲伤和苦痛，也获得被岁月酿成酒和诗的权利。从这点上来讲，写作是很私人的事，是个体在以最低成本的方式自我表达与聆听，寻求慰藉和疏解。但文字又是这样充满力量，即便人类的悲欢拒绝相通，当它问世的那一刻，还是有概率在另外的心与灵魂中振荡出片片涟漪，牵扯出全新的另一部回忆和另一套感情，实现不一定精确却必定珍贵的美丽共鸣，细想来，不失为一份微型奇迹。所以，不难想见，我会多么雀跃于读者会心的笑与泪，又会多么热切地为自己阅读时的审美共情双掌合十。这是文字不可替代的魅力所在。

说到底，我的作品还是漏洞百出的。它们过去不完美，现在不完美，未来也不会完美。写作是戴着镣铐舞蹈，完全是。创作时，我们欣享表达的自由，但又始终备受折磨——永远会有更妥帖、优美的，更好的表达，闪亮在触不可及处，似星如梦。但正是这如是的艰涩和无解的遗憾，将我们引向上行的无限。所以，正如台湾作家张晓风所写，能够捕捉和审视不完美，正表明我们没有原地踏步，这是最值得喜欢的事情。

多么让人高兴，12岁到17岁的李卓宜，一直善喜善悲，不断拥抱着不完美，以行笔为最大幸福，用一颗闪亮的少年心，真挚地，喜欢着这份喜欢。

李卓宜

目录 Contents

―――― 星语心愿 ――――

1

2

学海拾贝

3

4

诗与远方

后记

星语心愿

我和我的钉子君

一

"你的骨头——怕不是条金鱼吧！"

夜里，疼得睡不着觉的我听见它尖声呼叫。

"天哪，你能不能跟你的骨头商量一下，叫它不要再折腾了！我都给它解释了百十来遍我是友军，是来帮它愈合的，没有什么恶意。它每次都答应得好好的，过几秒就翻脸不认钉！"

我很想搞清楚这是怎么一回事，但疼痛限制了我的理解力。可怜的小半片儿强力镇痛药只能是聊胜于无，止痛泵摁了一下又一下也不理不睬，还因为血管胀疼而又新增了一种痛苦。同天手术的患者们已经在杜冷丁的守护下陷入沉眠，而我只能带着自己年轻的神经系统搁浅在黑暗之中，以秒计算时间的流动。

"……哎，哎你咋啦，咋哭啦？你是不是也不舒服？"它的声音低下来一点。

"废话！"我没好气地偏过头。

"哎呀——我也不知道你骨头里这么挤嘛!我都快被弄窒息了。"

"我还不知道你有 35 厘米呢!哪有你这么长的……'钉'?"新一波疼痛来势汹汹,我的声音中途暗下去,像一片倏忽触地的雪。

我依稀捕捉到一声几不可闻的叹息。

那是 2016 年 5 月 5 日,剩下的晚上,我们谁也没再说话,把全部力气用来挨过自己的痛苦。

二

24 小时一过,情况立竿见影地有了好转。有叔叔阿姨送好喝的汤过来,来看我的同学们小心翼翼地问我手术情况,绘声绘色地给我讲学校发生的事情。噢,每次见到他们,一点崭新的生命能量就从我心底萌发出来,仿佛没有什么比那些年轻的脸容更能疗愈疼痛了。

大家离开之后,它的声音一下子浮现出来,很舒坦的样子。

"哎,这都是谁呀?怎么一见到他们你的骨头就不抽风了?"

"你才抽风呢!"我终于得到反驳的力气。

一好过一点,它就开始喋喋不休地给我讲自己和我相遇前的故事。怎么和一群同伴儿经千般淬炼被制造出来,从哪个医疗器械厂辗转运送到这儿,又是如何费尽周折被嵌进我的骨髓腔。它语气倒夸张得很,但终于从疼痛中得到一点喘息空间的我实在累了,听得心不在焉,眼皮沉沉地就快睡过去。

对面床的小姐姐刚和男朋友打完电话,哭得鼻尖红红,又傻乎乎地笑了,现在张罗着要给大家分西瓜。

"他们是天使。"

突然想到什么，在跌进沉梦之前，我自顾自含混黏糯又没头没脑地说。

三

出院之后，我暂住进附中旁边临时租的房子。小小的阳台刚好正对着再熟悉不过的红砖楼，能听到隐约萦萦晃晃的上课铃，下午四五点钟的时候，很热闹的欢声就从窗口飘进来，是大家陆续放学了。

我并没有想象中开心。

暌违已久的校园鲜活依旧，但我就好像一个初被释放的小牢囚，在瞥见旧时光的掠迹时愈感近乡情怯。大家都在努力向前呢，初三的压力已然初露端倪，但我却抛锚在中途，缺的课、错过的日子和行将交手的挑战，一气化为沉甸甸的重负压过来，让我手足无措。

在以为一切尘埃落定之后，我痛苦地发现，最艰难的一关绝不在于手术本身，而是这件事情所具备的可怕的延续性与颠覆我未来的可能。它不是一场可以醒来的噩梦，不能随时抖搂抖搂身子甩脱，无法斩断的苦痛将藕丝一般缠绕我的生活很久很久，甚至于打个响指就能把前路涂画得天翻地覆。悔恨、愤懑和阴暗的仇怨蠢蠢欲动地吐出血红的信子，太疼了，我想，太疼了。

"喂，"它说，"我又弄疼你了？"

"不不。"我一惊，随后垂下头，"我……我也不知道自己在干什么。反正……很难说清。"

"小鬼。你呀，有这点担心纠结的时间，还不如睡一会儿。现在身子不行，就好好养着，有劲儿的时候呢，就一门心思往前冲。到最后，哪怕结果不尽如人意，也能'无怨无悔'了。

你说呢？"

"你怎么知道我在想什么？"我瞪大眼睛。

"你一向善于简单问题复杂化。"它倒平静。

我一时语塞。抬起头，正巧看到黄昏时的日色映在教学楼的外墙上，流丽金黄。

"这也是个机会，小丫头。"

四

术后两周，我回到校园。

在大家特别贴心的呵护之下，我从半天上学半天返休开始不断调整节奏。有时间的时候，同学们就推着我在高中楼的长廊和中心花园的树影间慢腾腾地遛弯，我在阳光下很暖适地眯起眼睛，像个小老太太。

唯一的遗憾在于参加不了任何室外课——体育、音乐、形体、劳技、计算机，统统得留在班里。一打上课铃，偌大的教室就空空荡荡地静下来，我读会儿书，就用脚尖点地把轮椅从桌后退出去，在教室后边闲不下来地四处逛悠。

"行啦，祖宗，歇会儿！你等会儿再把自己卡在哪儿。说好的背生物地理呢？"

"好好好，听你的，钉子君！"我鼓起脸来嘟嘟囔囔，但还是很不情愿地滑回去，摊开课本念起来。

这年头，又会灌鸡汤又能拧着人学习的钉子不多见了，我想。

五

坐轮椅的体验非常奇妙——见到无障碍通道有如看见亲人，视野被限制在半人高的范围，遇到不平坦的道路就颠簸

得像货车板上的土豆，偶尔会接收到蕴意"小姑娘这么年轻就残疾了"的怜惜的目光。也因为我，班里同学都被培养成了推轮椅的一把好手，从谨小慎微到平笃稳妥的转变，并没有花上太久。

但终究是要从轮椅上站起来的。

第一次在家里拄双拐，血液一股脑儿呼呼地涌下小腿，每个细胞都任性地大声喊痛，加上这一对儿容色冷峻的外骨骼并不太买账，叫我差点在木地板上滑上一跤。

"嘿——小心一点，小心一点。你可不想这么快就再上一次手术台。"

我抹掉额前的汗珠儿，点头如捣蒜。小心翼翼地抬臂移拐，我调整呼吸把握每次动作的细小幅度，乖乖向上蜷起酸胀的右腿，像在保护一只伤痕累累的小小翅膀。

"今天试试走路吧。"

日色晴好的一天，正拄拐如飞的我听到它的声音。

"什么？"我的动作凝滞下来。

"走路。"它声音肯定。

像是一个久未言说的梦。

深长地呼一口气，我依言慎重再慎重地放下右腿，地面沉笃的触感传过来——让我怀念已久的踏踏实实的触感。像小孩子一样，我生涩又笨拙地抬脚，身体重心缓慢地倾过去，完成小心的、羽毛一样盈盈软软的第一步。左腿、右腿，左腿、右腿，我跌跌撞撞地举步挪过一寸又一寸，用自己的方式，小心地拥抱那片珍存于心的蓝天。

"我能走路了，钉子！我真的会走路了！"我努力压抑自己想跳起来转圈儿的欲望。

"别嘚瑟啊——别嘚瑟！"

它绷起脸来，声音听上去却好像那日的阳光。

六

我也不知道中考体育为什么来得如此之快。

好像昨天我才刚能不怎么费力地走上几步，今天就要被推上跑道面对那萦回不去的梦魇——每每想到 800 米，忆起那种肺腑如割四肢僵痛的绝望感，我就避无可避地感到神思凛寒。

一面，一点不知所源的心气儿让我不甘于毫无抗争地缩回自己的舒适区，眼睁睁让那些值得一搏的徒劳流走。但另一面，一个念头始终蛊惑般嗡嗡地鼓荡在我耳畔，说着："哎呀，骨折都骨折了，干吗要这么为难自己呢？"

"哎，小家伙。"又一个被对体育课的恐惧填满的课间，它敲了敲我的骨头，"跑还是不跑，这个选择呢，由你来做。要是不跑，就安下心来；要是跑，就别怕这怕那瞻前顾后。但有一点我得说，别拿我当放弃的借口——你的骨头已经长上了，哪怕你跑 10 个 800 米，我拼死也一定不会让它再折。"

我沉默良久。

但别说，这钉子说话还挺有煽动性——不管怎样，我还是开始跑了。

以寒风凛冽的人大操场为起点，我跑过一圈又一圈，一直跑到青嫩嫩会唱歌的小芽苞缀满了缄默枯枝，阴沉欲坠的天空被点染上动人的春蓝。我又回到附中的跑道，和大家并肩迈开双腿，听着体育老师声声绵延的哨儿和助威呼喊，拂过鬓角的风熏熏暖暖。很多时候，我还是跑着跑着就忘记呼吸，五脏六腑拧着疼，一停下来，滚烫汗珠沿着额头脊背淌个不断。但我总想起钉子君的话，我想，自己并不比它更艰难。

"记住了，你要是订好了目标，我说什么也陪着。"

6个月后，我终于踏上了47中的操场。

我甚至忘了自己是如何起跑的。但我仍记得绵亘在第一个直道尽头的茫荡苍山，在蒙蒙云霭中显出一种尤其淡远的靛蓝；记得身旁战友们声声如擂鼓的脚步——在最疲惫的时候，这样的足音犹如一个轰鸣在我们心头的年轻誓言。当然，还有它的呼唤。最后半圈，当酸楚进军肺腑、疼痛开始攀援，它气喘吁吁地呼喊我的名字，断断续续地说着："快了，快了，最后……一点点！"

我不知道它在说我还是说给自己。但我确乎疯狂地迈开了双腿，冲向颠晃在视野边缘的终点线。

3'34"。

当"28.5"的字样明晃晃地闪现在屏幕上，胸中郁结了很久的什么终于踏踏实实地漫散出来，化作一个淋漓的笑漾开在唇边。在用力拥抱过各位老师之后，我心满意足地踱进藏满欢声的树荫，俯下身，轻轻地，以指尖点了点膝前被遮蔽住的那道有点狰狞的疤痕。

"辛苦你啦！钉子君。"

它长长地叹了口气。

"当你这个小鬼的髓内钉可真不容易。不过，不过，唉……可算是笑了。"

七

刚上高中，与我素来不和的理科是更加针锋相对了。从头开始，化学谷底蹀躞，物理匆匆忙忙，数学卷子更是血迹斑斑、漏洞百出。久而久之，我就像被火苗燎了尾梢的猫咪一样开始缩头缩爪，不太愿意面对需要耗神费思的概念和题目，大考小练之前都紧张慌乱。

在又一次哀号着不愿向前之后，我的钉子君实在忍无可忍了。

"李卓宜，你怎么一点儿长进也没有？"

我片刻愣怔，记忆中，这是它第一次叫着我的大名，拔高了音调冲我怒吼。

"我看你是全忘了，真的，李卓宜。那会儿是谁泪眼盈盈地翻个身都要花上 10 分钟，碰一下床就疼得直抽气，把能够完完整整睡上一觉当作最大的愿景，好好走上几步路都是奢求。又是谁真切地为未来担心到睡不着觉，在尝到有生以来最大的迷茫之时破釜沉舟奋然前行，不念回报、不问前路。是谁把轮椅、双拐、单拐到步行的艰难历程从头来过，为每点希望双掌合十，像个孩子一样容易满足。又是谁口口声声说自己已经明了人生珍贵，不再追幻光、做虚梦？

"现在呢？你看看现在呢？曾担心的一切都没有成真，又回到平顺正轨上的你，却忘却了所有围身病榻时的宝贵收获。贪心名次、渴求分数，不安于卧薪尝胆的苦行，也不接受努力需要过程，任何一点风吹草动都能牵动你脆弱的神经，半点儿挫折都值得你无限放大心中的忐忑和所谓'痛苦'，自己做一副流光溢彩的黄金链缚住手脚，输也输不起，求还求不得。"

"我，我……"我捏紧了手中单单薄薄的试卷。钉子君字字句句全嵌进我不愿面对的痛处，教我全然无力反驳。是啊，不知道什么时候，我又忘却了学习的本质，被没有必要的压力扼住喉咙，贪心不足、故步自封。

"你要真想往前走，就别一味描摹结果。什么时候你的努力真配得上期待，大抵，就不会再这么纠结了。"它声音倦怠，

一字一句，缀满了沉甸甸的落寞和痛。我慌乱极了，只得一遍遍重复："会记得的，钉子君。我会记得你今天说的每句话。"

"但愿吧。"它吐出一声长叹，"刚做手术那会儿，你还小着呢，泪湿鬓角的样子让我这根钉子都很心疼。现在，哼，你老让我想离骨出走。"

"欸，可别可别——"听出它语气缓和，我谄媚地弯了眉眼，"我不这样还不行吗？"

"拉钩？"

虽然没弄懂怎么操作，但我还是笃定地点了点头。

"拉钩。"

八

住院的前一晚，我们都很清醒。

"怕吗？"它问我。

"不，钉子君，不怕。"我回答得很平静。

"这回，比上回不知好到哪里去了。上回，一路仓仓皇皇的，怀着满心茫然驶过无尽的远郊的黄昏，辗转在各个科室做检查的时候只能晕晕乎乎地躺在平车上。进病房的时候，得凌晨了吧，八张病床，挤挤挨挨很逼仄。我脑子也乱哄哄的，一点也不知道未来会面对些什么。"想到一年半前的 5 月，我心中还是感慨万千。

"但这回，"我露出一点点笑容，"我准备得充分多了。能收拾作业、带上喜欢的课外书，提着行李箱出发，想着回龙观院区有电视和独立卫生间的病房，简直像是去旅行！"

"还旅行呢，"它的声音听上去很无奈，"你又不是不知道有多疼。"

"我知道啊，当然知道。所以我也知道，不会比那更糟糕了。"我把两只手叠在脑后，"而且这回，我就能在现实中见到你了！还可以带你一起回家，等那会儿，你想待在哪儿就待在哪儿。"

它笑了，但还是不很轻松的样子。

我一时不知该做些什么，想起此前入院的一幕幕，突然想跟它说说心里话。

"其实，我现在也想，医院可能是承载众生最深沉痛楚的地方。当你听到牙牙学语的孩子无助的啜泣，看到佝偻在轮椅里的老人像老旧风箱一样咳喘时浑浊的眼睛，路过憔悴的、忧心的、在抢救室前放声大哭的家属，是无法不悲悯于人生本质的苦难，并感念于自己不必为病魔攫住灵魂的特权的。再向远看，在这个无须和乱世硝烟奋争的美满的年代，和不必与生死爱恨交手的灿烂的年纪，我们所面对的所谓遗憾，都再轻浅不过了，不是吗？

"但哪怕就是在这不算艰难的一路上，我都收获了这么多让人心折的——足以让我征服困顿，并得到勇气去如一地亲吻这个不完美世界的——温暖和爱。所以，每每看到那些挣扎向前的人们，我都会想，那些能让人获得学习源动力的更高的追求和更大的意义对于我来说，大概就是通过自己的努力给他们更多负重前行的力量，赋予每个人能够自由地爱与被爱的幸运和权利。这样，也算是实现了自己的价值吧。"

一口气说完，我扬起双臂，倒是挺舒畅。开始我还以为它会"怼"我，说我今天话多之类的。但它只是静默了半晌，然后声音沉沉地开了口。

"我们的小丫头长大了。"

突然有点儿不好意思，我挠挠头笑起来："嗨，钉子君，要是没有你，我一定走不到今天。所以啊，我的骨头、我，

还有我们全家，都很感谢你。"

"听着不像什么好话。"它笑着答，好像终于明朗了一些。

我也咯咯地笑起来："我认真的！"

九

做完术前检查，我又躺上了这副熟悉的墨绿色平车。

我即将把自己的一切全权交给手术医生，但这回，我心中不盛装一丝一毫的忐忑与恐惧。我不是一个人在面对，我想。

被推进麻醉间之前，我突然想起什么，抬头叫住一旁的医生阿姨："请问，取出来的钉子，可以自己留下吗？"她回眸看我一眼，很讶异的样子："当然不行，这是医疗废物，都要统一销毁的。"我心中重重一凛，几乎是战栗着启唇："什么？"她转过头去，声音平静："是啊，这是规定。"

茫然地，我依麻醉师的话垂头蜷腿，以生命最初的模样暴露出后腰的肌理。细长的针尖先从我右边的大腿皮层和膝盖窝深深地没进去，药液推进，过电般的炸裂痛楚为我清晰地层层勾勒出小腿到脚趾的每条血管经筋。随后，针尖沿脊柱上攀，五次扎嵌五次推药，可怕的酸胀感沿大腿汹汹流下，让我浑身颤抖的尖锐剧痛几乎要实体化为一种直刺鼓膜的嗡鸣。

但我发热的眼眶，却与这种侵略性的痛楚全无关系。

"钉子，你……你从一开始就知道，对吗？"抓紧细薄被单，我努力压抑哭腔。

"撑住，丫头。过了这最后一关，一切就都结束了。"它的声音轻柔如风拂过的兰草，回答却完全文不对题。

"你为什么不告诉我？"眼泪模糊视线，我心痛如绞，声音暗哑而难以置信。

"因为我不愿你因我而丧失面对这次手术的勇气！"它几乎吼出声来，又在半晌静默后无奈地放软了语气，"我不能永远陪着你啊，小家伙，我终究不属于你。开始，我能帮你负重，让你的断骨长得直直正正。但现在，我们的小骨头痊愈得这么好，怎么能再让它拖着我这个累赘勉强前行？我知道你心疼我，但不怕，我又不会死掉，而是会好好地去帮助更多人，以不同的模样和方式而已。"

手术开始。

清醒之下，我感觉到手术刀划开膝盖皮肉的疼痛，我的骨头在医生们手下被来回摆弄。"这钉子怎么嵌得这么紧！"我听见他们无奈的语声。骨钻和小锤都已备好，专为整治那些顽固不化的执拗者。

它无论如何都要离开了。

"小丫头——嘿，小丫头。"我突然听到它强忍痛苦的声音，"还记得我们第一次见面的时候吗？"

我的思绪一下子被拉回那个夜晚。

我想到我们并肩走过的每一段路。

它也曾心疼我妈妈婆娑蒙眬的泪眼，也曾依偎在我爸爸宽厚有力的胸膛；每回都嫌弃这帮和我一样的"小鬼"来看我时吵吵嚷嚷，却比谁都更渴望看见他们年轻的脸庞。它喜欢东门篮球场浓长的蝉声和灿灿的阳光，也眷恋黄庄充斥着烤冷面香气和远近回萦歌声的晚上。它总能轻易被大家的善意打动，别看钛合金冷硬得很，提起大家推着我、扶着我、鼓励着我的样子，声音都能染了哭腔。它呀，总说自己向往自由，但对我的事儿却永远不遗余力，好像我的目标，就是它唯一的梦想。

医生们在吱嘎吱嘎地拧着钻我的骨头了。不一会儿，又

有医生拿了锤子，一下一下声声砰铛地砸着膝盖骨，金石相撞般厚笃的清响阵阵一路窜到脚踝，伴着它难以抑制的痛苦的喘息，声声都敲叩在我心上。

"你瞧……小家伙。我……我虽然，要离开你的骨头，但这些回忆，这些爱……永远都不会离开你的心。"它长长地叹了口气，仿佛随时都会消散的声音，饱含着我听不懂的满足和幸福，坦然而舒畅。

"为了你的新生活，让我走吧。"

"好的，好的——哎呀，终于下来了。行，准备缝合！"一声欢呼，医生们长吁口气放松下来，锻铁一般的敲凿动作告一段落。"来，让病人看看钉子。"怔然之间，年轻女医生清朗的语声划过耳畔。我不可思议地瞪大眼睛，下意识地冲着她的方向转过目光。

35厘米的钉子君可真长，在巨大的手术灯下闪烁着柔和而意气风发的淡灰色光芒。每一个小扣儿、每一寸钉骨都那么真切而清晰可见，比片子上更笔直、更漂亮。我满眼含泪地扬起嘴角，轻轻颔首向它致意，它笑了，朝我比口型，说："你跟我想象中的，一模一样。"

"再见，钉子君。"我眉眼欲碎。

它语声怀爱："再见，小姑娘。"

我沿着来路被缓缓推出手术室，而它，要随着很多伙伴一起回到地狱般的熔炼厂。但我想，下一次，它可能成为一口硬韧凛凛的锅，世间所有美食都由它先尝；它也可能成为玲珑小巧的支架，嵌进一颗渴望跳动的心脏，赋予一个奄奄的生命源源不断的蓬勃力量。更或许，它会成为穿云破空的战机或火箭的一部分，将泱泱大国的气度宣昭世界，把人类的足音带到宇宙中最茫远的地方。到那时，它可能早已忘记和一个短发小姑娘相扶相携的岁月。但我，我会永远记得，这根小小又长长的骨钉，曾真切地照亮我最艰难和痛苦的时光。

苦难终将成为记忆的旧迹，但温暖历久弥新。

我不知道自己可曾告诉过它。

它是这世上最最可爱的钉子君。

十

回龙观的病房宽敞明亮，大片清清朗朗的天空映在窗上，风吹动如烟如缕的流云，平躺在床上打点滴的时候，从我的角度向外看，有如在空中穿行。

怀着虔诚的祝福闭上双眼，恍惚间，我好像又听到了钉子君的声音。

一整卷明朗前路即将在我面前铺展开来。

只是不知，今年冬天，会下雪吗？

凝眸，我的2017

2017，和你相会的一刻依旧历历在目。

凝眸相对的最后时辰，我回望和你相伴的漫长而短暂的一程，只觉相比于我期许中顺遂清平、温温婉婉的样子，真实的你可太张牙舞爪了。稍不留神，你就横生枝蔓，平地惊雷、波澜骤起，而被击中的我，常常濡湿鬓发浸透衣襟，一声吁叹，狼狈得不行。

我得揭发你的五个恶作剧。

其一，你带来忙碌。

中考号角远远响起，千万块钟表嘀嘀嗒嗒，日历上剩余的日子加速飞逝，每个人都要开始咬紧牙关奋力前行。大把用来拖沓做梦的韶光尽数被压缩进紧锣密鼓的考前布局，练习卷成沓成沓地纷飞到大家手里，耳闻三年的浩大阵仗终于在我们面前骤然铺开，挑剑誓师时，每个人都神色肃谨地恍悟，身后已然没有余裕。

这是我们向未来进军的第一役。

其二，你带来焦灼。

中考体育的试炼比文化课来得更早，而800米于我有如一个绵延不休的梦魇，无论何时念及都要横生暗芒、直指胸臆。腿伤让每次奔跑化作一场漫长煎熬，撑到终点简直要耗尽毕生气力。完整的一天被体育课撕裂成两半，上阕用来提心吊胆，下阕供我筋疲力尽。勉力维系则难堪重负，索性放弃又心有不甘，在两方的余念里挣扎交战的我，颠沛倦疲。

夜里在虚虚轻轻的浅眠中浮沉时，我常恍惚地想，不知道走入火焰换回的是新生还是尘烬。

其三，你带来别离。

"中考就是尾声了。"

埋首在沉沉卷帙中的时候，我甚至感念暂时的情感枯涸，让我无暇顾及一整个初夏的日色和蝉声都无法疏解的怅然别绪。偶尔，我听见岁月滚滚涌过的声音，它说，这些日子很快就要被折叠进几个稍纵即逝的定格了，而你们终究要被引向没有彼此的晨暮朝夕，哪怕再无法割舍，就算再满怀别情，你该知道年月经纬千载不改的恒定。

没有后退，只能前行。

其四，你带来惶惑。

上了高中，理科终于开始毫无慈悲地清算我此前的旧账积债。全无悲悯的分数招招见血地揭穿我的浮躁不安，接二连三地把我碾碎脚下掀翻谷底。我在可怕的困惑中不得门道地徒劳求索，又在几番无果之后开始不可避免地瑟缩回退、自我否定。有那么一些瞬间，我摊平在苍白的薄日里，汲取不到星点成长的力气。

但我清清楚楚地感到未来逐渐迫近。无数抉择的岔口开始浮现在面前的一刻，我迟迟惊觉，能把对前路的思考

抛出九霄的日子已经逝去，任何一个决定都具自己独一无二的深厚意义。我将会成长为什么样子呢？我欢喜什么，对什么怀揣倾尽一切的无悔和笃定？我想要踏上一条怎样的道路，又会邂逅怎样的风景？每个问题都满含期许地横亘在我面前，焦灼地等待我给予答复、做出回应。

我准备好了吗？

其五，你带来隐痛。

很早便明了，人生千万般变数，唯一注定的只是结局。但只是在今年，我终于感到，在抵达宿命的一路上，埋伏着无数或酝酿已久或溘然而至的别离。它们或许是岁月的残忍馈赠，数十年无可逾越的鸿沟，让那些用温柔双手护养我成长的至亲注定要先行老去；或许是人事变迁的结果，毕竟，不是每个热血翻涌的誓言都可历年华弥久，不管是痛可切肤还是悄无声息，许多人迈着与进驻时同样笃定的步履退出我的生命。又甚至，那个挥手作别的只是旧日的自己，我要眼睁睁地看她化作半捧浮光，一个纵身，流进时间罅隙。

但愚笨的我，怎么也学不会面不改色地拥抱失去。

可是我想，每道山峰、每季凛冬背后，都暗藏着你匠心独具的赠予。五个柳暗花明的赠礼，是你怀爱为我的成长助力。

其一，是决心。

无数场全神贯注，无数次笔走龙蛇，每次模拟都是一次成长的契机，助我们调整呼吸、打磨心性。到头来，指间一杆笔真如精勤淬炼下锋芒初露的剑，以静思为养、凝信念为气，誓要刺透每一个空白未解的谜。最后踏入考场时，每个人心中都怀炽炽孤勇，眼里都含熠熠笃定——有几多怀爱的明眸含笑目送，有无数同行的战友神色如炬，有这三载日色风雨遥相托寄，我们理应无所畏惧。

这绝不是最艰难的一次登攀，但却是属于我们最初的奠基。大家抛却杂念、不遗余力，向共同的目标并肩奋进，以实干换得笔行无虞，为无法长留久伴的初中岁月精心编织结语。如今再回眸，曾经翻来覆去密密铺展的题目早已洇染不清，但那些奋力奔跑着的年轻身影依旧历历可辨，比初夏灿阳还明烈的少年意气，似能燃亮天地。

很美。

其二，是勇毅。

时至今日，在47中操场上大步奔跑的图景依旧清晰烙印在我记忆里。

我以为我会想到很多。例如组员们彼此鼓劲儿时眼里粲然的辉光，例如那些能抚平恐惧的温暖而紧实的拥抱，例如很多尤为可贵的真诚建议，例如被排球砸得青红的双臂和寒风中裹挟着凛冽痛楚的每一次呼吸。但其实我没有。枪响，起跑，苍蓝色远山的轮廓从我的视野边际流去，耳边传来隐约不清的呼唤着我名姓的声音，倦乏和酸楚很快汹汹地卷袭上来，但我无暇顾及，也无法止息。

最后一个直道，我不顾每道神经殷殷的呼告竭力奋进。忍痛放肆拉扯右小腿的肌骨，棱角分明的风割划肺腑扼制呼吸，这个世界变成明亮的颠晃不休的碎影，每次摆臂迈步以外任何形式的思考都蒸发消弭。

"嘟——"

一声轻响，纠缠我许多时日的噩梦陡然退去。

我像耗尽了最后一丝气力般彻彻底底地塌陷下来，铺散锢囚已久的灵魂，和身边同样汗湿衣襟的姑娘们交换长

久以来最真切的笑意。回望来路，几个伤病缠身的小小身影一路跋涉斩棘，原来，苦痛与焦灼的细细烹煮，是为酝酿一个跌跌撞撞的美丽奇迹。

大概，生命的通适，常源于抒怀、和解，同命运十指交扣。但它最绮艳耀眼的光色，一定来自万险千难的逆旅，来自对手唯一的苦战，来自高昂头颅剑拔出鞘，为难自己、征服恐惧。

"进一分自有一分的欢喜。"

其三，是相遇。

来到 18 班大抵让人心生忐忑，但能与这些美好的生命相聚，只让我感激命运垂青。

在这个教室里，说起和听到最多的大抵都是那一声又一声"太巨了——"：一半是含笑的调侃，另一半则完全出于笃实的真心。大家太颖慧了。有人同复杂的理科难题熟稔如旧友，有人一悬腕便可娓娓述尽万物传奇；有人对古老历史了如指掌，也有人可以细数这个星球的每道沟壑纹理。更不必说那些歌喉、栩栩的画笔，和纵横运动场的矫健身形，一意向上的生命摇一摇就是日华千点，明朗生动的眉眼灿灿尽是盎然春意。

大家一点也不像我暗自勾勒出的漠漠的样子。他们从不餍足止息，而是握紧年轻生命的每分每秒，怀学徒般的谦虔奋力前行。他们也绝不锢于书本，从随笔中那些真挚而力逾千钧的字句里，我看到青年人突破镣铐的新奇哲思和放眼天下的锐意与格局。他们平易、快乐，怀揣着自己心中盈熠不息的火种向世界伸出探索的触角，相互扶携、彼此照明，在欢笑中托起荣光万顷。

老师们也如是。高中的知识繁杂深蕴，但经由他们一番挥斥，笼笼腾腾的雾霭便要翩然散去。他们有师者的博学高华，亦怀充满爱和暖意的赤灼真心。浩荡前路因他们而不再让人生畏，收好信心握紧勇气，晨曦初升处，是他们以坚定如一的姿态为我们引路启明。

最让人心折的赠予。

其四，是悟省。

充满稚嫩冲突的年纪，最适合砥砺心性。如何在繁密的试卷中容色静定牢牢掌舵，如何从起伏的分数背后拎出最不加娇饰的本质的东西，于我，是需要细细摸索的一道要训。但大概，当我们敲碎虚荣锢锁去叩问知识本身，把孤岛般的点迹用心拼缀在一起，一切就将以最简洁的模样豁然洞开，铺就一条通向彼方的笃实明径——很多时候，自我束缚，不如轻装前行。

而关于未来，我想，暂且让它半遮脸容吧，让它矜赧地拢紧自己盈盈在怀的千万个谜——礼物盒拆封之前，我还能触碰一切美丽可能性。但我绝不会停止内省，或是放弃聆听内心深挚的呼求，因为无论如何，我希望引我揭开生命面纱的不是惶急的渴欲、潦草的刺探和大梦初醒的茫然，而是真诚的祈愿、熟虑的笃定和烈烈不息的热情。

未来总会来的。

我迎风试炼羽翼。

其五，是珍惜。

大概，懂得岁月匆促的最大意义，在于学会感念和珍惜。

珍惜和挚爱相伴相守的时光，再忙乱时也不忘执紧他们的双手，对那些至真至深的慷慨的爱毫不吝惜地给予真诚回应：如果流年笃意要刻蚀他们的脸庞、侵吞他们的生命，我希望我的存在让他们在艰险人世中感到真切依然的宽怀

与欢喜。

珍惜每个曾与我交会的美丽行人，把邂逅时最粲然的那道浮彩镌刻深铭，哪怕结局是擦肩错过，哪怕离别时马不停蹄，也时时刻刻满怀真情，每次十指交扣、展怀相拥都不遗余力。因为我想，没有一个人会离去得不留痕迹，每一段曾真心相对的记忆都将长久沉淀在我的命轨，让我每次回首都能被如一的动容与感念捕获，得到勇气，以更完满的模样去迎接更多挑战与洗礼。

最后，珍惜那个仍在以物喜、以己悲的自己。如今，年轻无忧的我们还未被生活重负牵绊脚踝，不必理会尘世芜杂，心境盈盈如水，连寥寥的烦忧都如打湿花苞的露水般鲜鲜清清。身前有万顷上行天地，背后是恣肆蔓长的少年意气，嚣然万物与我们彻透通联，幸福不标价码，有了无竭尽的热情和灿烂如燃的诗兴。啊，青稚些又有什么关系？去大步追梦，放肆悲喜，成为想成为的人，享受给予和接受爱与关怀的权利：一切都刚刚开始，一切都还来得及。

世界没有放开它的怀抱，依旧有好多幸运，值得被珍重、吸取和铭记。

所以啊，2017，你或许只是人类历史上再微茫不过的一个瞬息，但你曾完整而壮阔地参与很多很多人的生命，并给我们的记忆留下不可磨灭的烙印。最后的最后，你眺望远方沉入夜色的天空，那里正孕育着一场不属于你的黎明。在你被最后一页旧历封缄之前，我听到那阕美丽的愿景回萦不去，像是你送给我，送给2018，最深情的赠礼。

"愿你所爱幸福安康如旧，所失伏笔一场重遇，所念都有清淙回响，所思都可柳暗花明。愿你经行处有恰到好处的寒凝和暖意，教你有一味成长余裕又不致伤痕遍体；

生命中布满恰如其分的悲忧和欢喜，助你时刻清醒明睿又饱蕴前行信心。愿你轰轰烈烈，愿你无所畏惧，愿你有爱自己、爱他人与爱世界的无边真情，生命灿烂，岁月清明。"

　　你将不会逝去。

星
语
心
愿

接受生命的每一次馈赠

#1

我的 2016 年，开始在 5 月，绵延终日的疼痛与惶惑，是它无奈的起始音——意外骨折，囷身病榻，丧失行动力，植入长长的人造骨钉。暮春的蓝天与风被锁在七楼的窗外，挤挤挨挨却又空寥至极的病房里，总是阴云压境。

征程万仞。

从病床，到轮椅，最终拄拐蹒跚而行。我像个婴孩在颠倒回流的岁月里从头学步，向这个川流不息的世界重新致意。

曾缺席我成长许久的痛苦扎根进我的生活，毫不留情地剥夺，亦毫无吝惜地馈赠：例如一双眼，如灼焰如霞光漫天；又如一颗心，似钢铁似春草初生。

它们让我学着止住呜咽擦干泪水，昂头挑剑迎战万顷黑暗，突破蜿蜒困阻，一步一步走出低谷。它们也让我敏锐感知隐匿在琐碎日子里的小小幸福，为每一处希望的萌芽双掌合十，始终坚信并期冀着，长夜之后天地大亮的日出。

一场由内而外的修行，千结柔肠百炼傲骨。希冀和梦从混沌中挣扎出一片流彩生辉的轮廓，让 14 岁，成了我人生中首个飞速拔节的巨大转折。

"星星长大了。"他们说。

#2

从出事以来，已不知说过多少声感谢。

住院时，我依靠亲人们的爱活着。那些承受了巨大苦痛的我深爱的人，从始至终紧牵着我的手。脆弱如同婴孩般的我，在他们面前卸去全部伪装，瑟缩恸哭，颤着声音呼痛。而他们，将一切煎熬与苦楚安放在我无法触及的角落，用无条件的爱与陪伴亲吻我的伤口，以单薄但足够温暖有力的怀抱把支离崩塌的我拼凑完整。

我不遗余力的守护者。

返校后，熠熠的火炬被郑重递入老师和同学们手中。他们用发自灵魂的光亮温暖我的生命，与我并肩而行，为我分担痛楚。

他们推着我，在浓夏明亮的日晕和四野蝉声中徐步缓行，于不请自来的大雨里把伞篷倾一倾罩在我头顶。漫天曦辉与晚霞缓慢融化在小小的车轮下，有笑声在温软微风中晃漾，如轻小的彩色绒羽，温柔飘落我心。

他们为我拂去满面风尘，日复一日地，为我注入蓬勃盎然的希冀与生机。

就这样，终有一日，光的洪流将我周身的囚牢掀翻冲垮，荒芜土地覆没于春草淋漓的鲜绿。生命的脉动昭示着严冬的强弩之末，风拂过海与山脉，裹挟着鸿蒙初开的春意。

恍惚间，我又看到那么多双满含温情的瞳瞳亮的眼睛。他们的声音在我耳畔不断回响："别怕，宝贝儿。""别怕，

星星。" "别怕，三爷。"

"我们在这里。"

#3

最近一次感到岁月无情是在12月的班会——期末动员，大屏幕上的日历格被圈点得挤挤簇簇，与中考的距离已能以"日"计算。就在那时，我才发现，名为"15岁"的前路虽有千万般未知，有一站却已早早注定。

它名为离别。

很惶然，我不得不坦白这个词对我始终如一的可怕威力——每一次想起都横生隐痛，每一次念及都腾起波澜。

虽然我们都知道时间一向如此。

它时而波澜壮阔时而涓涓温婉，恒定地、执着地，翻滚向前。沿着年月经纬，它掀起又拍落无数生命，让它们突兀交会又匆匆作别——全不顾青春意气被现实磨灭，海誓破碎山盟离散；酣畅欢宴只留残羹冷炙，一路同行的人们最终天各两端。

但大概我应心怀感念。

至少，有你们，让我常怀风发热血，让我得以肃许诺言；让我有人能把酒诉至诚衷肠，携手看山长水远。那些植根心底的温暖记忆于我，一如火种之于寒夜，极星之于昏霾，让我能含笑与孤独为伴，高昂着头颅，拥抱未知纪元。

是啊，何不，何不追着流年彗星般的灿尾飞奔一回呢？抛半捧年轻梦想成星辉璀璨，撒一把青春意气作赤焰燎原，并肩穿越荒漠与绿洲，让最明耀那道朝霞为我们无悔的笑容加冕。

酒过三巡之后，左右相顾，含笑恍然："啊，原来，你们都还在。"

便不枉三载之前，曾脚踏山河，溅起日月，只为这马不停蹄的一场相见。

#4

这会是一个艰难而美丽的 15 岁。

我如是笃信，大步向前。

念疆

现在在飞机上。

窗外天光大亮，从我们的角度，云层像极平阔的一摊浮雪。在这满眼雪白中回忆几小时前，竟已并非易事。

一

凌晨5：00，正是新疆夜浓时，我们从金疆大厦出发赶往机场。彼时，大街小巷笼罩在一片浓而沉郁的夜色之中，白天人声喧嚣的街头此刻一片缄默。路旁的霓虹灯牌安静而流丽地烁烁，偶有早行的汽车从我们身旁掠过，尾灯像海夜里摇曳影绰的渔火。在下小雨，漆黑柏油路倒映出的路灯光束，从极亮而冷的白转变为昏昏的暖黄。车内歌声流动，冷光屏幕上导航显示的实时距离，像某种无言的倒数。

我的心浸了雨水一般，极沉极缓地跳动着。

愈长大，对离别反倒愈不舍了。

古人对辞行一向郑重，因为自此一别，山长水远、锦书难托，不留神便天人相隔、死生契阔，真不知要等到何年何月才能再度聚首，重温故人笑貌音容。而现代人在这方面显得洒脱多了，有发达便捷的即时通信为依附，想要联系绝非难事，后顾之忧已了，大家心中颇感慰藉。

但我却想，若不能长相守，道别时便必须珍重。

首先，所谓"保持联系""后会有期"大抵是 21 世纪最大的白色谎言，人们开口时豪情万丈，但彼此都可谓心照不宣。旅行时结识的友人，待到彼此都回归到自己庸碌的生活轨迹之中，相处时的热情便必要被岁月摧磨淡去——鲜有人两地相隔仍日日联系，再相聚更是遥遥无期。因此，非郑重告别，不能表达我内心对于这份难得缘分的感激、感慨与无限感念。

其次，俗话说"少年不知愁滋味"，我却深觉，少年自有少年愁。在这样的年纪，我脚踏山河地成长，不留神便日月惊起。大人们一别再遇，寥寥变化或许只是添了几道皱纹、几许白发；我若与谁久别重逢，彼时是什么模样仍未可知，言谈举止、思想心境，或许都已大不相同。既然不能朝暮相处，要留下岁月断层，我便愈觉得每次都应珍重道别，这样，日后相见深感"故人不如故，旧识难相识"时，也不会觉得留下了什么未结的遗憾。

最后，我做事、写作和生活，其实都颇具一种仪式感——虽说岁月善于设谜，让太多事和感情悬而不决，我依旧倔强地希望能给自己生命长长短短的里程画上相对圆满的句点。流年滚滚而去，我们往往不曾知觉，就已被飞快地推向下个纪元。故此，我把每次大大小小的离别都视作一程的注脚，或是一章的结尾，不求轰轰烈烈，但要具"扛鼎之力"，每每追忆，心中都有余味万千。

如此，离别就有必要郑重了。

这时候，有人大抵要问，你这么起早奔波、一路匆匆，

29

何来郑重？

我会说，我把这一天最多的清醒留在此刻，比窗外黎明前的夜色更加静默，为的是铭记这座城——这座光明与黑暗交织涌动的自治区首府——在黑暗里温柔静美的轮廓，聆听它睡梦中匀稳深沉的呼吸声。

一部分的我停下了，她在蒙蒙细雨中停下来，驻足在路灯倾洒遍野的辉光里，被疾驶的车辆远抛身后。而一部分的新疆呼啸而来，如一块曾被遗失的拼图一般牢牢嵌扣在我灵魂的一角，将明未明，孕育着破晓时辉煌的日色。

我们行将离别，我们不分你我。

二

我是深深舍不得新疆的。

这个西北边陲的重地，虽遥遥僻远，却屡屡给我如故乡一般的感受。天知道回京之后，我会多少次追忆喀纳斯金光浮动的黎明和五彩滩雾岚缭绕的黄昏，那拉提云气如燃的松林和巴音布鲁克雪色似盖的远峦，天池粼粼闪烁的波光和江布拉克滚滚起伏的麦浪——12 天匆匆如流，却足以教人叹叹心折。

于是，我很庆幸自己一路笔耕未辍。

走过祖国的无数河山，我依旧毫无偏袒地认为，新疆是最适合，也最值得书写游记的地方。因为它具有其他任何地方都难以具备的丰富与广博——不论何时何季前来，都有万千胜景静候。北疆以高山白雪为命脉，四面峰峦环萦，澄朗秀水滋润，丘陵之上茂茂松林与无垠草场相依共存；南疆大漠苍凉，风沙浩浩，以尘与石雕构出荒芜而悲穆的疆土。天地悠悠，壮丽雄阔，几经辗转，所见之景以空间为纲可越大半地球，在时间维度足跨一度春秋，处处皆景又处处不同，由心慨赞之大美难以历数。

此外，新疆拥有着鲜为人知的深厚文化底蕴。在这里，交河故城孕育了鸿蒙初开的智慧，坎儿井忠实记述了先民为生存而进行的艰苦斗争；历史落拓厚重的足印，岁月从山川河流间滚滚而过。丝路的声声驼铃牵起了隽永的守候，漫长的边境线让邻国与华夏的文明彼此辉映、灿烂交融。能歌善舞的维吾尔族、憨淳真诚的哈萨克族和热情豪放的蒙古族等民族在它的怀抱中安居乐业，于草原和湖泊、沙漠与绿洲之间演绎生命的脉动。

不得不说，新疆景色如此丰美的重要原因之一在于它占地之广——典型景点间距离多以百公里计，一天奔波五六小时也是家常便饭。整日的颠簸劳顿，让许多人苦不堪言，可于我却是再合宜不过的条件。走访完一处景点，心中叹撼翻滚欲出，尽可充分利用车程这味天然余裕打磨文字，以我极享受的一种方式将无法常伴的美景妥善存留、悉加珍护。景予文以动人清美，文赋景以澎湃灵魂，相呼相应、相辅相成，最终，两者都能以再坚笃灵秀不过的姿态镂刻心头。

若说新疆是祖国西北方一只羽翼丰毅的神鸟，常人终生也不过一两回得见它俊秀旖旎的风姿，那么我希望自己的文章成为它万千尾羽中的一根，每每触碰，都能忆起它修韧浩阔的双翼，与流光溢彩的眼眸。

三

思来想去，若不单单再辟一段来写边防，是很不妥的。

从小随着妈妈在祖国各处东奔西走，虽只是懵懵懂懂，记忆模糊，却也与边防结下了不解之缘。而随着年纪渐长，

对妈妈身旁同是一身军绿的边防官兵的情感，便愈见深挚笃厚了起来。目前，仍是少年与青年交界时辰的我，也已见过了大人世界里冰山一角的真情假意，能大略辨出哪个笑容是自然流露、哪句托词虚伪至极。但不论走到边防何处，我们总能与真正至情至性者相遇，初见也好，重逢也罢，全无虚掩矫饰，摆在台面上亮堂堂一颗赤心、热腾腾几分侠情，教人心生珍重，又无限感念。

第一天正式见过的战士们便不再赘述。其实，这十几天里还有很多军绿色的身影，虽未曾以笔墨堆构，却早已铭刻在我心中。

是阳光的小高哥哥，在禾木的小路上颠簸过一整个寒星凛凛的夜晚和细雨蒙蒙的清晨，几经波折借来照相机读卡器，确保我们在未来的行程里可以从心所欲拍照留念。是超然的小尤哥哥，观鱼台上花生好茶相待，中哈大峡谷旁笑听我们不绝口的赞叹，盘山道上载一路阳光径直送我们下山，经行处美景万顷，尽在嚣嚣人声之外。是风趣的答威哥哥，以他达观幽默的"段子手"之心抚慰我们一路奔波的风尘，从不叹累叫苦，哪怕要凌晨送机，两天颠沛辗转。是明慧的陈莉阿姨，情深义重、真诚相伴，更以对文字的独到体悟与真挚热情，带给我恒久不去的感动与震撼。

心中感激萦回，更多的却是敬佩。

身在军营的日子，是常人难以体味的辛劳与艰难。但从他们的只言片语中，我听不出一丝半毫对旁人敬意与悲悯的渴欲，或是孤身面对辛酸苦难的怨言。相反，在祖国的西北边陲，他们安然沉默，以血与汗扛起刀尖舞蹈的岁月，独历千帆而容色不改，像是没什么能让他们聚一聚眉峰，没什么能移易他们的义胆忠肝。从他们身上，我看到了真正的勇者与强者的样子——挑剑迎战黑暗，不问生死胜败，波澜砥砺过后，"归来仍是少年"。

我将永远铭记他们的笑脸。

直到未来重聚那天。

星语心愿

祖国不会忘记

公安边防部队即将退出现役，这个新闻让我的家人们感慨万千，也让我思绪纷飞。

小时候，看着妈妈一身英武的橄榄绿，我总会呀呀地喊："妈妈是警察！"这时候，她总会笑着纠正："妈妈不是警察，是军人。"在以后很长的时间里，我都没能辨清这两者的分别，但在我心里，这身军装就意味着转过身去，意味着聚少离多，意味着一通电话就能勾连两个月不得相见的日子，意味着我还无法理解却饱浸酸楚的责任和光荣。

我至今都还真真切切地记得，2008年5月，汶川大地震之后，在西藏出差的妈妈忽然要延长出差期限。她不再给我打电话了，和爸爸寥寥的通电都神神秘秘，他每次都要跑到阳台上接听。直到消瘦而单薄的，被四川初夏的日头灼得黝黑的她再度出现在我面前，我才意识到这些失落的日子都归向了何处。她扛着沉重的相机包在滚石裂滞的山路上，七八个小时跋涉无休的时候，她在余震轰隆隆的地动山摇里试图入眠的时候，她与生死起落、遍野哀鸿交手的时候，我在为受灾的所有人祈祷，为被夺去呼吸的美丽生命哀痛，却从未想过妈妈也置身在那片被撕裂的苍穹之下，做最忠实的守望者和记录者，为让挚爱与直达灵魂的忧心绝缘，以难以想象的坚定姿态，独自一人，默默承受。

"入伍那天起，户口就被注销了。"她曾说，"从那之后，你就是国家的人，人民的兵，一道命令下来，赴汤蹈火，义无反顾。"

从前每一次出游，妈妈一定要带我去看看当地的边防部队，明明素不相识，却总因为"边防"这道无形维系而对这些哥哥姐姐亲切顿生。他们就是不同，仿佛天生不知虚情假意应酬辗转，赤日白雪直照肝胆，眉清目朗笑容流火，脊背无论何时都笔直，傲骨忠心自有天成。每次相见，都好像是久别重逢，充满感慨，充满敬佩，充满许多让人心折的"一见如故"。

他们的青春都献予脚下这片热土了。

我曾不止一次从边防之行当中取材执笔，若说写别的什么有添枝加叶旧情重抒的造作之嫌，写军人，我每每仅能描述九牛一毛，只恨笔轻墨浅，摹不出十分之一的神与骨。那是站定在边境线上的他们，瀚海阑干，赤壁高原，烈日烤炙，大雪封山，他们把公理和正义钉实在祖国版图的每一处，以执着的守望和坚定如一的心尝遍孤绝人生苦。那是向灾难和战火举足的他们，大难席卷之时，他们冲锋在前，不问归路，为每一寸生命之火拼尽所有；缉毒、缉私、反恐，他们在最前哨同随长夜而来的黑暗纠缠搏斗，以满腔汹涌热血捍卫共和国的每一寸肌骨、每盏灯火。他们与家人分居两地，甚至和所爱阴阳相隔，用及至最后也深铭心间的不灭的信念，为曾经的誓言注脚，以永恒，诠释铮铮的军人本色。

"铁打的营盘流水的兵，边防军民一家亲。"

如今再念及这句话，我这个小军属，竟直感到眉眼酸涩。

时至今日，很多人对这项政策的含义仍旧不甚了解。退出现役意味着什么？意味着边防11万官兵将彻底脱下军装，随着改制与合编，"公安边防部队"将就此告别历史舞台，作为一个称谓被写进史册。

我们怎么也无从知晓，那简简单单的一行字究竟映射出多少惊涛巨澜，多少苍生之变。虽然残酷，但千千万万人的辗转颠沛经年之后，都只会被凝成一句情感匮乏的轻描淡写。哪怕是一个句点，都有无数声叹息与悲泣黯然与之相应。改革的大潮里，一人之力太渺小了，渺小得远抵不过沧海一粟。就连这一支部队都只是一朵浪花，摔碎在巨轮前驶的航线上，杳然音踪。

可我仍想感谢。

1951—2018，你们的名字，被界碑的每一道纹路铭刻。你们军装傲立的身影，作为长青的灿烂岿立在很多很多人的心头。

这不是绝唱，也不是挽歌。

直到最后的最后，祖国会记得。

而我，我们，也都会记得。

我与人大附中的故事

　　老实说，抽出一件事代表我和人大附中故事的难度，约等于用1分钟来概括6年——可能还不止6年。或许很久以后，再从高处俯瞰我的人生，人大附中会变成漫长轮廓线上的一个金色光点。但现在，她更像是一个意象，一个变幻多端，但总以美丽和温暖为底色的意象，铺开在我的每分每秒，贯穿我的少年、青年和更遥远的一部分童年，乃至于化铸进一部分的我，共我行走和呼吸、醒来和入眠。

　　我和人大附中的故事，某种程度上来说，就是我一大半的生命历程。

　　然而，现在并非挥笔作鸿篇、细数五六年的恰当时机。所以，我无论如何还是要从浩繁的点滴中拈出一个骨架完整的故事，去承托附中的某一面。附中，是我的最初向往、精神故园，求知的沃土和梦想的港湾，但她紧依我心的最终缘由，是爱，不枯竭的、沿灵魂脉络一意攀长的爱。也正是这样的爱，把一段暗色冷调的故事结作枝头圆果，风一拂就丁零作响，牙齿咬破泛苦的外皮，沁人唇颊的，是留香隽永的甜。

我在 2016 年的劳动节假期受伤，胫骨横断得干脆，在肌脉包裹下决绝地移位，一如这十余年来始终稳畅的人生轨迹。彼时的我蛮韧，被剧痛扼住呼吸时没哭，伤势狰狞的 X 光片明晃晃入眼时没哭——甚至笑着，满含安抚意味。第一番眼泪流在从怀柔赶赴积水潭医院的路上。未出郊区，荒芜的暗色灯光在车窗划出一道寂寞径迹，路向视野尽头笔直延伸，我的腿无生命地僵搭在后座，身体半窝在妈妈怀里，入耳是"住院""手术"，以及一个击碎此前一切乐观幻想的斩截宣判。

上不了学了。

我生活的节奏正式开始土崩瓦解。

大小科室辗转过一遭，我在受伤的次日凌晨被塞进病房，停泊在互相叠压的酸腐气和消毒水味道中，逐渐嵌入另一套全然独立于外界的作息安排。我们八九点就静下来，进入睡眠预备，第二天四五点再就着惺忪的天色陆陆续续苏醒。这是病人对疼痛的一种迁就——从骨缝里长出来的难挨让我们既无熬夜的力气又匮乏赖床的福分。清醒的时候，我总是不可避免地要抬眼去望对面墙上的大表，在心里暗暗地描摹着，自己陷落在病房里的此时此刻，大家都在做些什么。在奋笔疾书吗？在辛苦而快乐地奔跑吗？在蹒跚地应付统练吗？在好好成长吧。

人大附中就如是驻守在我的思念里。

当然，总有可爱的家伙向我捎来她的消息。他们踏着放课铃声赶过来，抱着满捧的花和满怀清鲜的故事聚在我床边，眼亮亮的，神采烂漫。于是，黄昏的五六点钟，6 床就成了全病房最热闹而惹人羡慕的角落，一身红白的孩子们飞扬地讲，裹在病号服里的小姑娘含着笑和感激听，然后换小姑娘慢慢娓娓地讲，孩子们静静地、容色温柔地听。谁都不言爱，却又都在祝祷，都能感受脉脉柔情代替寂泪淌落在暮色之中。一个又一个反反复复地凝看他们的面庞，我感到如蒙福佑。

我在医院滞了9天，这其中不乏泥泞的时辰——肉身并灵魂在尖锐苦痛中熬煎的时辰。但每当同学们到来的时候，沸痛变得乖驯，悲怨被湛漫的光抚爱。他们渡给我孤勇，让我相信，让我饱足，让我永怀期待和向往，而绝不失落。

但我毕竟是被困进某种狡猾的时差里了。出院第一日，我乘车去往附中旁的临时居所。拐过熟悉的路口，我看到阳光下的附中校门远远映在玻璃窗上。微妙的不归属感像玻璃碴从沸腾的思念中刺出来，我眼眶酸软，一颗心被搓揉得既烫又苍白。人群还在川流着。我抛锚在离她最近的地方，开始残忍地旁观她由静而喧再归于寂寞的朝暮，谛听她晕散在日霞里的铃声，却不能拉近咫尺的距离，去触碰她，快乐地投入她。一种崭新的恐惧冒出头，我听到自己颤抖着发问，还可以留在这里吗？这次意外会倾覆整个未来吗？明明什么都没有做，为什么就平白要承担这样的代价呢？

怀疑和焦忧随凌晨3点的秒针颤动，把一片枕巾染得透湿，一点点地，稀释着我的希冀。

"难，是难。"又一个下午，我靠着床头枯坐，被饱和的情绪整饬得惨淡无神。妈妈坐过来轻轻开口，抬手拭去我脸上的泪："妈妈知道你担心，害怕，不甘。说实话，你也确实有理由消沉。但你要知道，自己的故事是由自己书写的，如果意不能平，就拼尽全力搏上一把，哪怕结果不全然完满，也不必遗憾了。"我抬眸，眼里又开始星星点点地汪蓄湿意，却感到有什么开始破壳。

星语心愿

就着缓慢康复的节奏，我从几被病痛践作废墟的神气里拎起一点难得的清明，开始从头点检同学帮我录制的课程。视频一开始我就会心地笑了，那种暌违已久又好像就长在心底的热乎劲儿泼溅开来。我听到熟悉的声音说笑话，大家在每次实验成功之后鼓掌捧场，粉笔在黑板上的敲叩清清脆脆，我动手记笔记，哑然失笑地发现，久不握笔的指连写字的动势都僵疏了。"欸欸老师，别出镜，卓宜看不到您啦！"忽然听见屏幕里传出声音，我看见个子娇小的数学老师连声应着退回到讲台中央，披挂着特别灿烂可爱的笑冲我招手。不一会儿，物理老师端起重重的实验器材正对着镜头来了，吃力地向我演示挟着一路小泡泡破水而升的浮沉子，容色奕奕的脸晃进晃出，眼神亮亮的。

"卓宜快看！"她的声音好欣悦。她说："我们都盼着你回来噢！"

我好像又开始抹眼泪了。

那种几乎要刺穿胸腔的无虞的笃实感至今鲜见。

但有那么一刻，和附中依伴的点滴山呼海啸地涌过来，烧成全世界的勇气垂直降落在我头顶。我要留下。我对自己说，对妈妈说，对屏幕上那汪笑和映在窗上、涂抹着夕晖的附中红砖墙说。

我要留下。

此后的故事流淌成联翩的蒙太奇，把它的声和影洒进了我的很多篇习作。灯光如豆，我挺着背，就一方支在床上的小桌板学习，不过一会儿就干了什么重活似的被抽干力气，但还要锁着眉头撑，跟这种疲惫和虚软较劲。拧干被汗水浸透的 T 恤衫，我坐上轮椅，披着晨曦，比预期提前两月有余，去赴一场脑海里辗转千万遍的约。从两节课到半天再到一整日，瘦了一大圈的小姑娘在她心心念念的附中怀抱里停泊又启程，明明还被困围着，一颗心却热得像初夏半空的太阳，自由得像裹挟花香鸟鸣的风。轮椅被收到角落，我动作生疏地拿起双拐，腿被过度兴奋的血流冲得胀疼，整个人小企鹅似的摇摇摆摆，在空间有限的木地板上打出溜。再之后，我彻底摆脱倚仗，开始溯回时间河底从头学步，从家里走到教室，从教室走到街头，把生活拽入正轨，从和苦痛的拉锯战中，寸土不让地夺回掌控。

直到最后，在从脚踝流窜到肺腑的疼痛之中，在被失重感占据的破碎的呼吸之中，在一次次惶急、徘徊和塌陷之中，我挥汗，奔跑，一路挣扎着打破上限，自灰烬里看到新生。28.5。中考体育结束后，看到屏幕上闪烁着的分数，我淌着汗塌下腰，被又一度暮春的暖风揽了满怀。

我知道这个数字意味着什么，一如那些曾扶助和抚爱过我的人，一如矗立在我背后的附中。

如今，感谢苦难，感谢贫穷，几乎成了幸存者们的一句万用谦辞，仿佛生命的波澜本身是多么慈悲的馈赠。但我不这么想。从命轨里旁逸斜出的一脉曾真实地将我倾覆，让愤懑和怨怼沉渣泛起。我有一万种不同的可能跌进岔路。于我，真正要感谢的，是那些和我十指交扣的手，一路相随的深情凝视，是那些轻柔的推行，将我从泥淖里一把拉起的有力搀扶，是鼓励，涌动着生机与希望的欢呼，漫天大雨里倾下来的伞篷。我要感谢的是爱，附中所呈奉的爱，它攀着我的骨骼长出沁人的暖，撑住一切滑落、将倾、欲坠的，让希望和勇气岩缝里开花，于是痛有了意义，疤痕化作花纹，泪不再是泪，而是凝清光的露。

这是我眼里的附中。它是从不把满捧阳光抛过来给你的。

在我眼里，它更像是一盏月，皎皎湛白，多情无声，让人在天色昏蒙时有所依念，待苦雨初霁时，高华满天心，朗照千家路。

不孤单，不迷途。

一辈子的同路客

　　浩荡如江河的岁月，随着金色阳光一同铺天盖地地涌来。那一天，一个美丽的故事初初展开扉页，我们的星轨开始缓慢而坚定地，彼此联结。

　　故事的开头在风尘里兀自清晰：明朗秋日里的相聚，稚嫩的脸庞，因陌生而小心翼翼的目光，对未来一切亮色新鲜的忐忑和期冀、惶惑与迷茫。

　　我们是怎么熟识的呢？

　　是命运善意的馈赠。

　　无数日子里，我们在一起。一起会心凝神，一起发呆打盹儿；一起于薄薄厚厚的试卷里跌撞奔突，在了无尽头的跑道上追赶奋搏。一起用纤韧发亮的剑锋照破黑暗，以孤注一掷的冲刺换头顶灿烂金冠；一起承受成长赐予的忐忑和惶惑，守护心底缓慢涨潮的梦与爱。

　　一次又一次，迟迟升起的红日沉落于楼厦的脊骨之间，晨色熹微的苍穹重又被黑暗大口吞咽。一番又一番，风熏草初生的暖春响起悠长蝉鸣，天高叶未红的早秋落下漫天纷雪。

一垂眸，一转眼，竟已是一天一季一载斑斓。

就这样，岁月把回忆细细编织成七彩的纽带，打一个精致蝴蝶结，让40个年轻而美丽的灵魂紧紧相连。我们在彼此的目光中争先恐后地长大，女孩子们徐缓绽放，男孩子们飞快拔节，青春的光华迸发、闪耀、流转。

从开始的在陌生秩序里跌撞不清，到如今面对繁重课业也能自在从容；从开始的把细小波澜当作末日倾覆，到如今纵风雨骤袭也能挺直脊骨；从开始的于眼前半阕天地自顾不暇，到如今可为彼此承担生命之重；从开始的蹒跚行走世间毫无共情经络，到如今学会努力体察每一份来之不易的美好与幸福。

现在的我们，实在是长大了。

而我们，又为何要离别呢？

是岁月无奈的抉择。

它早在一切开始之前就标定了终点，像是想以此告诫鸿蒙初开的年轻人不要羁绊太深，却又像在提醒它所爱的孩子们，要在有限的青春里活得生动灿烂。

那一天即将到来。

但不需恐惧，因为，曾携手翻越的长青山峰就生长在我们心底，曾并肩眺望的流丽星河就栖息在我们眸中，捍卫着一切历历的光与美、笑与泪，以亘古不改的深情，以让流年束手无策的执着。

未来啊，还远着呢。

但不论身在何方，请始终在心中为那个少年留一味余裕。

他们有激烈冲突的内核，有年轻风发的意气，有征服险峰的决心与实干，和对这宇宙与人生千万种未知的探索本能。他们不会畏缩裹足，不会言不由衷，不会轻易被生活击倒，无惧前路艰险与立世隐痛。

在彼此的目光里，他们从不孤独。

"May our stories catch fire, and burn bright enough to catch god's eye."

管什么天涯相隔，怕什么人潮汹涌。

我们，是一辈子的同路客。

星语心愿

未知的篇章由你执笔新生

——人大附中高一年级专题片解说词

你或许仍记得我们初遇的时候。

那时，才经中考洗礼的我们怀着满心新鲜的忐忑与期待，站在新纪元的起点踮脚张望，早已暗暗憧憬勾勒过很久的高中生活蓦地汹汹涌来我们面前，有如一个近乡情怯的梦。而如今，四个月的时光跌跌撞撞、匆匆忙忙地流过我们身侧，回首来路，那些琐碎日子里的灿烂光色耀眼依旧，很多温柔而动人的回忆，早已被深深铭刻在我们胸口。

那是课堂上明亮生辉的眼眸和笔行匆匆的手，每次凝神静思，每次豁然通彻，都有成长的力量汹汹衍生。那是操场上矫健灵动的身姿和生机盎然的笑容，做操时筋骨内蕴，升旗时容色庄穆，每每纵目而望，永远朝气蓬勃、精神抖擞。戴上值周牌，每个人都为班级荣誉不遗余力完善自我，更为年级建设尽心奉献、认真负责。也正是在这平凡却浸透爱与暖的日常生活中，无数素不相识的年轻生命习惯了相互陪伴、彼此守候。

我们并肩看过多少美景啊。

还记得军训时手忙脚乱的样子吗？与父母亲人隔绝的 7 天里，我们随朝阳共起，撷星月入梦；吃饭风卷残云，洗漱争先恐后。在炽炽如燃的日色里拔军姿、整队列、踢正步的时候，每个人都曾汗湿衣襟、肌骨僵痛。当绮丽霞光缓慢晕散在遥远天际，我们心头，也都会浮起浓浓淡淡属于思念与牵挂的酸楚。但最终，当我们在皎洁的月光下朗声高唱的时候，当我们布好阵列，目光如炬、腰背笔直，整齐划一的足音下浮尘扬荡，洪亮磅礴的口号可震万顷山河的时候，一切都值得了。

还有那曾牵动每个人心弦的班歌比赛。期中考试后，几乎每个班都被一种搅拌着决心的期待挟裹，雕琢字句，打磨音律，铺排队形，设计效果，举一班之力凝智会神，为台上的惊艳盛放夯实基础。灯光落处，20 个班级衣袂翩然，年轻的歌声或气势浩荡或清新温柔，怀满腔热血描摹风发意气，唱出少年人无垠的胸襟与灿烂的梦。或许有一天，曾经的奖项与名次都将化为记忆中的一抔尘土，但那一双又一双莹亮于歌声中的眼眸，为了追求至境而心无旁骛的踏实付出，面对满堂观众时心中必胜的信念与如初的悸动，将被永远珍藏与铭刻。

这样的记忆，还有很多很多。学期伊始中科院物理所的专家讲座，引领每个人将奇妙而美丽的物理世界之门轻轻敲叩。刘云浩教授关于人工智能的报告，更让我们得到机会，在思索与探求中见证技术发展的汹涌进程。解读《论语》，孔夫子的清思随着同学们的琅琅书声阵阵萦回，穿越千百年浩荡风华濡养我们的人生。磅礴粲然的交响乐声里，我们曾并肩领略音乐感人肺腑的伟力；流动翩然的裙袂间，舞蹈团成员将最真切动人的美加以诠释与定格。最终，元旦联欢会，

在笑声与歌声中，在彩带与气球的光色中，我们迎来了崭新的一年，执手凝眸。

它们历历尽是明媚的动容。

一路走来，在班主任老师和同学们的带领下，年级20个班集体稳步前进，风采无限、各有千秋。

这个学期对于我们来说，大抵是一道不算平坦的隘口：9门学科铺天漫地地压下来的时候，每个人都曾混混沌沌不知所措。或许有些知识总教人了无头绪，或许几次考试的分数始终在谷底踯躅，或许无数选择的岔口让我们进退两难，成长的隐痛端倪初露。

但我们从不孤独。

面前，目光怀爱的老师始终在为我们引路点灯，经行处，重重雾霭消弭散去，曲折却绝不渺茫的征途之上，真知的光芒灿烂闪烁。背后，始终以深情伴我们成长的亲人温柔依旧。在被张牙舞爪的困顿灼伤之时，他们是永不动摇的坚实后盾，张开温暖如一的怀抱，毫无吝惜地以爱疗愈我们的伤口。身旁，无数战友在同我们并肩战斗，因为有他们相扶相携、一路久伴，没有什么凛冬不可逾越，也没有什么险峰难以征服。

当然，还有那个跌跌撞撞，却从未选择停步的自己。哪怕道路险远，风雨晦暝，我们始终没有停止对自己上限的挑战与探索。扶摇直上时也不迷失自己，原地徘徊时甘于继续追逐，我们都在沉默却认真地成长，每一步，都是全新的砥砺与打磨。未来，或许有更多挑战翘首以待，或许有更多挫折蓄谋已久，但就像每个挑战都与机遇并行一样，值得期待的永远比需要忐忑的多。

我们的故事，才刚刚开始。

未知的篇章，由你执笔新生。

家乡的粥

　　从小，我的肠胃就娇嫩而脆弱。父母工作忙，奶奶总是为我烹饪各式各样的粥品。而那浓醇诱人的香气，一直萦绕在我的记忆中，温柔地调养着我的胃，静静地滋润着我的心。

　　时光飞逝，我从蹒跚学步的懵懂孩童成长为初具学识的初中学生。而慈祥和蔼的奶奶回到了故乡内蒙古，重又开始了照顾姑姑孩子的忙碌生活。奶奶不在的日子里，我见证了爷爷厨艺的进步，生活一如既往地无波无澜。不知何时，我开始对每天清晨的例行早餐——一碗温热的粥产生了挑剔和质疑。我开始抱怨粥的烫口，不满粥的黏稠，任性地说早餐的品种太过单一乏味，拼命从鸡蛋里挑骨头。每当这时，爷爷总会轻叹一口气，微微摇摇头。如果我能够再细心一点，就可以发现爷爷的双鬓又添了些许银发，原本挺直的脊背已经变得佝偻。

　　暑假里，我踏上了美利坚的土地。一日三餐都是快餐自助，不少同学大呼真是美食的天堂。然而，随着时间的推移，我们渐渐厌倦了这些食物，转而思念起千里之外的祖国和家乡

的人们对于食材的重视与认真，不同食材在五味调和之下的完美融合，香艳碰撞，令人大为惊叹。记得那天在奥兰多的中餐馆邂逅了似曾相识的菜粥，吹一吹升腾的热气，一勺粥刚刚入口，激动的眼泪疯狂地冲上了眼眶。厚重的香醇搭配软糯的口感，米粒的清香混合蔬菜的新鲜，是幼时单纯的我最浓的期盼，是思乡心切的我最真的怀念。一勺一勺，一碗一碗，当我真的什么都再难以下咽的那一刻，我才依依不舍地停歇，心浪依旧在翻卷，搜寻那记忆深处的温暖。

后来回国，时差在天光还未大亮之时便早早把我唤醒。无趣地凝视着时针划过花体数字"5"，一阵轻轻的脚步声从门外传来，我警觉地屏息聆听着，脚步渐渐远去了，厨房的门被缓缓打开。是爷爷，我松了一口气，心中却是一惊，这么多年来，我从没想过一碗热粥背后爷爷付出的心血。看似简单的一碗粥，满含了他对我深深的爱和对奶奶无言的思念。我终于在这个依旧静谧的清晨读懂了爷爷在粥中赋予的情感。我清楚地知道，从此以后，每一口粥我都会细细品尝，带着满心的感念去珍惜。

对于中国人来说，一份食物永远萦绕着家乡的气息，带着难以割舍的牵念与回忆。不论走到天涯海角，一旦再次品尝到这道菜品，所有温暖和美好就从心底汹涌而出。它是家人牵挂的寄托，是游子思乡的慰藉，是联结亲情的纽带与桥梁。而对于我来说，淡淡的粥香伴我走过了太多美好年华，陪我度过了整整12年的时光。弥漫乡土气息的爷爷奶奶的粥，我此生再不会相忘。

生逢其时

　　人人都道，我堂兄是块读书的料子。笑开眉温眼润，骨子里泅出清清书卷气，能作诗，善弈棋，一手行楷秀拔恰似他身形。他长我5岁，我自小就爱颠颠跟着他，爸妈知他足可依托，便乐得允了。枪炮声震起来那年我14岁，半个镇子的青年呼啦啦拥去参军。堂兄眼里的光不知何时火似的炙热了。我再去家吃饭，他忙匆匆的，扒拉两口便飞也似掠上楼去，衣角牵一线风。一向温淡的伯母脸色酝雨，似是愈伶瘦了，眼畔窝红，屋里空气沉冷。我才知道堂兄不愿在学堂了，想做飞行员。我肺腑揪起来，天上没根呀，飘摇着，多险呢！可我知道没人能拦住他。他把自己埋进卷帙堆里，却不是熟习的古字，什么战术、精准打击，我都不甚懂。他挽着我的手看天，目光像思恋故园，整颗心都浮进血红色的云层里去。"打起仗来了，阿书。"他低低唤我，"这国若破亡，诗书虽美，还有什么用呢？"

　　两周后，我跪在他家照壁前，顶着毒日听伯母兜头的泣骂声倾下来。因为堂兄先前被锁在屋里，而我用摸到口袋里

的钥匙,轻轻地上去开了门。那天是飞行员的平衡力测试。堂兄是大伯的独子,我造了罪。但我看见堂兄装着天穹和热土的那双眼。他说,这个时代不要他做个忸怩躲藏的书生。

日子叠着压着逝转,伯母的泣骂低下来,成了祈祷。学堂停课时,我就到江边痴痴望。堂兄的来信被我翻覆得软皱了,又叠平塞进衬衣口袋,紧依心口的那处。哥,哥。我默念着,别无他法。我知道他正在他的战场浴血。

"看报——前线战报——"午后过街时,小报童照旧脆冷冷吆喝,"上海第四驱逐机大队……"我喉间一紧,全身的血倒灌似向额前涌,回身劈手去夺报童举着的一份报纸,力道晃了他一个趔趄。那些密密铅字乱扭窜,我读着就坠下泪来,怀里钱尽数塞给报童,挣命似的一口气向大伯家跑。

"伯母,伯母!"我放声唤。她急忙自里屋来迎,看我满面热汗热泪,脸色登时枯白了:"是……""是哥哥!"我急应。大伯也出来了,容色凝重,微微去揽伯母的肩。"上海第四驱逐机大队,"我哭腔没散尽,一字一顿地读,"8月16日晨与敌军遭遇,余油不足,气象恶劣,加之以劣战优,力量悬殊,情势危急,冀遇渺茫。幸有队长,临危不惧,护持阵形,以死战殒身之势,全力相搏……背腹遇袭之际,冲降引敌,突破封锁,左右开弓,弹无虚发。此役共击落敌机一架,毁伤三架,扫颓势,挽狂澜,不负热望,空战告捷……"纸轻薄,放下来那刻,我的腕子却酸软着在抖。"好,好样的……"大伯的声是哑的,老泪纵横。伯母接过报纸,指尖一点点摩挲那些字和旁边面目不清的照片,目光似月似水地温柔。"活着。还活着就好。"她显得苍老了,叹似的喃喃,抬起一双凝光的眼,凉和湿腻的掌心轻抚过我发鬓。我知她原谅哥哥了,也一并原谅了我。

我的目光越过他们，落到内屋壁中高悬着的那幅字，一下子忆起堂兄扶着我细幼的腕极缓地运笔临帖，耐心一寸寸地没尽头；忆起他在伯母生辰铺开这张赠礼时，伯母面上神采奕奕的喜欢。我又想到他——如今的队长，被死亡碾着颈侧的时候。我仿佛看到那刃一般的机翼穿云破空，秉刁钻的角度落下来，击以万钧力，要敌机淹于火色。他面见过残酷了，不再空有意气，因而诚心精纯。我心下恍然，自己不得见哥哥，要常常地惦挂，伯母不得见儿，要日日夜夜哀念。但这国有了他，且只要一日有他，有他们，便定要雄起于血海之中，而永永远远不会破亡。

今年我 17。再见堂兄时，我穿上了一身挺括的军装。他黑了，身量不再像此前似的瘦隽，只眼里的光还火一样热。他拈起我颈子里挂着的小铜牌，上面印有我的番号和名字。"我知道你会来的。"他笑起来，"去第一封家书了吗？""正要去寄。"我也笑，拍拍身上的飞行军包。

信是我前晚写的，明天，我要参加初次飞行训练。

"父母勿念。这时代为战火覆没，中华大地霸图残照，万万青年愿以血肉铸吾国筋骨。天穹声声长唤，谁人可无动于衷。"我忆起收拾行囊那晚，纸砚被我安安稳稳放妥。我拭去母亲眼角泪。

"吾辈，生逢其时。不守这江山乾坤不改，决不回头。"

特别的爱给特别的您

妈妈，这真是好软好温柔的一个词。我曾给很多人写过美丽的话，但想给您最特别的，最好的，妈妈。

在我眼里您像个铁人，这丝毫不夸张。每当您向我讲起当年准备公选的情形，我都千万次地想，怎么可以做到的？那像是某种平凡日子里的极限运动，不是所有人都对梦有如您一样的执着，不是所有人都对爱有如您一样的虔诚。彼时的我还好小的，不及对可欣享的幸福有所追悟。而现在我明白，改变我命运的并非遥远的神明啊，妈妈！

您一遍遍，一次次地给我生命，分娩只是最初的最初。我多希望自这最初的痛之后，幸福成为永昼，始终比苦楚更多。

最近我向您嗔怨，很多荣誉纷至沓来，都只是在为我过去的苦痛加冕。但我很明白它们是属于您的呀，妈妈。我的一根断骨牵绊了您多少次心碎呢？我一向好幸运。但我最大的幸运是您。最疼的那一夜，如果不是您掌心的温暖，我就要、就会衰朽。再后来，我快被绝望碾碎，每每想起都心惊，我离深渊多近呢，呼吸相闻地近。但您救了我，您把我拎起来，您往我黑空似旧炉膛的胸腔里种了一汪火。妈妈，您知道吗？今天的很多，都是您的承诺和预言啊！还有很多，太多了。天知道我是多么旁逸斜出的一个孩子，要您时时剪修步步留心，要您很辛苦很辛苦。

总玩笑，把我安到另一个谁谁家里去，会是一番怎样的光景。现在想来，这实在是一个伪命题，我的敏感透明的底色本身便是您的赠予。而此后，在无数漫长而不冗长的交流过程当中，我明白了怎么去与一颗真心真诚凝望，怎么去体察和觉知美，怎么去表达和聆听。您用爱、尊重和理解塑造我，让我怀有很完满的安全感，让我养成抒发、思考和内省的习惯。您是我人生修行的老师，妈妈。

您的温柔是最宽怀的温柔。您总让我感到好珍贵。您说我让您骄傲，但我还有很多地方要成长，像知行合一，像迎难而上，像注意力的内化，像妥善安放自己热而浓的情。请您相信我一直在路上，要准备成为一个善于内省、永远心肠清白、良善且立场坚定，能用理性牵驭感性的合格的大人。

而您呢，我永远年轻、美丽和智慧的妈妈。在您生命的又一个新纪元，我祝福您快乐和健康。第一次做母亲，您是多么天赋异禀。但您要像爱我一样地爱自己呀，妈妈。

您让我知道语言的苍白，或许没有任何一把尺能丈量母爱。人们用水云与故乡形容母爱，它让每一个平凡渺小的个体拥有辉煌的神的光明。我一生依眷着您啊，妈妈。我把生命停泊在您的臂弯，我珍存您的影前行，也同样真挚地希望，我的到来，也给过您明媚的生的欢欣。

爱您，妈妈！让我们因彼此的存在而相信永远。

阳光总在风雨后

> 哪怕骤袭的风暴来势汹汹，
> 也请始终笃信明天的彩虹。
>
> ——题记

你当然有权利哭泣——那种从骨髓深处迸裂出的剧痛足以让任何一个人掩面痛哭。而你身旁的亲人也好，挚友也罢，没有谁能替你承受这份百爪挠心的煎熬与折磨。所以，为了这如影随形的孤独与痛，流泪吧，趁你还有力气的时候。

你当然有权利埋怨——整场意外里数你最无辜。你可以花大把时间悔恨当时的决定或是咒骂命运的不公，可以放纵内心的仇恨疯狂滋长，直到它填满你的整个心胸。你无须有所顾忌，毕竟这次猝不及防的灾难把你原本平顺的生活搅得天翻地覆；你无须心怀思虑，毕竟你已然承受了常人难以想象的苦痛。

你当然有权利绝望——你很清楚这次骨折对你来说意味着什么。在很长一段时间里，你要看着无数青春飞扬的身影恣意释放活力挥洒汗水，但自己只能拖着这条残腿独坐阴影之中。且你知道，在大家都在争分夺秒向前奔跑的大潮里，想要再迎头赶上，是多么地有难度。

　　你有权利做出任何决定，因为这是你自己的人生。作为一名军人的女儿，你依从心的召唤，做出了艰难而坚定的选择。

　　你选择了坚强。你勇敢地拭去泪水，以灿烂的笑容去面对这一切难与痛。因为你知道你不在踽行——太多人在用充满爱的目光极尽温柔地凝望你，以有力的臂膀搀扶你走过面前的漫漫长路。他们向你伸出千千万万双手，为你披荆斩棘、拨云散雾；他们以发自内心的关怀与鼓励帮你点燃希冀之火，更用真诚的眼与炽热的心告诉你："别害怕，我们都在呢。"那些爱你的人，从始至终都是你笑对一切的终极理由。

　　你选择了乐观。大概你终于有机会静下心来思考，摒弃一切琐碎、浮夸、轻浮与浅薄，透过纷繁复杂的生活表象，去感知那些往昔曾被忽视却真正重要的事物。你用新生儿的眼光去看这个世界，看明亮的阳光和淡色的远空，形形色色的人群与来往不息的车流。你捕捉美好的能力在不断增强，变得更懂珍惜，也更易满足。你终于迟迟地学会了，学会了从风雨中追觅光明，自苦难里理解幸福。

　　你选择了希望。你仍将勾勒未来的画笔紧握在自己手中。你未曾，也将不会被击垮，相反，你胸中的斗志炽燃似那熊熊烈火——没人能动摇你不灭的信念，一如没人能窃走你闪光的梦。是啊，你知道前路充满无法预料的艰难险阻，但只要明了心之所向，整个世界都必将为你让步。你笃信未来，甚至不为吹响凯旋的号角，而只为无憾当下、无悔今生。

　　于是或许你可以很自豪——对那些曾把至真的爱献予

你的人们，你问心无愧，对自己，你亦未曾辜负。你已开始用波澜不惊的心去接受生活中的风风雨雨，而正如凤凰浴火，你的蜕变，也必将是由内而外、脱胎换骨。

是啊，总有一天，你会长大的。

大概，你已经长大了。

愿少年的你心向阳光

还记得高二时看小说《房思琪的初恋乐园》，情绪很复杂，既感罪恶，又觉文字好精致，让我边读边不禁为一种美所折服。那时候我意识到罪恶和美不完全相悖，凋落可以美，衰亡可以美，血骨可以美，一片纤薄的生命，同样可以美。这也是我在观看电影《少年的你》之后的第一反应。明明是这样丛林式的冷酷，它美吗？

但后来我发现，《少年的你》里面的美，是货真价实的美，不必观之敛目，察之心碎，甚至，那残忍和沉重的语境，整片荆林，让这种野蛮生长的美更如星日耀目，一种横冲直撞、真挚无比的感情表达，注定如子弹般楔入每个观者内心。能够捕捉它，为之震颤，甚至可以作为我还未完全被格式化，还有肉胎凡心，还能情动于中的力证。

我曾颇不信服，直到看见刘北山。他像是一只小狼，年轻、凶悍、泡吧、茬架、偷、赌，无数次被扑倒又血淋淋地抡起拳头，年轻的两扇背，颈边盘龙，就是一个小混子，阴渠暗沟里的小混子。可他是善的。他的血真是很烫，有一种

类似骑士精神的神性，他就是在殉道，为另一寸生命倾尽一切，透支自己，赌上无边岁月。片中警官讲得很对，这就是少年。长大了之后人都圆融了，畏怯了，顾忌了，把一切琐细在天平左右衡量再三。但他不一样，他决定了就做，恶狠狠地献祭，什么也不想，纵身一跃，跌出污浊洪流。

摩托车驰过城市的时候我几次心悸，很野很疯，不可及的生机。这算什么幼稚浪漫？我试图说服自己，但后来我妥协了。我想，世界应为这样痴的热动容、欢喜和慈悲，有这样一群人，他们就活黑白，就不折颈，把义和情分尽到底，做彼此的浮木，抚爱，依偎，生长，如一滴造物之初的血泪。做不到是正常的，但不必为此辩护，他们是坦荡的伤疤，而我更像长满裂纹的瓷器，因为不曾荒芜、凶狠和破碎，所以永远无法如他们丰饶、炙热与完整。

这部片子更深更重的主题是校园霸凌。

那些面目狰狞的加害者，凌人的眉目，扭曲的笑声，同样是少年的样子。然而是恶，未稀释，不收敛。无给养的幼兽把人性劣处放大到了骇人的地步，挥刀向更弱者，从战栗、哭喊甚至是施虐本身榨取病态快感，慰藉自己千疮百孔的人生。他们愚蠢、无知、恶毒，不懂尊严的可贵，生命的易碎，法律的铁峻都迟迟未曾降临到他们头顶。

他们中的有些人会撞进铁栏里，但有些人会长大，一尾鱼样地长大，摆摆尾便洗褪满身血污，轻易地忘性救赎，那些挥起的巴掌，那些拳打脚踢，落灰作一句淡淡的"俱往矣"，就可以随手抛却。怎么能这样呢。我反复忆起陈念的几番泪，有些痛历久弥新，像一副蒺藜枷锁，囚锢受害者的一生。世间事应如此吗？无辜者永远含一脉罪孽果实的苦，而本应受惩戒、应终其一生抱疚忏悔的人，却出走得那么逍遥，那么洒脱。

但我亦知，这个话题之所以沉重，是因为它无解。找学校吗？怪老师吗？依赖那些几年如一日在外奔忙的家长吗？诉诸法律吗？不。正是校门外的阴影盛装最多哭喊，苦心教诲换来的不过是假意应承，他们失分寸，没轻重，却能冠冕堂皇地披上"未成年"的斗篷，于是钢鞭软作嫩柳条，所谓惩罚走向训导、宽宥，前程无虞，新一轮霸凌便更肆无忌惮，没有尽头。所有人的怯懦天性和利己之心都在被利用，什么挺身而出，主持正义，甚至让更多人挥起手中刀，化身施暴者。我便明白何为象牙塔，真的社会，没有滤镜和护持的生活，就是残忍至此。

于是流泪吗？于是沉痛吗？于是清高地破碎，然后让时间自然抚平吹皱的水痕吗？不。我要记得。我曾想，电影的使命在于凿通共情经络，让那些你所未见未闻获得实体，人有了血肉，故事有了神魂，同他们十指相扣的时候，我们也不同了。这部电影正如是。对于校园霸凌，相比于只是耳闻，不如似受切肤之痛地饮泣，而相比于只是挥泪，不如拿出一点真正的少年勇，赤子心，不再沉默旁观，而能发一点声，伸出一只手，握紧哪怕一星点儿希望和公义的焰芒。像片尾陈念安静陪孩子走过的那段路，那是温暖的递送，也是力量的让渡。"死者的遗嘱不是复仇，而是永远不再有。"我们总应从自己的小小沉浮中脱身片刻，做些什么，去为善呼告，与恶抗衡。

未来会怎样呢？我把自己的一点好运气藏在梦里，希望南风把它送给仍在痛着或曾痛过的孩子。如果可以，我们也结伴同行，不必说话，前面有一轮很大的太阳就要升起，是平凡的暖，是温吞吞的幸福。

唯有光阴铭刻深情

一

上完课，窝进"小豆腐"的座椅里饥肠辘辘地点餐。

这家小饭馆儿主营韩餐，安静地坐落在一个容易被人忽略的楼层上。饭很好吃，也实惠，热腾腾地扑入胃腹，能让人感到一种美食带来的简单而可贵的幸福。

这周蛮累，在宣传稿、开场词里跌跌撞撞纠缠不休，试图细细打磨每字每句，让它们能完整承载心中翻涌的情思，却往往在大功告成前被一种无力的枯涸感挟裹，每次终于迟迟歇笔，都能感到如蒙大赦的释然和疲乏。绝非那种一泻清畅不吐不快，很顺利积极的写作状态，过饱和的碌碌。

说实话，比起那种要精心雕琢刻意粉饰的文章，我更喜欢随性而为的简单札记，说它"清水出芙蓉"也好，清汤捞挂面也罢，贵在真实自然。不必层层铺设架构，也不必费心于主旨格局，管你欣喜若狂还是溺于伤怀，都尽可言无忌惮，是真正可以定格成长轨迹的美丽方式。也正是这样的文章，可以让我在经年回顾时会心一笑，为那些琐碎但净粹的年轻喜忧，生发出一种明媚的慨叹吧。

上菜了，黄薄的蛋饼卷有浓香的炒饭，一旁清淡微苦的甘蓝浸在番茄酱的软香里。白净的瓷碗里有胖胖韧糯的炒年糕被裹在红红的甜辣酱料里。砂锅中的"招牌小豆腐"咕咕嘟嘟地蒸腾着热气，红亮的大虾和新鲜的蚌正忙着浸泡放有味噌、香气扑鼻的浓汤，豆腐被煮得嫩而软烂，但还烫着，急急放入口中的话，可要在唇齿间辗跃着吸几番冷气的。

嗯，美食还是最治愈的。

最后一口汤沿喉咙向下拉出一道温热的径迹落入腹中之后，已近于"快然自足"了。窗外，暮色沉下来，很相熟的景物晕染开崭新的温柔，车灯川流的光晕近了又远了。

还是会继续写下去的吧，只要还有被这世界的美所击中的能力，这根笔终究是不会得到清闲的。

又如何能割舍得了呢。

二

初中的时候像个年轻的星球，一心只顾璀璨地燃烧光热，早些晚些休息，都并没有什么挂碍，一上课就神思清明，眼睛亮彤彤。但高中，高中可不同了，按说是风华正茂的年纪，可稍微熬熬夜，起床的过程就要褪去糖衣化为狰狞噩梦。昏沉的脑海虚散的步履挤作一团的肺腑无不齐声哀求，在温暖柔软的天堂里面，再多躲一分钟。课上更甚，锈钝且睡意绵绵的大脑对思想思考直接sayno，除了倦意，世界别无他物。

但这一切竟都很轻易地被半小时余裕轻易拯救了。

不再与三更灯火厮守，该放笔就放笔，安安稳稳睡个好觉。与朝阳同起，醒来时只觉浑身通透，不再闷闷沉沉也不再腰背酸痛。在教室里呢，窗外天光明净，树木的骨骼撑起一片

温润而敞阔的远空，很清澈的冬日万物也得以前来与我相会，很多事，很多感情，重又能被我敏锐与准确地察觉与捕捉。

早睡，是对天长地久的自我谋杀的唯一救赎。

莫让汹汹洪流扰清梦。

三

鲜少下笔写一些自己心中的惶惑。

在题海里烹煮得昏昏沉沉的时候，几乎能听到锈钝的大脑艰涩转动发出的吱嘎声。时间汹涌，窗外的天空倏地暗下来，我往往才能姗姗回神，起身活动活动僵酸的肌骨。片刻喘息的时机，我总会想起小学时坐在奥数课堂里的日子——与周边的欢声断隔，面前空白一片的课本冰冷着容色，小姑娘执着笔的指节因用力而泛起了白，又缄默又无所适从。

有一些黯淡的情绪会在这漫长的道路上滋长，颓丧也好，落寞也好，来者不善的自我怀疑也好。有那么一小部分的我，终日浸没深蓝，捧着满怀无处安放的沉甸甸的脆弱，垂着眼睑，孤伫角落，好像下一秒就要团成一片小岛，被风吹进很远很远的荒芜。

这一部分晦暗处的我，是无论如何也难以舍弃的，如果上天赐予我一颗极善于捕捉幸福的心，那它也一定会感知到同等浓度的惶急和痛苦。故我想，那些看似残酷的命运安排，横亘面前的山岭和鸿沟，并非蓄意要刺穿我，相反，它们给我机会去尝试与自己和解，主动而和缓地调节情绪而非一味地把它们推进更幽深难测的谷壑渊薮。

所以呢，在一路跌撞下不知所措的时候，怀一点儿静力吧。前路茫远正是因为未来孕育着无限可能，举步维艰只因做出了一意上行的选择。在还年轻的时候，把每一种苦辛感受握在掌心细细品味，让它们渗透肌骨融进血液，在愈翻愈猛、愈卷愈烈的惊涛骇浪迎头扑来时，成为自己岿立不倒的有力支撑。

一切都会过去的，亲爱的。

一个小小少年的际遇，远比流云莫测得多。

四

我至今记得自己收到那本薄荷绿色日记本作为礼物时的情景。

小时候，那个不厚的散发墨香的本子是我最亲密的伙伴。无数个苦雨初霁或是彩霞漫天的傍晚，小小的我会拿着笔，借一豆黄灯煞有介事地在光洁的纸页上写写画画，用心记录自己的一天。那时，年龄尚小的我不懂什么是"仪式感"，却依旧以一种惊人的执着与我心爱的日记本"一期一会"，用稚嫩的笔法描摹着属于童年的、简单温暖的喜乐悲欢。

但后来，不知何时起，一页一页清晰柔缓的日子变得浮掠而面目模糊起来。成沓的试卷从桌面的一角开始蔓长，被挤占了位置的日记本终于退居二线。繁重的学业让我的生活变得有些仓皇，从昏昏沉沉睁眼到疲惫不堪地入眠，再没有一个温柔安闲的日暮，能让我边恣意而书边与自己全心交谈。

那个曾被我那样珍爱的礼物，曾如此忠实地倾听着我琐碎生活的日记本，还是被抛到了岁月之河的底端。

但，如命定一般地，我们重逢了。

两三年未见，它变得沧桑泛黄，顶封覆尘。翻开扉页，一篇歪歪扭扭、稚气未脱的字迹跳脱出来，猛地映入眼帘。

真可爱啊。

猝不及防地，一个天真烂漫的孩童的世界，伴着漫溢的

星语心愿

花香在我面前徐徐展开了。一页又一页，那些已经几近褪色的遥远记忆重又浮现在眼前。字里行间，我看到那个小小软软的女孩儿，初向身旁繁杂的人世伸出手。她有着简单的幸福和明亮的心事，怀揣满腔的热情与深爱，虽然时而在生活的波澜里跌跌撞撞，却从不因此而放弃希冀。

这时，我才迟迟明白，从前那个笔耕不辍的小姑娘为现在的自己准备了怎样一份珍贵的厚礼。

那些文字，那些美丽的日禅，不仅定格了平凡日子里光辉熠熠的胜景，更镌刻着一个鲜活生动、不可复制的自己。时光如流，多少人在曲折蜿蜒的人生之路上不断改变与成长，惊觉回首之时，却再难以看透岁月风尘，寻觅从前的自己的模样。但哪怕风云遽变，哪怕岁月如流，在那个薄荷绿的小小世界里，童年的"我"永远生机勃发，永远灿烂而年轻。

梦想在这里起航

在上高中之前，我对这3年充满了陆离的憧憬与设想，施展才华的平台骤然拓宽，处处林立机遇与挑战。我们都面临着无数大大小小的选择，更要以昂扬的斗志与坚韧的姿态，创造属于自己的灿烂未来，如许多人所说，高中3年是一个人成长过程中的黄金时代，是少年人与青年人的过渡与交界。因此我期待着，也渴盼着，抓紧行色匆匆的每个昼夜，助力梦想的实现。

一切骄人的成绩，都以"厚德"为先，高中3年，我希望做一个良善而不怯懦，开朗又具静力，谦和亦敢表现，拥有博大胸怀与视野的人。我愿不遗余力地与人为善，为集体做出贡献，以一颗真诚温和的心对待每一个人，同时保有为人的准则与底线。平日里，我会做散发光热的小太阳，但在需要专心做事时，也要能摒除杂念，心无旁骛地安静钻研。在18班这样优秀的大家庭中，身边的榜样们会教我时时保有谦卑之心，但我也希望自己能够发掘与肯定自己的价值，在友好竞争中大胆发声，敢为人先，最后我想要在不断的磨砺

中得到更高的追求与更大的格局，让一种更高远的使命感与责任感，成为我举步维艰的动力源泉。

修养也好，底蕴也好，都非一时之功，更体现在生活的时时处处、方方面面，我要提高和完善的还有太多太多。

对于一名学生来说，学习是我们生活的重头戏。高中知识相比初中而言，从广度深度上都上了一个很大的台阶，我想我会尤其注重课堂和作业，我有比较好的听讲习惯，课上能跟上老师的思路，并能较详尽地记下笔记，但我做作业时有点拖沓，准备在高中开始进行计时，在家中也保持较紧凑的学习状态。另外我预备给每科建立一个改错本，用于作业与考试中错题错因的整理总结。相对而言，我的理科比较薄弱，需要时常与同学或老师沟通答疑，而文科方面，我将利用闲暇时间进行大范围的阅读与练笔，拓宽视野，同时关注天下大事，成为更博识的人，让成绩和素养都能得到提升。

除了均衡发展，学校也期盼我们发展突出的特长。

上午听着老师们激情洋溢的讲解，我却觉得有些迷茫，不管是从天赋还是兴趣而言，我仿佛都不适合五大奥赛的征程，那么我的天赋在哪儿呢？我思考了很久，大抵是音乐和语言，这两者本质上都与人的情感密切相关，能有所寄托与承载，并给予我们美的享受。

我与文字的渊源很深，因为从小就喜欢阅读，乐于以文章记录生活，这也正是我加入宣传报道小组的初衷所在。在高中，我希望能够笔耕不辍，精进文学素养与写作水平，让语文学科的温润与深蕴浸润生命。英语也是如此，不管是原版名著的阅读，还是仍在筹备中的英美文学社的创办，都意味着英语于我的意义将超脱于一门参考学科，而更多趋近于与西方文化联通的门扉与桥梁。对于音乐呢，我依旧有一个小小的企盼，即能够掀开我覆尘已久的琴盖，把花在冷光屏幕上的时间倾注到琴键之上，在学习之余有所调剂，陶冶性情。

这便是立足于长途跋涉起点的我所拥有的、模糊而粗略的规划，我想还有太多事，太多可能，没有被我考虑到。然而生活便是如此，充满起伏磨砺，时常节外生枝，但总会以一个完满欢喜的结局，馈赠一路砥砺而来的行人。我想3年之后，当我们真如周校长所说，重聚在毕业典礼上的时候，那个含笑回望来路的自己，会是更加强大，更加优秀的吧！

我们即将启程！

星语心愿

回家

一切的一切都还是一样的。

短头发的小姑娘打开大门，迈着小鹿一样轻盈的步子欢快地上楼。

回廊不宽，台阶灰驳，湿气在这狭窄的空间里重叠蒸腾，但她的步子却越迈越急，像细槌热切地叩击着小鼓。

近了，近了，回廊尽头有老人打开门，从门口探出来的脸庞带着再熟悉不过的笑容。

"噢哟，我的宝贝儿，欢迎回家。"

矮矮的老奶奶张开双臂拥抱住她，秋日金黄的阳光晕入她眼里，又丝丝缕缕融进她的皱纹，勾勒出一种美好的温柔。

短头发的小姑娘抱紧她，又松开她，猫儿一样明亮圆润的眼睛顾盼着。

她热切的脚步慢下来，轻柔地，像是害怕吵醒什么似的，向屋里走去。

随着橡树躯干般凝厚的暖棕色木地板延展开来的，是苍老的琴，漂亮的衣橱，摆着软绒玩具的低矮的床。

旁边，书架上色彩斑斓的故事在不停地喧闹，彩色铅笔和甜甜的水果糖被安放在桌角。窗台上的小多肉沐浴着秋日行将纵逝的温暖，肆意漫长。

还有相片——有长头发时的小姑娘，白嫩小脸儿软软胖胖，眉眼还没长开，面对着镜头笑得腼腆又稚气。也有短头发时的小姑娘，像此刻一样，五官英气身量挺秀，浑身洋溢着青春的朝气与光芒。

她环望四周，在小房间里绕了一圈又一圈，笑了，却又鼻子一酸。

都5个月了。

在最艰难与黑暗的日子里呀，这个小屋的轮廓总是闪现在她脑海里，随着那无数个在这里栖居过的晨昏，一起闪现在她脑海里。

那些画面浸染过纵情的笑与泪，又蒸氲着悠袅而温暖的香气，因爱的润泽而鲜活生动，因岁月的磨洗而光芒熠熠。

在黑夜与昏霾淹没她的时候，它们予她光芒，予她力量，让她有勇气穿越风暴的中心，来到晨曦辉光照耀之处，来到过去与未来的交会之地。

她曾多少次在梦中描摹过它的模样啊。

而这一次，终于，她翻越层峦叠嶂的痛楚，跨过曲折蜿蜒的困顿，向着它的怀抱拔足飞奔，奋不顾身、无所畏惧。

如果命运没有割伤她的翅膀，她想到，5月份风尘仆仆却满脸笑容地归来的时候，窗外高高的树木应当染着大片青嫩的翠意。空气里开始弥漫属于夏季的年轻的暖灼，人们即将脱下长袖单衣。

而如今呢，斑斑驳驳的金红已经攀上树梢，暮秋的寒凉沁骨，身上裹了一层又一层衣物却还是冷得不行。

星语心愿

时隔 5 个月。

时隔一整个漫长世纪。

但一切的一切都还是一样的。

终于，短头发的小姑娘回到了她的家。

她回家了。

他身后，星辉斑斓

好多熟悉的面孔啊。

但神情，却是那样陌生的憔悴与深刻的哀伤。

指尖雪白的雏菊带着清鲜露水的香气，长长的深色队伍在礼堂外绵延出很远。我静立一旁，咬着嘴唇，眼眶生疼。

念叨了许久要见见这些深挚惦念着的恩师，却从没想过再度相逢，是在这样的场合，这样的时刻。

开始只能站在厅外。

能看到大屏前阳光俊气的笑脸辉映在一旁的大理石墙上，折射出明亮斑斓的光。有低沉的男声浅浅漾出来，讲述着属于郭华粹老师那些华光隽永的故事。

我抿唇聆听，始终腰脊笔直，捏着翠绿花茎的指节却泛起白。

而后，一批又一批大人和孩子红着眼走出来，我随着人流艰难地向前进。

视线豁然开朗——厅里比我想象的还要宽敞。

郭老师的家人和前来送别的同事们，安静地站在很美的

雪色花环旁。

他们眼里的苦痛巨大而又刻骨铭心，却在不停地向来人鞠躬致谢。而在大屏幕上搂着可爱小女儿玩闹的郭老师则笑容灿烂，徒留孤伶追忆的我们任思绪飘远。

泪水终于海潮一般漫上来了，把视线蒸氲得一片模糊。

"不哭，不哭。"

我这么对自己说着，一步一步，来到郭老师的灵位前。

"一鞠躬。"

老师，老师。今天，我们所有人都来为您辞行。您的笑容在我们心中鲜活依旧。这回，喧闹肆意的岁月终不能，也不会再伤害您。

"二鞠躬。"

老师，老师。天堂路远，您尽管大步往前走吧。那些才华横溢的青年人将继续您热爱的事业，照料您牵念的家人，用一颗与您无二的、赤诚而纯粹的心。

"三鞠躬。"

老师，老师。

很久以后再这么唤您，您可得答应。

缓慢地俯下腰背，面前的花儿堆成一座洁澈无瑕的小丘，四溢的芳香像是能飘向天国，去拥抱郭老师洒脱帅气的身影。

之后的片段变得模糊，只记得自己在不停地深深鞠躬，因为无法想象与告慰那些善良的人的痛苦，我甚至没有勇气去直视他们的眼睛。

"谢谢，谢谢你们能来。"

颤抖着的语声萦绕在耳畔，维持着仅剩的一点理性，我留给大厅一个仓皇的背影。

扭过脸，滚烫的泪大颗冲出我的眼眶。人声寥落的回廊里，近乎被遗憾淹没的我，终于忍不住地躯骨颤抖，掩面痛泣。

走出长廊后，前来送别的人们走了多半。在那里，我正巧碰见了窦昕老师。他是郭老师事业上的搭档，生活中的挚友。

此刻，他正紧搂着一位痛哭着的阿姨，轻缓地安慰着、劝导着，尽管他的声音已不再平稳，他的眼睫还缀着泪意。

我心痛如绞。

不知过了多久，我来到窦老师面前。

被用力拥抱住的时候，千言万语都硬生生哽在了喉头。刚刚收拾妥当的情绪在突如其来的暖意里土崩瓦解，惶急的热泪重又无法抑制地奔涌而出。

"我们最好的苗苗，最正、最直、最纯洁无瑕的苗苗……"

在窦老师的语声里，在他如父亲一般温暖有力的怀抱里，本想安慰老师的我却哽咽得像个孩子。

良久，我们环抱着彼此。

我感受到窦老师的力量，也感知到他细切的颤抖。我感受到他山岳般坚定坚强坚笃的信念和希冀，也感知到他大海般深挚深浓深邃的伤悲与憾痛。

我们的窦老师啊，窦老师。

那一刻，我才明白。最好的安慰并非置身于阳光下向对方伸出手，而是在黑暗与昏霾中与他心跳相闻，告诉他，万般苦难，还有我。

我与妈妈留到最后，和国庆老师、晓东老师、思思老师、邓红老师聊了许久。

挥别时，我又挨个与他们紧紧拥抱。

我深爱着的亲人们。保重。

走出大门，我恍惚觉得自己好像懂得了此前从未明了的。

例如生命的渺小、脆弱。

死亡离我们从不遥远，而这世间除却生死，万般皆等闲。

所以，当我们还能自由呼吸，还置身于这个被祝福的世界，就一刻也不能苟且。要笑，要追梦，要大步奔跑，要努力地爱与被爱。这样才不辜负轻逝流年。

又如它的磅礴与粲然。

尽管来去匆匆，郭老师却能将有限的岁月落拓无疆。

才华斐然、活力四射的郭老师，温暖了多少孩子的童年故梦，又激励了多少学子朝心之所向跃马扬鞭。斯人已逝，他的模样却早已被无数人镌刻心底，不会衰朽、无可摇撼。

例如人世的无常、残酷。

从并肩谈笑，到阴阳两隔，短短半阕昼夜，却已是山重水远。

所以，要珍惜每个与亲人相伴的晨昏，要大声表达出心底的深爱；要毫不犹豫地与亲人们十指交扣，一同走过悲欢交织的岁岁年年。

又如它的久长与温暖。

当噩耗突至，有那么多热诚而重情的人选择了同舟共济。

我们曾素不相识，但却因同样的痛楚而彼此拥抱、相互扶携，将深切的思念与牵挂送达逝者的亲朋身边。最终，这爱与温情也将成为海夜的灯塔，指引我们穿越苦难，在黎明辉光照耀下不断向前。

可是依旧怅然。很久了，某种空落落的钝痛却仍清晰地存在。

今后，再不能相见了，郭老师。

但我知道，他的爱并未走远。

在那百合花遍野盛放的净土，在那天使的歌声绵延不倦的国界，他将永恒地凝望世间。

在最后的最后，我含着泪抬眸微笑。遥远的记忆呼啸着从岁月尘嚣间驶来，萦回在我的脑海。

恍惚间，郭老师淡笑挥手的模样浮现在眼前。

他身后，青草更青。

他身后，星辉斑斓。

星语心愿

努力，不为其他

我很享受写文章，沉浸在旧日温暖的回忆里，书写当下心中满盈着的丰足抑或怅然。相比而言，我对未来的畅想与规划就少得多，可能是早已习惯了象牙塔中与笔墨为伴的纯粹生活，可能觉得自己离长大还有很远很远。但，就如我昨日所写，我缓慢发觉，不多想想自己的方向和前路，不开始动手描摹未来的眉目，只怕是要徒等流光把我抛，万万不行的了。

于是，把我目前的一些杂思小做整理，可供日后的自己进行参考。

首先，我希望能争取到比较出色的本科教育。国内国外并非绝对的界限，只要能够进入优秀的学府，自然会有很多机遇。这几年特别重要，因为为人的基本价值观念、格局与视野，以及面对"大事"时所具备的品性与态度多在此时养成。然而，不管是本科还是此后的研习，出国的经历是必不可少的。在这个日新月异的时代，跨文化的环境是多元化人才培养的沃土，感受不同的教育理念、文化背景与生活方式，不仅能丰富经历，拓宽人脉，更能磨砺生命，有助于自我提升与完善。

所谓"读万卷书，行万里路"。

另外，专业选择的困惑其实萦绕心头很久，一天不敲定便觉迷茫难安。选文呢，就业泛泛，又不想嵌进文官制度，做一颗不眠不休却无足轻重的铆钉；选理呢，没有那么出众的天赋与深浓的兴趣作为支撑，以后的所谓"幸福指数"也就没了着落。但今天，大概明了一些。专业并不一定绑定就业，它可能会带给我为人处世的素养、底蕴和沟通交往的能力，可能会赋予我条理清晰的思维方法与清明缜密的逻辑，可能让我透彻了解某方面的专业知识，这些都是可贵的财富，也必将在未来派上用场。

可以说，我们的命运具备一种甜蜜的不确定性，从专业与就业上可见一斑。我总能想起清华大学毕业的，曾给我们做过报告的矣晓沅哥哥，他爱好文学，却进入了最不浪漫的计算机专业就读，而如今呢，他在教人工智能读书写作。我想，这足以证明，学科之间的壁垒正在缓慢消解，我们以为的南辕北辙，可能将在巧妙的努力之下跨越一整条赤道，殊途同归。

最后，我们为什么要去构织那么遥远的蓝图呢？一来，对更远大的未来的思考常能把我们从现实琐事的泥淖中解救出来，清涤已疲惫不堪的心和大脑，为它们注入一些鲜亮可触的企盼与希望。二来呢，它将为我们的努力提供理由和动力，让面前的磨难也好，挫折也好，都具有了清晰的存在的意义，以及被征服与跨越的可能。

所以，我对高一的期许，也稍微丰富了那么一点。

我希望自己能读很多、很杂的书，文学性的，学术性的，记叙性的，说明性的。书籍和知识是可改变一个人的气质的，而"渊博"所带来的那种温润与从容本质上就是自信心。于

79

是，在延伸自己认知边界的同时，我也更能对"未知"和"局限"产生更深刻的领会，从而怀揣着学徒的谦卑向前漫溯下去。另外，我想用一颗平等与包容的心，去看待每一门学科，抛却此前所具有的刻板印象，认真体会自己的兴趣所在，从而做出更客观理性，目光长远的决定。

想要跋涉山海，想要披荆斩棘。因为于我而言，年少的自由来得着实容易，了无挂牵一身轻松，大把时光可供挥霍。但这可能意味着经年之后潦倒回首，只余一声嗟叹，悔不当初。而如果趁年少磨砺锋刃，路遇险峰执剑而上历尽辛苦，往后，才有资本眺江河万顷步步生莲，剑尖所指气贯长虹。

努力，不为其他。

只为给自己留有选择的余地不必任人索取，只为真正主宰自己的人生而不必随波逐流。

高中时光踏歌行

那时，我们都是鲜衣怒马的少年。

有炽热良善的内核，有年轻风发的意气，眼里是亘古不落的辉光，笑容中尽是让人心折的、可贵的真与灼灼的爱。有征服险峰的决心，有独步天地的实干，能向世间千百种未知奋勇挑剑，双臂一展，可拥万物罥然。

那些日子，是无可替代的锦绣与灿烂。

人生苦痛不及束缚我们手脚，未来诗篇可由我们执笔作结。有梦在头顶云蒸霞蔚，有路在脚下万里绵延。跌倒后也能挺直脊背，一切悲喜忧欢都真切明朗、轰轰烈烈。朝阳夕色铭记我们前行的背影，浩渺山河含笑相送，待我们细数这世间一切历历的光与暖。

莫问前路几何，经行处，自有光风霁月。

莫畏韶华匆逝，最绮艳一隅，曾有你我并肩。

18班，18班

锦时，最少年。

——谨以我为18班公众号写的开篇语作为这篇高中时光随笔的序

一

有随笔做我每天的小小注脚，我对日历飞快的翻动有了那么一点点不再惶恐的底气。

很快地写写放学后的班委会。可以说，高中的班委会真有几分要实实在在地流动和运行的架势了，名号不再只是金光熠熠的空架子，而是重逾千钧地限定着我们的职责和行事。各部门的任务事项都已白纸黑字地列印好，没人能浑水摸鱼、尸位素餐，我们要成为年轻的砥柱，挽狂澜，引风流，为建设更棒的集体而不懈奋斗。

在窗外将暮未暮，班里灯火通明的时候，最容易让人心生温柔。老师在激情昂扬地布置任务，我们坐着，比课堂上松散些，却依旧流转着明眸安然沉默。一种新生的热流开始在我心中激荡，那些活动、出游，乃至每天的琐碎事务，把一片空茫的未来的轮廓勾勒得清鲜明晰。那是我们要踏上的明明白白的前路，那是我们要并肩缔造的更辉煌的明天，这样的认知，让身旁的每个身影都那么可爱而亲切，更让我深吸口气，觉得啊，在那些应许与承诺实现前的每时每刻，都切不可虚度。

沉寂了许久之后，在这金秋的暖阳之下，巨大的车轮开始在轰鸣声中缓缓滚动，扬起风尘簌簌。

18班的旅程开始了，日月山河垂眸相送，看又一群年轻人踏歌而来，永不回头。

二

跨学科认识论，真的是一门很棒的课。

提出假设，对其可以立足的可能进行自证，反复多角度地进行探索，试图为自己的观点搜罗到各种论据以求自圆其说。很多约定俗成的，仿佛从一开始就让我们以一个遵循者参与者的身份，置身其中的体系与条规，不断被质疑，并在这个过程中被我们所察觉、认识和铭记。

知识是什么？这个巨大的问题大概值得人们跨越时间与空间的维度，以不同的语言撰写鸿篇巨制。但至少，在今天，我明白了一点——知识与真理并不完全等同。它在随着时间的更迭与人类的发展而不断被更新，让人们拓宽着认知的边界。就像古人曾笃信的许多在如今显得有点荒唐一样，我们现在所学可能也会在未来的某天被彻底推翻与打破。但至少，这些信息在源源不断地提供给我们思考的空间，满足着我们探索的本能，让我们能对更茫远浩阔或是无尽渺小的浮世万物，有更具象的认识与更深刻的了解，同时带来更无垠的未知来挑战我们的好奇。在我看来，这才是知识最具决定性的根源所在。

三

一堂热热闹闹的实验课。

橘色的小花火盈盈拽动起来了，小小块银亮的钠在刀刃下，巧克力一般被截作两段。酚酞入水，那圈圈翩翩地在水面漾转，化成一个裹挟一身小泡泡的圆珠儿，所过之处径迹明艳。氢氧化铜是不堪搅扰的硫酸铜聚落的絮，加些盐酸就安安静静地消失不见。燃烧的镁则像坠落到实验室的陨星，用全部力量换瞬息灿烂，哪怕耀耀时刻恍如昙花，也要让满座年轻生命屏息赞叹。

哎呀，被科学之美"蛊惑"的我们，真像一群眼巴巴的有点忐忑，却又忍不住伸出手，拼尽全力要挑开面前横亘着的万顷未知的小朋友了。周老师呢，是家长，要把身边这群

岁半的小孩管管好，不让他们在探寻真知的道路上受了伤，坩埚碎了，氢气瓶炸了，试剂洒出来了……"唉——"他只能悠悠又含笑地叹口气，"实验是会有代价的嘛。"

怎么说，成功，或许比想象中更难。但永远有人在这条遍布玫瑰与荆棘的长路上"一去不归"，越走越远。因为我们想弄清自己何来何往啊，南墙之后，美丽的真理倾洒遍野。

每点未知，都以岁月牵羁一份鸿蒙初开。

四

3 年以来，我第一次走进这个排练厅。

曾很多次听到管弦乐的轰鸣声，从高处开敞的窗口漫散出来，浑厚而通亮的乐声交织在一起，显得洪大而振奋人心。而此刻和同学们一起走进这个神秘的排练厅，高敞的圆穹与铺满深深浅浅笔直棱纹的木壁蓦然框定住我们的世界，显得温厚雍容的红绒座椅，精致的浅台和错落陈列的乐器，让我被一股涌流柔柔温软地裹挟，几乎忘记呼吸。

40 分钟里，我们和真正意义上的音乐课邂逅。

吉他声是泉水，六弦之间泠泠淙淙，玻璃珠儿一样清越又醇柔。一个和弦响起，整个世界都沉沦又升腾，浮游生动。萨克斯的声音呢，就更明亮更醇厚了，让我一下子想起夜色下的巴黎，想起影片里昏黄的吧台和韵律优柔的爵士乐，充满一种撼人肺腑的立体的年代感。怎么说，笃定地觉得这学期的音乐课会是很值得期待的。

音乐太窄，安放不下一个躁郁难宁的灵魂；音乐又很宽，它被认真镌刻进人类本能，盛着这世界千千万万无以言表的美丽与灿烂，我的生命始终为它倾塌一角，满身风尘匆匆归来后，它是盏中叮咚摇晃的酒，一口少年。

五

我可太喜欢和同学们一起作画的时候了。

用粉笔勾勒出细润边角，油滑颜料在调色盘的空格内被细细搅弄摊开，蘸饱，笔刷曳出长长一尾浓郁火红的时候，整块暗色黑板都喧喧闹闹地活起来了。第一遍要洒脱，极具侵略性的大肆进犯吞噬空白，越郁郁越酣畅，让字呀画呀都一下子横生筋骨。第二遍呢，就像给姑娘描画眉眼，要扬腕，斜侧刷尖沿着轮廓线一笔流利带过，要精致、顺润，凹落时弧线饱满柔敛，边棱处则要直斜一道峻峰。

最爱调色，单纯的同种色块是二维的，细细糅合以后却一下子变得丰饱起来。焰尖儿一抹艳橙蓦地熊熊灼灼，烧成一整片烈火，云顶半阕余晖腾作天地寥廓间层叠尽染的一场日落，浓郁极了。盛净水的小绿盆染了色，笔刷涮一涮，深深浅浅的颜料便绕烟一般萦散开，圈翻晕漾的尽是奇妙的绮丽。白柔的淡粉层层染作很甜蜜的绛色，像是一小盆霞，或是甜凉的树莓酱，可流入孩子们梦中的。

几个宣委上上下下折腾，雪白校服浸溅上颜料，掌纹指尖尽是彩色的。想把她们用心涂抹的样子定格下来，扬着腕，身姿挺拔，目光宁静，像一个又一个可爱的小艺术家，从条框间勾绘着美丽的故梦。我们笔下"喜迎十九大，共筑中国梦"的字迹飞扬腾歌，天安门红旗招展，长城风尘斑驳，万顷江山如画，从历史浩荡中汹汹而来，亦将流向更遥远漫长的前路。

踏夜色出校门，一身绮丽色彩御寒。

万物静寂，万物嚣然。

六

今天的主题是练歌。

从中午起就齐聚合唱排练厅。

大家开始还是带着卷子和作业去的，一半儿心思淡淡掠着歌词歌谱，一半儿心思扑在手中的半阕数学题和光合作用上，但当三位家长大朋友含笑走进教室，一切便都不同了。

此前的我们才刚刚熟悉了歌曲。旋律能大略地哼出来，歌词在唇齿间辗转了几个来回，但也仅此而已了。而今天，周钧翰妈妈一俯身一扬手，单薄的歌儿一下子汹汹地有了生气。女声先进，男声接好，和声轮唱，丰富而协调。"灿烂"的尾音探上去，就盈盈地盛满了对下个乐章的期待。"时年"的末音落下来，是扛鼎之力，气势磅礴，听着，唱着，都是种难得的享受。

排位置的过程更有趣。"旋律接龙"，各异的声线串作完整歌曲，每个人演绎的都迥然不同的声音一出口，阿姨便要凝眉点头前后调整，发声、神色、体态仪容，无一不要用心打磨。还记得那一声声雄浑沉厚的"饿——"，以及那发自内心的"真的很厉害！"。每个人都暂时放下了羞赧与怯懦，勇敢歌唱，大胆发声，也不断地有此前被"埋没"的小歌手脱颖而出，带来层出不穷的惊喜和动容。

很美好了，当小侯唱着歌走到台前，当钧翰的琴声和君炜的风琴融合应和，当雨节的"鼓声"和圆舞曲般活泼踊跃的节奏相契，当我们携起手来，把满腔深情投入或清丽或浑笃的歌声，很让人感动。

必有回响的值得。

七

翻阅着同学们随笔本的时候，再次被一种美丽的动容俘获。

大家文风迥异得很，女孩子们偏重细腻温情的一侧，像一个个精美的小画师，在勾勒着自己星球的曼妙轮廓。男孩子呢，写着零碎琐细的日常时极具一种灿烂幽默的灵动感，全是阳光漫漫铺碎在纸上，读着读着就要禁不住弯眉，觉得那满篇的金色竟栩栩地溢出来，渗进我灵魂里了。同样的生活，被每一双年轻的眼睛望穿折碎，择最美的一片嵌进纸页，字字句句荡漾着温情，在我看来，比那时而言不由衷的考场作文还要珍贵。

毕竟，日子过得太快了。

那些悲忧与欣悦，释然或焦灼，面对抉择时的举棋难定，或决意而行时的满腔热血，遭遇坎坷时的冰霜裹足，与终临峰巅后的岿然空阔，组成了我们比诗歌更锋利磅礴的青春岁月。或许多年之后，当那些曾终日环萦在我们心上的烦忧随已逝的流年一同烟消云散，更沉重的责任锢缚我们的手脚，击碎天地任行的骄傲，掠夺来去肆意的自由，这些文字将带我们沿岁月长河一意回溯，回到那如旧锦时。时光河底，我们在惶惑与困顿中成长，心中却满是沉沉熠熠的梦，一意向上的时候神色坚定，浩浩过处，日月惊起，山河失色。

这一天天的点滴，尽是我们来时的路啊。

给岁月作传，留清冷闪亮闪光的注脚，我们草长莺飞的灵魂在此栖身。

八

无论怎么说都要写一写小侯。

事情发生在午后，当我倦倦翻开飞来桌前的小方本扉页，竟是由衷地震了一震。将将占满3/4的一首诗，笔画枯僵得很，此刻因为一抹红的加入而浮游生动了起来。那红极具耐心，在

可圈可点处缀一颗星子，间架摇晃处就勾一个三角，甚至还沿着不甚朗润的几笔生长出来，把整个字都衬得谐调了许多。最后在页角空白处涓涓汇作4行极丰润娟秀的评语，寥寥几句，委婉温柔，却把这一篇功过点得极度清楚。

我们的小侯！有什么在我心中蓊蓊郁郁地涨了潮，这几行字带给我的感动，堪比故友一封情意汹涌的鸿书。

从运笔轻重到间架结构，她评了现状，又为我未来练字的方向出谋引路。一本便罢，我几乎难以想象，她以同样的肃谨细细嚼磨43页练笔，真真正正地为每个人的成长助力，让自己深厚的底蕴，成为我们挖掘与汲取的沃土。这可爱的姑娘，让我再执笔时都多了几分真切的珍重，一笔一画静力内含——她与灯光下氤氲的时辰一样，都安静温暖，让人不忍辜负。

在我眼里，她是暖潮未褪的初秋，一双轮廓秀润的明眸，盛满每道山川的金色的温柔。可那炽热真诚的心，却盈盈着夏的背影，每一次跳动都赤灼依旧，暖流汹涌。她从不喧哗，她静美温柔，却能把一切美丽新生的感动搅拌着鲜亮的日色，盛进每个人，每个人的心胸。

我们美丽的姑娘。

为你祝福！

九

真是爱极了这次秋运会。

操场上人声鼎沸，发令枪时不时响起来，此起彼伏的欢呼声近近远远地浮漫，操场上的运动员们矫捷得像一阵风，身后拖满快要灼伤这初来乍到的秋天的赤烈热度。他们是战士，用自己的体魄与意志不息奋搏，以一种喷薄欲出的内驱动与可怕的倦怠和痛苦抗争，眼里不灭不尽的荣光让人望之动容。

而我呢，则坚守在另一条与之并行的战线上。

奋笔疾书。脑海里滚滚汩汩冒出来的语汇被公式化地大略归类，然后押着韵脚轰隆隆地倾泻到纸上。再无暇顾及笔画是否勾连不清飘飘忽忽，词句是否个个精准丝丝入扣，起跑时提笔，冲线时作结，在纸张一角烙上大大的"18"，一篇宣传稿件又告完成：跑道上的少年争分夺秒，观众席上的我们烽火无声。

起身的时候，同学们会积极地把手中的稿件交送给我，大大小小的纸张，不一会儿就能盈满一握。四周吆喝一圈确定暂时没有来稿之后，我和余酱便要跨过半个绿茵场的人流与欢声，三步并作两步地跃上台阶来到主席台前，把稿件全数递送到记者团的同学们手中。

此刻再回首，还有很多东西历历在目。

不会忘记同学们方才交稿又再度提笔的无怨与主动，凝眉深思的神色与埋头而书的轮廓让人心头一热；不会忘记才下跑道的运动员急急来找我要稿纸时眸中的光芒，有如一场战役中功勋赫赫的英雄义无反顾地迈入了另一道钢铁洪流。不会忘记记者团同学们从惊讶渐进至惊艳的目光，凝注大家心血的稿件数目从零开始飞快攀长，让一切付出都变得值得。不会忘记主席台前一声又一声"感谢18班同学的来稿"，本是微寒的初秋，我却仿佛看到一朝花盛，浮彩夺目。

在跑道上奔驰如风的同学们，带给我们经久不衰、亟待抒写的激昂与感动，让我们可以在这一方稿纸之上纵情恣意地落拓热血、寄托祝福。而我们也期望，挣扎在喘息罅隙中忍受着痛楚的运动员，耳畔能浮掠过我们愿昭告世界的心声，让那一遍遍饱蘸真挚深情的呼唤，成为自己不遗余力、永不言弃的理由。

我们做到了。18 班，做到了。

我们不约而同地伸出双手，高高托起的，是一个集体的坚守，也是 44 份熠熠生辉的光荣。因为这份共同的爱，我们从"1"变为了"1/44"，却无关失去，而是变得更加强大、完整、坚韧与磅礴。

这个秋天将铭记我们意气风发的身影。

张开双臂的时候，天地在怀中。

军训日志

军训第 1 天

开学典礼一直保有我的热爱与深情。

早一的孩子简直像小豆丁，眉目里全是柔柔糯糯的善意，做操做得一板一眼元气满满，可爱得教人不知如何是好。武术队呢，腾挪起落尽是力道十足的侠客筋骨，素袍翻飞，荡气回肠。最难忘的是舞蹈团，水红色的裙摆波纹一般圈圈翩翩地漾开，四方奔流，柔润之中怀有让人徒生敬畏的大爱，似天地间悠悠盛开的莲，以绝美之姿赠万千世人。

长到难以历数的获奖记录，明明很精彩却永远有一段要用来发呆走神的校长讲话，一切都亲切清晰如昨，却描摹着一个崭新起点的美丽模样。

我们从此处起航。

找宿舍

我们把行李搬下车，找到自己的教官。

最坎坷之处在于宿舍。我们早早就排到了宿舍楼前面，却一直等到最后也没能得到妥善安置。班排得极乱，宿舍零碎住不满，到最后的结果就是19个女孩被迫分裂，一丝一缕地塞进空隙，还有10个同学找不到房间。最后只得把行李沿走廊两旁归置好，先去食堂吃饭。

午饭很丰盛但时间太有限，两大瓶饮料因为没有纸杯来分而显出愈发诱人的亮色。急火火吃完，跌跌撞撞地啃着桃儿出来列队，学会了怎么一步一步按指令折腾马扎之后，终于在午后的灿阳下开始了入营式。

入营后，在张老师的强硬要求下，18班12个女孩终于聚在了一层的寝室——3个姑娘在二楼回廊那边，我们4个编辑部的一块儿聚在走廊这头。几个同宿的14班姑娘都有几年住宿经验，指划起来像是对儿媳不满的婆婆，嫌被子不够有棱有角床单不够明洁平整，我们在指挥下僵硬地整理床铺，终于体会了一把寄人篱下的心酸哀愁。

这种心酸在去串门之后再度加重。哪怕相识不过寥寥几日，18班寝室简直让人深切恋恋得像是暌违已久的故乡。一进门便扑面而来的温柔，熨帖的大手一般抚慰着我们几个"游子"的心——也正是因为游离在外，才更能体会这种让人心心念念的，彼此携手、共度朝夕的亲切与温暖。

找家的路很曲折。

但明天，明天会更好，不是吗？

夜色中

编辑完第二轮推送，我们急匆匆地赶回操练场。半轮淡黄色的月高悬在蒙雾之中，操练场四周煞白的聚光灯亮得耀目。整个偌大的场地鼓荡着模糊不清的光晕，房屋的棱线融化在夜色里，装甲车像被覆于厚重帷幕之下蛰伏待机的兽。

费了很大力气定位我们的班级。同学们立在昏沉的夜色里，缄默挺拔得像松。归队，纠正军姿。足尖、小腿、腰背与脖颈尽然蓄力拉直，不过一会儿就有微妙的酸痛沿着肌骨筋络缓慢攀附而上，带来细切的颤抖。

前排男孩子纹丝不动，乌发被汗水染得晶亮，汗水沿着脖颈轮廓淌下来，又渗进 T 恤衫丝丝缕缕的布料纹理。但他们只是安静地立着，以一种令人敬佩的岿然。一分钟过去了，又一分钟过去，尽管肌理僵硬，我们却好像在无尽地向下扎根，亟待拔节成一棵直耸入云的树，一个满溢军人风姿的、抖擞挺拔的"大写人"。

除了喊口号的嘹亮声音撕破夜空，我们身旁唯有寂静。

军训第 2 天

晨练

9月2日，清晨，5点半。

尖利的哨声撕破寂静的清晨，仍在睡梦中的同学们从温暖的被褥中挣扎爬起。

脚步声顿时杂乱地漫布原本静悄悄的走廊。大家端起脸盆，挎上毛巾，嘴里叼着牙刷，拥到水池边。在严苛时间的约束下，所有人，都用自己的最快速度完成着洗漱工作。

50 分钟的晨训过后，便是早饭的集合。同学们整齐地排列在宿舍楼前，由各自的教官带领着，大踏步地走向食堂。

吃饭必须狼吞虎咽。眼前，美味的菜肴并没有时间让我们细嚼慢咽。10 分钟限时，下一次吹哨必须起立出门。在用过早饭之后，大家稍作休整，抖擞精神准备开始上午的训练。

上午的训练

扫清疲倦，8点半，操练场上已错落排开29个齐整有致的方队。走近看，同学们年轻的眉眼已然褪去了初至时生动熠熠的新鲜劲儿，而是写满肃正的庄严与坚毅，浮现出一种精厉蓄势的模样来了。

在教官们洪亮有力的报告声中，上午的训练宣告开始。一声令下，偌大的操练场四周瞬间萦回起无数响亮庄穆的口令。队列依照指令整齐有序地前进与后退，每次移动都淋漓着令人心神一振的抖擞锐意。

静立时，同学们是挺拔直耸的松。足尖、小腿、腰背与脖颈的轮廓蓄力拉直，任叫嚣着要引来战栗的酸楚沿肌骨筋络攀附而上，自缄默而立、岿然不动。汗水顺着他们的颊旁与颌线淌下来，又细密渗进白T恤的布料，勾画出丝丝缕缕的湿意，但没有人想过放弃，也没有人向疲苦屈服。

前进时，大家凌厉有如待发的箭矢。大家观察与模仿着教官畅实刚劲的动作，手臂的摆幅、双腿的高度，既充满力道又与身旁同伴如一齐整，远观近察，傲骨天成。重复性的持续练习或许显得枯乏，但每次训练之后，同学们都在砥砺进境，拥抱更坚毅抖擞、锋芒毕露的强大自我。

转身、踏步，训练仍在继续，同学们浩荡的口号声震响操练场上空。在这个漫长而充实的过程中，我们每个人都在孕育与完成着一场破茧成蝶的蜕变。

宿舍走廊张贴着大标语——"打铁还需自身硬"。第一个上午的"打铁"历程已然结束。于我们，军事训练带来的，不只是对国防知识更好的认知和理解，更是对自身坚毅品行的打磨和历练。

第一次5点半起床，第一顿匆匆忙忙的早餐，第一场晨训的经历。不管怎么样，我们会永远铭记 15 岁的这个早晨。新高一的同学们，正像雪鹰一样，振满年轻的羽翼，准备着最精彩的翱翔。

下午想写的多。午后天放晴了，苍穹一碧如洗，一轮蜜糖色的圆日把层层温润的鱼鳞云镀上极鲜亮的光泽。四方浓浓淡淡的群山如诗如画，让人感觉充满希望。

正步

在复习了其他基本动作之后，我们终于开始学习正步。

开始练抬腿。一条腿绷得笔直抬离地面，另一条腿也要拉直以作支撑。大家东倒西歪，半空中的小腿颤颤巍巍左摇右晃，最累的却是支撑腿，感觉每条筋络都火烧火燎地纠结在一起，从足跟开个洞一直痛窜骨节，汗滴从背后淌下去的轨迹清晰可辨。时而，身旁同学艰难调整呼吸的声音会传进耳畔，但没有人抱怨，甚至没有人发出一个类似哀叹的音节。

后来，我们开始行进。从最初的分解动作练起，观察与调整彼此的步幅体态。我们双手抱腹，肘关节夹紧腰际，像是跌跌撞撞研习基本动作的芭蕾学员，每一步都在探索臻美之境，每一步都在与集体发生更紧密的联结。说到这儿，军姿和舞蹈的很多地方着实是相通的，就像，从头顶向下必须要有直正竖立的一根轴，任你手臂舒放足尖起落，躯体必须笔直无虞，不得有丝毫的摇晃与旁逸斜出。

最后，我们开始实实在在地一步一动。动作畅实地连贯起来之后，前掌叩砸地面的声音变得闷厚而脆厉，足下尘烟腾起。在齐整有致的足音之中，大地仿佛在隆隆颤动。

为什么尽管汗流浃背、辛苦不堪，大家都一定要不遗余力地拼搏与坚持呢？大概，明了自己是更宏大的什么的一部

分，亲自参与和推动着集体的发展进程，通过"共苦"让曾素不相识的年轻生命彼此嵌合，是一种难能可贵的幸福吧。

休息

最喜欢看到的，是同学们在听到教官"休息30秒"时的反应。像一只饱满盈润的气球胀到最大又"噗"地被戳破，张得极满的弓在箭矢弹出之后赝足地松懈下来。久经操磨的肌骨得到喘息空间，一丝得到"救赎"的轻快便溜进大家熠熠的眉眼，把明眸之中平铺的坚毅漾出细碎的波纹。

像偷穿大人衣服的小小少年终于得到许可褪去成熟筋骨，回归到稚气调皮的小孩模样。

大休息的时候呢，我们就唱歌。磨合出适宜大家的调子，同学们就落落大方地朗声高唱，旋律熟稔多了，轮唱完成得漂亮，节奏也能齐整合上周钧翰铿锵抑扬的指挥。只有尾部几句歌词融化在细细碎碎的笑声里，却更显出一份亲切自然的欢喜。风吹过，被汗水洇透的白衫紧贴着肌肤凉意沁骨，训练所带来的磨人的疲惫，却真实地一扫而空了。

有对比的快乐最最真切，能一丝一毫地盈满胸腔。

午饭

不得不说，小孩子的适应能力还是强。不出两天，大家已经能在餐厅规则里游刃有余地自如来去了。

从列队开始，我们便自点哑穴。挺了腰背阔步而行，静顺地进入餐厅，精准定位自己的桌台并在座位旁缄默立好。直到教官一声辗转萦回的大吼——"坐！"才乖乖坐好，开始新一轮狼吞虎咽。

在语言全线遭禁之后，眼睛"心灵窗口"的功能就全然被开发出来了。千万种情绪在那一双明眸里细细纠缠，是故友重遇时一簇火苗腾亮的欢悦与惊喜，是被教官批驳时无奈又略带揶揄的小小调皮，是苦等餐饭不至时染满了呜咽与委屈的"欲绝"悲痛，是"一切尽在不言中"的细切而温暖的默契。

怎么说。

要想和我做朋友，切掉长篇大论吧。用微笑和目光来认识我，这样才能明了，是否彼此懂得。

军训第 3 天

那是如此美丽的一个月夜。

我们刚洗完澡，踏着昏昏沉沉的夜色走进操练场。风淡淡凉，平日里早该神色英毅站得笔直的各班同学都笑着，排排坐在马扎上。后来，隐约的歌声浅浪一般温温地涌过来。在讶异地辨出歌声真的存在之后，我们每个人的脚步都变得轻快了。

我们大声地唱啊，一遍又一遍地唱，歌声悠扬。唱的是军歌，一字一句铿锵有力，我时而跟着男声低回时而跟着女声高扬，悠游来去，玩儿得开心。然而，不管多努力，都会有那么一两句词哧哧哧融化在喉间滚动的笑声里，我一笑，旁边的女孩子也就纷纷弯了腰。

但认真起来，大家也认真得很。指挥极专业，要声音的浓度，要表情和表达，大家也明慧灵秀，一点即通。醇美的歌声浮游萦荡，一遍比一遍更精熟。

我就高兴啊。月色里，同学们清新的脸庞温柔极具。那一双又一双年轻的眼睛，是清凌凌无尘的溪，透明的月色全摔

碎在里面。那笑，欢悦的笑，没有经受一点人生沧桑、岁月磨砺，而只显出一种隽永的新生的欢喜，只消一眼，我的心就像鼓荡起清风的白衫一样，抑或像饱张的帆一样，盈盈地满起来。

是了。

总有些日子，总有些瞬间，像酒。置身于其中的时候，只觉醺然翩然，种种辛劳烦忧尽不扫自消，你唯一能做的，只是高高地、灿烂地，扬起唇角。就好像，你已融入了淡凉的月色，化作了清润的风，恒久停驻在匆匆流年的骨节之上，再也不必感受深切的生长痛。

歌声仍在如海潮一般萦回，四溢着年轻的甜蜜的活力。

让我永远留在这些美丽的生命身边吧。

百年之后，灰飞烟灭。他们仍会是我迤逦蔓延的诗文中，最年轻的一句。

军训第 4 天

高一全体师生齐聚操练场，聆听宣传科崔干事以"中国现代史"为主题的国防教育讲座。1 个小时的训练之后，大家都满身汗意，却依旧直挺腰背、目光熠熠，以最抖擞饱满的精神面貌全神贯注地倾听讲解。

为了顺利完成这次讲座，崔干事进行了充分而精心的准备。

她从辉煌灿烂的汉唐时代讲起，彼时万国来朝、独领风骚的盛世雄风让人艳羡。然而，自第一次鸦片战争起，我国历史发生了重大的转折。列强侵略的战火开始猎猎燃起，此后，6 次大规模侵略战争的发动，1400 条大大小小不平等条约的签订，让一度资力雄厚的国度飘摇崩摧。财富外流、徭役加重，万顷国土遭到殖民割据，国人的尊严被践踏得七零八落。染满鲜血的史书，历历尽是屈辱。

为了救亡图存，各党派相继发起了各种革命、变法和运动。从开始的太平天国运动、义和团运动，到后来的戊戌变法、辛亥革命，每次运动都能掀起思想解放的风潮，在史册之上留下一笔重墨，却亦因未能撼动帝国主义与封建制度的至深的根基而以失败告终。终于，中国共产党"应运而生"。第一次，一个组织剑锋凌厉直指帝国主义、封建制度，让革命的新芽在广大人民群众的沃土之中淋漓扎根，最终蓬勃攀长刺透苍穹。

崔干事也讲到，当今中国，与全盛时期所具有的非凡影响力与世界地位相比，依旧有所差距。这也意味着，我们的目标非常明确——为了民族复兴与黄金时代，不懈奋斗。或许很多同学认为，这种话很大、很空，然而，作为独立个体，我们每个人都在被岁月洪流冲荡与裹挟，更有能力、有责任创造历史、引领潮流。

一个强大的国家，需要铁血的国防与真正的精兵。我们应向每一位坚守岗位的中国军人致以最崇高的敬意，更应从当下做起，将自己磨砺得更加凌厉与优秀，成为每项任务与工作中积极且具竞争力的佼佼者，让自己的梦想、目标、使命感和价值感与历史发展进程相契合——可以说，崔干事的讲座为大家的精勤努力赋予了全新的意义与理由。

希望有朝一日，我们都能实现红旗之下朗声呼出的、铿锵有力的誓言，成为国家的栋梁之材、社会的中流砥柱，以自己的无限光热，为祖国大地带来亘古不灭的黎明。

军训第 5 天

今天，有那么一点委屈。

在条律框定严格的军营，一切特殊的存在都是格格不入的，包括编辑部。开始是三两句的善意调侃，后来就发展为细切的群讽和尖酸的质疑，甚至成为不自觉的孤立——这或许不怪大家，我们还太年轻，也必将更亲近曾与自己并肩共苦的人。

但还是扎心。

在有的同学眼里，编辑部成为特权主义的化身：不必冒烈日训练，可以光明正大地携带电子产品，有零食饮料可以享用……所以呢，便有意无意向我们投掷不友好，否定我们的一切努力，甚至拒绝承认我们在集体中的价值，只因为不整齐、不统一，虽然我们已经将写稿时间压缩到最短，以期让自己可以和同学们一起训练，虽然几天来军训科目一点也不曾落下。

哪怕明了这都是很细小的事，简直连正经的"挫折"都不够格，我还是觉得很憋屈，硬生生地憋屈——不被承认和接受的感觉，很难过。

后来呢，整个编辑部的屋子都装满了咸咸的颓丧。大家讲自己的经历，说着声音就低软下来，甚至略略染了哭腔，垂下眉眼，平日熠熠生辉的明眸一下就没了神采。在这间破陋的小屋之外，没人能够，甚至愿意了解我们都在做些什么——我们不眠不休地为之奋斗与奉献的人，却是打前锋的排斥者与孤立者。

最终治愈我的是崔崔折的小兔子。

外面夜色很暗，编辑部耀眼的明亮。她一步一步地教我们折小兔子，最后一口仙气一下子就把瘪瘪的小身子吹得鼓鼓胖胖，可爱极了。我们跌跌撞撞地跟着她折，最后吹气却怎么也吹不鼓，成了瘦瘦的小兔子甚至是尖削的小狐狸，就一块明软软地笑。

崔崔可爱啊。现在想来，她是我文章里很常出现的一个人。极灿烂、温暖、明亮，像个小太阳一般不遗余力地散发着光热，把每个人心中晦涩难明的部分都熨帖暖适地展平，她一笑，我们就一同安然了。

或许，意图坦然接纳一切毁誉得失，我们还有很长很长的路要走——曾做出了这样的抉择，就不能害怕有所牺牲。但那只乖乖伏在窗畔的小兔子会一直驻留在我心间，告诉我，只有以宽广胸怀容难容之人事，自己主宰心绪起伏，才能获得真正意义上的宁静与淡泊。

军训第 6 天

军训的地方很干，地上尽落满了浮尘。我鼻腔里也燥得很，毛细血管成了脆玻璃做的，稍稍用点力就崩裂，浓稠灼热的液体很过瘾地涌出来。

3 天 9 次流鼻血，也算是创纪录了。

最无助的一次呢，是第 4 天中午。擦着鼻子的时候，蓦地看见白色纤维里渗着的血迹，急匆匆跑去卫生间，把自己锁在第二个隔间里。一垂头，猩红的液体就淌下来，顺着鼻尖轮廓滴落，在白瓷上利落溅开。几张纸被洇得透软成一小团，能挤出血来，便池中一汪清水被浸得鲜红，甚至地砖四周也尽染上斑斑点点的血迹，它也没有停下的意思。

太无助了，微黏的血液大片渍在指掌的纹路里，我像是刚刚捅死了谁又未来得及洗净证据的菜鸟杀手，在自己为自己设下的禁锢里进退维谷。血还是在涌，等到门外鼎沸的声

音渐渐淡去，我才飞快地跑出门，一边手忙脚乱地擦着鼻血，一边开始颤颤巍巍地以凉水拍洗自己的双手和前额。

半个小时之久的孤独。

后来呢，嗓子里又像被嵌了一片砂纸，每次吞咽都纠结起刀割一般的钝痛，干干哑哑。咳嗽的时候是鼓风箱，搅着风尘抻拉每块细小肌肉，没两声就要感到血气上涌，一喉咙的咸腥气，很是难受。冬凌草含片成了必需品，不过几时就要启一颗出来丢进口中，让缓慢蔓延的凉意几近于无地纾解一下紧绷的咽喉。

大概要花上好久去好好恢复。

军训第 7 天

一

最后一次，我们在食堂前列队，脚步故作沉稳地走到饭桌旁。

一拨学生去洗澡了，食堂里人并不多。餐桌上的菜和平日不同，我滞住了，甚至忘了和其他女孩子一样发出低低欢喜的惊呼，下一刻又觉得眼眶发酸，满心都是让人全无预料又难以招架的怅痛。

是什么呢？一盘鲜香滑嫩的饺子，甜而泛着深润油光的京酱肉丝，青瓜条和方豆腐皮，一条烤得微焦的喷香烤鱼，肉色丰嫩极度诱人的烧鸡，满满一碗碎珠儿样沾盐粒极香脆的花生和猪蹄儿、鸡柳条，加上两满瓶颜色澄亮的饮料，简直丰盛得像新年晚宴。

行将出征的将士们的最后一晚，是要极尽隆重的——那是一种悲壮的隆重。谁能伤痕累累地归来，谁要马革裹尸还，在战火与硝烟的血口之中都将化为尘埃般的未知，所以每个人都要轰轰烈烈，不给自己留任何遗憾。

而我们的最后一晚，有一种让人心痛的隐忍的温暖，好像平日沉默庄肃的父亲在送孩子远行前一语不发，只安静地备好了满满一桌菜，到最后眉眼都凌厉依旧，却又充满一种欲言又止的，挣扎的期盼与深沉的爱。

"一群傻丫头，明天就走了，这两天辛苦，今晚多吃点。"

二

23 点 15 分，我静不下来。

我曾写，我习惯了很多。这 7 天的点滴，疯狂地轧合在我的生命里，亲吻着我灵魂的丝丝缕缕。

我不想走，我认真地保持着清醒。记忆是个巨大的骗局，以狡猾的手法愚弄着我的心，逼迫它把一切曾经的痛苦改写成惹人恋恋的甜蜜，又将所有幸福温暖的情感蒙上一层永恒的晦暗的掠影——它们将再也无法被真正触及。

我多想，在这吱吱呀呀的硬板床上再睡几个晚上，和大家一起挤挤挨挨地拥进澡堂。我多想，在操练场上再铿锵有力地踢上几圈正步，踏上简陋凹凸的舞台纵情歌唱。我多想，在清晨伫立在朝阳万道辉煌的金光里，踏着晚风凝望自蓊蓊郁郁的树顶冒出头来的明丽的月亮。

我多想再和教官们唠唠嗑呀，听他们讲讲时而枯乏却又让人钟情的军旅生活，讲讲短暂的假期和心中沉甸甸的家乡，哪怕什么都不说也好，我们就躲在装甲车宽大的阴影里，一起，和沉默两相对望。

可是不行。

一切荣光，一切遗憾，都已经被收进床下大敞着的行囊。

明天中午，这场斑斓过度的故梦将姗姗地迎来一个结尾，梦醒时分，要忍下泪水、挺起胸膛，因为现实已经气势汹汹地倾轧而来，而过往是缥缈在烟云里的桃花源，任我一意逆流，也找不到来时的方向。

这大概是我这辈子和66325厮守的最后一个晚上。

一想到这儿我就心痛如绞。

三

据大李子说，我们的训练教官叫饶义。

之前写过，他有一双特别柔和明亮的眼睛，温温润润像小鹿。

教官个儿不高，很亲切。从站军姿开始，到最后能够流利稳健地踢一轮正步，都是他在一板一眼地纠正和指导着我们。他是贵州人，普通话不标准，训练方法时而还挺怪僻，但不知是不是班里姑娘都灵秀，他设置的练习简直称得上我们进步的助推器。

前几天，练习辛苦。他会讲故事逗我们笑，安排很多小间歇，每次午休回来都提醒大家整理自己的衣装与腰带扣儿；也会在装甲车隆隆启动时特意让大家停练后转欣赏它的英姿，静悄悄放一盒金嗓子在马扎旁供喉咙酸痒的同学取用。

教唱歌的时候，他有些赧涩地坦白了自己"五音不全"的事实，却还是以一种认真过分的姿态激情洋溢地扬臂指挥，煞有介事地念着歌词，在有所成效时开心得像个小孩儿，笑容中满溢着的得意掩敛不住。打军体拳，他"现学现卖"，不满大家有气无力的呼号声便模样浮夸地模仿，"仰天长笑"的有趣模样让大家纷纷捧腹，却也喊得越来越有气势和力度。

这两天呢，彩排多了，每个班都紧张。他会提醒大家保持平常心，路队拐弯时目光灼灼地缄默着，站岗的卫士一般恪尽职守地在旁护送。每次比赛不论名次几何，都发自内心地肯定大家的努力，做最令人心安的依靠与支撑。

闲暇时，他就拿马扎和我们坐在阴凉处，聊很远又很近的种种。他很坦诚，说自己本无意再带军训，也从未亲授正步；他很幽默，在细细读了《军训快报》之后怂恿我帮他写学习心得。他说装甲车像挖掘机一样很好开，向我们介绍填弹和射击的方法流程；他说自己假期独自转故宫很无聊，陪女孩子逛街又太辛苦，被套话询问有没有女朋友时，又摇摇头故作深沉地嗟叹一声，"习惯了，单身已久"。

他快退伍了，他说他想回家。

听说今晚，在别的教官脱帽致意、挨个问着名字拼命合影的时候，他一语不发，默默离场。只不过，步子迈得无限齐整标致，身形比以往更加挺拔昂扬，最后，他转过头来，片刻回望，又很快地回过身去，消失在夜色中。

教官啊，您有没有，至少用那最后一眼，把这一群意气蓬勃的年轻人的模样铭刻胸膛？您是否和我们一样不舍，一样，为今后天涯海角两难相逢的可能而痛心？教官，让我们欢喜地辞行，让我们踏实地、郑重地，感念而非怪怨命运的思量，是它让您的身影镌刻在我们青春最美的那页，长青而明亮。

四

晚风吹过，深蓝色广袤无际的穹顶铺满巨大的鱼鳞云。操练场上，我们在凉意里拖沓着步子慢慢地走啊，铺在地面上的身影被拉得很长很长。

音乐声萦荡在整个场地上空，唱的是"我想逃，却逃不掉，能不能拥抱，哪怕只有一秒"。很粗粝的男声，听得人心头

酸楚。舞台上立着几个教官，是夜，辨不清他们的神色和模样，但每个人都不那么精神抖擞了，反而显得有点憔悴，有点落寞。

成天叽叽喳喳让人操心的小麻雀们就要拍拍翅膀飞远了，他们看起来却不太舍得。

我们是最年轻的毕业生，最青涩的退伍兵。在行将离别之时，我发现，哪怕是峰顶终年屹立的青松也会在雨去风拂之时簌簌挥泪，哪怕是傲骨铮铮的铁血男儿也会在一轮轮迭换的迎来送往之中心生黯然——世界永远在匆匆流动，人类却没有进化出完满的机制来消化离伤。

黎明将至。

夜色里，有什么保持着缄默，有什么汹涌地流淌。

秋日午后

午饭后和杨杨赶完昨天与今天两次大会的宣传稿之后，在食堂外的长椅上坐着，准备把文章发到群里，非常安适的下午，初秋的风和适温柔。食堂二楼的窗缝里飘出隐约的讲话声，透过麦克风氤氤叠叠地散出来，是老师在指挥着参加竞赛的同学落座。

忽然听见有人急急唤我的名姓，抬眸，是初中组的一位语文老师，还是长发飘飘的美好模样。与初中时与她照面时相比，更加灿烂与温柔。我和杨杨被拜托帮她抱一下新饭卡，四个沉甸甸的纸盒，是又一群孩子加入人大附中的小小凭证。我们穿过操场，走进初中楼，一路聊着有关未来的茫远而切近的许多话题。老师的腔调不同了，不再像两三年前那样充满对孩子一样的近乎无奈的怀爱，而是更平等与朗润，像对妹妹，或是朋友。

初一时的我们那么小吗？

五官也好，身量也好，都清嫩嫩的没长开。四处横冲直撞地跑，好像从哪里掠过都能掀起一阵风。校服肥肥松松，

颈上红领巾系得勉强算是平整，打量陌生人的目光怯生生的，又因流转着的善意的好奇而显得格外活泼。像一群小小羽翼渐丰的雀，稚嫩的鸣声里有一整个春天在生长，走到哪里，哪里便生机勃发，绿意横流。可爱得让人心折。

送完饭卡，我和杨杨摸上楼，想再去看看丁老师和朱老师，还没等挨门挨户地瞧，丁丁的声音就远远地传了过来。初一（2）班。两个学姐守在门口，翘起颈项从小小的窗格往里望，老师还是那身鹅黄色的 T 恤，语气神色一点儿也没变，再过1分钟，她就要故作严肃地叮嘱孩子们乖乖坐好，然后走下讲台，推开门，发现笑意盈盈的我们俩，然后爆发出一阵尖尖欢喜的惊呼。

很合时宜地，我想起初中时，她说起曾带过的学长学姐时那种有如谈到自家熊孩子似的，熟稔、嗔怪又掩不住自豪的样子。我不知道她会不会和面前的孩子们提起闹腾又温暖的 16 班，但我知道，我会偶尔逃离面前繁重的课业与种种和长大有关的愁思和烦恼，像从前她带过的学生们那样，像一个小小的孩子那样，冲回她的身旁。

我们都要长大的，在很长的不知不觉之后，这个清晰的认知终于开始频繁击中我，它带给我同样沉重的欣悦与烦忧。

相见总是欢喜，丁丁好多了，眼睛依旧棕亮明润，元气十足地和我们开着玩笑，让人很难看出她不久前曾经历过一场耗人元神的手术。朱老师呢，有了小宝宝也依旧甜美可爱，提起和自己血脉相连的小家伙总是一脸甜蜜的赧涩。我想，这个宝宝一定会健康快乐幸福地成长，因为他（她）会被很多很多爱和暖意包围着，接受我们每个人至深的牵念与祝福。

到此刻还能想起，那些面庞熟稔的老师在远处向执笔候场的我们招手时的目光和神色，那种掺揉着思怀和动容的骄傲，真好像我们就是他们怀抱中成长起来的孩子，终于有了青年人的模样、担当和翩翩风度。他们太真切，也太深情，总让我忍不住要沿时光回溯，曾并肩携行的日子在脑海中翻卷起来的时候，只觉暖意盈胸。

是老师们，他们左手捧着书本，右手执着刻刀，以知识丰富我们的生命，更通过日复一日的打磨雕琢着我们的灵魂，修去斜逸之枝，洗掉浊瑕之质，让幼木长作笔直栋梁之材，璞玉呢，一朝通透莹白光艳世，羡煞众人。他们一方讲台板书授业解惑，开口有白雪春风，半方书桌孤灯几度，守望过多少昼夜春秋。他们是真正听命于真理的传道者，用尽全部心力去呵护豆蔻年华时的我们，把每份爱和希望都化为地平线上一簇亘古炽燃的火种，守望着一场天地大亮、永不落幕的日出。

与他们相伴相守，多么幸运，多么幸福。

再见2014，你好2015

Departure

依稀记得2013年年末，分别在即的我们忽然感到些许慌乱，忐忑与不舍开始在心中近乎疯狂地蔓延。不知何时开始不再盼望长大，开始怀念过去无忧无虑的岁月。但依旧，2014就这样拉开了序幕，步履匆匆、脚步蹒跚。

接下来的半年轻松而愉快，我们肆无忌惮地笑着、闹着，一如往昔，把茫然与悲伤深埋心底。但那愁绪，就飘浮在空气里：嬉笑时片刻的失神，眉眼间深沉的牵念，望向彼此的眸光里，多了太多留恋。

但我们终是分别了。没有拥抱，没有泪水，就好像第二天依旧要披着满身璀璨的霞色来到学校，再与彼此见面。但我们就这样匆匆地向自己的未来奔去了，渐行渐远，甚至再无交集。一年又一年，唯愿可爱的弟弟妹妹们，少些遗憾，多些珍惜。

分别了才知道，时间，现实得近乎冷漠。无孔不入的流年介入了曾经心意相连的挚友间，没有挑拨，没有嫌隙，只有甚如陌路的疏离。我们不知所措、小心翼翼，在时光的漩涡中彳亍着，失去了彼此的勇气。

但还有什么不满足的呢，整整 6 年令人心醉的美好回忆。我们清楚地知道，有个少不更事的自己，永远留在那个洒满阳光的教室里，守护着自己的母校。久久，久久不曾归去。

Beginning

记得那天阳光晴好，9 月清新的空气里，带着丰收的馥郁气息。我微闭双眼，深长地呼一口气，与莘莘学子一道踏入了学校的大门。这让我魂牵梦萦了 5 年有余的学府，终于向我敞开怀抱，梦想的最终实现，让一切付出都变得无比值得。

可还是不可抑制地忐忑，我挽紧了爸爸的手臂，心跳如擂鼓。"没事儿，爸，我自己上去。"我仰望着横跨操场的临建楼，回头冲他清浅地笑笑。微风撩起黑白格子裙的裙角，我不由得将那份火红色的录取通知书攥得更紧了些。"在哪个班？"楼梯口的姐姐有着甜蜜温柔的声线。"我在 16 班。"怯懦的声音微微颤抖。"16 班……这边。"她俏皮地扬起手，笑意柔暖。

可能是因为太过紧张的缘故，我在狭长的走廊里转了一圈又一圈，却始终没能寻到归属。我的双手冰凉，手心却是黏湿的汗意，濡湿了通知书的封皮。终于，熟悉的数字映入眼帘，我查验再三，方才如释重负地走进班门。

短发的女老师热情而利落，拿起手机拍下了我入学来的第 1 张照片。"叫什么名字？"她清亮的深棕色眼眸里蕴了满满的笑意。"李卓宜。"我边轻声回答，边在名单上指出我的名字。"好，去找个空座位吧。"阳光一般金耀明亮的笑容，让我放松了些许。

星语心愿

此生无法忘却，我们的初次见面。挚友们，感谢上苍，让我来到 16 班，让我邂逅了太过美好的你们。我相信，我们定不会辜负彼此的青春年华，漫漫人生路上有你们陪伴，是我最大、最大的幸运。

Teachers

丁丁：一直难忘初见时老师明媚的笑意，有她在，就会感到莫名地安心。记得一次，调皮的男孩子做了恶作剧，她沉凝着脸色走进班，声音冷峻而平静："进入初中，你们都要学会为自己的行为负责，不能再幼稚下去了。但放心……"她顿了顿，双眸轻柔地扫过我们每一个人："哪怕成熟的过程很艰难，我也一定会陪伴在你们身边。"

她会绘声绘色地给我们讲曾经学长们的故事；会在我们疲惫不堪时为我们播放视频，让清脆的笑声充满整个教室；会包容我们的不完美，在教育第一线上不懈坚持……她是 16 班最棒的班主任，是我们成长的引路人。

肖肖：肖老师能用自己的热血激情与飞扬文采，点燃 16 班。每一节语文课，她都怀着最为真挚的情感为我们讲解。千百年前的古文在她的口中拥有了栩栩如生的典雅美韵，再过繁冗晦涩的当代作品在她的分析之下都能够变得简洁明晰。最难忘圣诞节那天，讲起与母亲的故事，肖老师哽咽落泪，她说："我宁愿亲人们把母亲受伤的消息告诉我，我有权利知情。那些所谓善意的谎言，究其根底都是对家人的不负责任。母亲的伤，将成为我心中永远的痛与遗憾。"话音落下，我们久久沉默。

我想，肖老师不仅教会了我们从生活各处发现语文的魅力，体会文学的美，更用自己精彩的讲述，让我们懂得了许多足以受用终身的深刻道理。

伟大林：同学们说，林老师是最不像老师的老师，因为他的数学课，总是充溢着盈盈笑语，总是弥漫着暖意融融。记得秋冬更替的时节，林老师患感冒咳得厉害，却没有因此而离开讲台。那次陪护家人整整一晚未曾合眼，第二天却依旧如期而至风度翩翩。他帮助很多同学克服了对数学的恐惧，建立起了宝贵的自信心。

很多小事，我们都未曾忘记，就如同林老师对我们的细致与用心。它们被深深地镌刻在我们的脑海里，每每想起，都有无数感动与欣喜。

Wishes

新年的钟声就快要敲响，却还是感觉这一切来得太过匆匆，不及回首就要踏上崭新的征程。辞旧迎新之际，还是向大家送去最美的祝愿：

挚友们，愿你们在新的一年中健康快乐，学业有成。

亲人们，愿你们一如既往地开心幸福、事事遂心。

老师们，愿你们在以后的岁月里工作顺利、身体健康。

愿你们每个人，都永远平安喜乐。请记住，你们是我人生中最美好的风景！向旧时光挥手告别，新的起点上，让我们扬帆起航，携手同行！

写给爸爸的生日祝福

今天是爸爸的生日。

说心里话，我不善于写身边人。越亲近，越近乡情怯，一面侥幸地拖沓着，觉着这份幸福绵延不倦，不怕动笔迟些；一面怕文字单薄不够支撑骨子里的深情、血脉中的牵念，但今天不写点什么，可太说不过去了。

爸爸从大学那会儿就特爱看电影，看起来全神贯注没个完，全靠妈妈督促着学习。还有点小小的拖延症，慢慢悠悠不着急，时而脾气上来，也会口不择言，什么也听不进去。但用我妈的话说，我以后还是应该找个我爸这样的，因为他很善良，很有担当，对谁都怀揣着一颗热腾腾的真心，永远不吝于伸出手，帮这个世界转一转。

这一路啊，他就陪着我走。

刚出生那会儿，他整夜看着小床上初来乍到的我不敢合眼，说看了育儿书，怕我悄没声地停止呼吸。

几个月，我一个人折腾，久不见人睬我，拼尽吃奶的力气大喊出人生中第一个音节。他飞奔来我身边高兴得手足无措，颤着声音唤我，让我再叫一遍。

3岁了，我和他一样爱看书爱看电视，午后阳光暖洋洋，啥也看不懂的我被他圈在怀里，小小的胖嘟嘟的脸神色煞有介事，是和他如出一辙的容色和眉眼。

一年级，我们俩一起去香港，夜色里的迪士尼城堡梦一样璀璨，被淹没在汹涌人海里的我，很轻易地被举上肩头，他的双肩宽厚笃实，我稳稳地坐着，视线越过人潮，看焰火落成满穹雪。

三年级他教会我游泳。

五年级，我们陷入一场沉默的交战又达成和解。

初一，他目送着我，小心翼翼地踏进教学楼，脸上的笑容温暖又让人心安。

初二，看着病床上的我，他特别淡定，却在转进楼梯间的那刻止不住地潸然落泪，从那以后，他就成了我的腿，推着我走过雾霭昏蒙的清晨和烟火嚣然的夜晚，护着我行跨烈日暴雨的炎夏和落日冽风的秋天。只要他在，我就特有底气，因为我绝不会、绝不会受到伤害。

哎呀，不回头就不知道，我和爸爸的故事写个三天三夜也写不完。然而，在这么多发自内心的话语里，我最想感谢，感谢他不缄默也不凋谢的爱。

他的爱，从来不像山，在表达爱的直接与坦白上，他简直不像个中国父亲。他仿佛从不吝于让我知道我是长在他心尖上的珍宝，是带给他幸福的"他的骄傲"。我们之间不需要酸涩隐忍的揣度与猜测，不会有经年之后的恍然和重圆。因为不管在何时何地，我都能自信地说，自己拥有一份最厚重与真挚的爱。我奋勇向前，满身伤痕也无所畏惧；我含笑迎难，面对风雨也能处之泰然，因为我从不害怕因失败而失去，

回过头，他一直就在那儿，眼里的笑意，孩子一样明亮而皎然，并不那么伟岸的身影，却足以为我扛起一片天。

现在，我长大了，却反倒不如他坦然。想念身在外地的他的时候，把什么都往心底埋，看他喝酒应酬担心得团团转，一句话七拐八折哽在喉头，飘成不带什么温度的"您难受我可不管！"。但我特别高兴自己能意识到，就算超人也会长出疏落的白头发。岁月呀，最善一寸寸压弯人们笔直挺拔的腰杆。我得多听听，我得好好看看，可不能放任汹涌流年让他老去了，可不能在好久好久以后一声连一声地叹，怎么那么不懂事呢，15 岁那年？

爸爸，您的李小妞不是不渴望未来，但每每思及您，她都想岁月就此停转。她或许没有告诉过您，您厚实的手掌和温柔的怀抱，盛装着她对于世间暖意的全部眷恋。第一次做女儿，她也经常跌跌撞撞，但您的爱呀，让她得到无坚不摧的利刃，更让她永远保有孩子一样的柔软与烂漫。千帆过尽，依旧笃信美好的存在，依旧期冀与守望着，更加灿烂与绮艳的黎明的到来。

她爱您，永远，永远！

成为您的女儿，太幸运了！

我的宝贝叫"饭团儿"

1

很难给现在的心情下一个定义。

我还是好好循着生活的轨迹的,但又像一块没压平整的拼图,脑子晕乎,骨节松动,心脏和胸腔之间不流动血液了,改蔓花长草,不动声色地酝酿一整座春天。明明过惯了过旧了的生活乍时容光焕发,被拎着后颈儿灌了三两甜酒似的,看哪儿哪儿都新,都可爱,都盈盈亮亮,值得一捧从肺腑直捞出来的欢喜。这就是一个生命的力量,我总是不由得想。它都不用活生生地出现在眼前,不用把它的温度融在我手心,就已经足以教一些质地极其纯粹的希望生根发芽了。

我昨晚看到它的照片,噢,那双眼睛,让我实实在在地为普适于自然界的、跨物种的幼崽热爱找到了理由。纤小的、懵懂的毛毛球,灵动,生机勃发,幼嫩灵魂一派雪白,就像一个最完满而动人的故事开篇,让人脑子空空,除却一个命运垂青的美丽未来,别无他求。今天这一天呢,我都笑着,得空就从脑子里搜刮意象,拎出来跟相片里的小东西反反复

复比对，连摇摆的过程都觉得幸福。

下午跑步时又提起柠檬，发觉此前一触就痛的旧事，如今已然可与我平和相对。曾经的苦楚和惶急，都被岁月凿进一个小而深的空洞，平时安安静静，只在我塌陷时、死寂时，释放出钝而触不可及的思念。我在高一时尤为想念它的毛茸茸，几乎是发了疯地渴欲一点生气，现在想来，也可算作一种欲扬先抑的铺排，伏笔又一段缘分的姗姗而至，亦愈发劝勉我去毫无吝惜地善待、呵护和珍爱，时时处处无悔。

我曾写到的，邀请一个生命走进我的生命里来，甘愿全情投入，就不能怕痛，不能推拒宿命，不能忘记注定。在柠檬离开我时，那份决绝与残忍真实地将我淹没，以至于让我这么多年不敢触碰。

此刻的誓言瞬息生灭，而它的证明长过最复杂的解析几何题目，呼吸之间，累月经年。但一转念，爱哪里需要求证呢？只要伴着它、拥着它，走过最长最远的路，足矣。

饭团儿啊。

2

我在小东西身上看到生命的预告片。

妈妈总说，不待女孩子成为一个母亲，她永远无法窥得真正母性的十之一二。但，噢，饭团，它就真好像一个毛茸茸的婴孩，那么轻易地撬动我心里千顷柔情。爱它是如此容易。

我把它拎起来轻轻堆在腿上。它是柔软、温暖和起伏着的，但也不很烫。背上的毛滑得似被濡湿，肚腹绵白一片，最细软的是极玲珑的下颌和 4 个茸扑扑的爪儿。我要自它脊背一路顺下来，路过一点点自内里叩出来的心跳，慰安似抚它皮毛。要很轻慢地按它头顶，指腹探索般划过鼻骨小小弧度——

它被勾起无边睡意的办法一如幼时的我。

　　它很快打起瞌睡，两汪托金莹翠的琥珀似的眼怠怠眯起来，头要枕着我的腕或肘窝，尾巴卷起来，以一种渐缓的节奏狎昵地晃，轻轻拍我的前臂。我凝看它入眠，忽然理解那些愿意花好长时辰怀抱着自己婴孩的母亲。它的尖尖耳，小小牙，沾了一细滴乌墨似的小粉鼻尖——那么让语言相形见绌的造物。我看着它，分明听见一颗心软成一片后窸窸窣窣融化的声音，像雪。我是如此甘愿把这一片单薄的时光铸成永恒。

　　它从梦里惊醒，喉间发出一点点呜咽，我捧着它的颊温言软语地哄着安慰，直到它又好好睡去，用整扇胸腔呼噜呼噜地吃自己的满足。我们相依触的那部分肌肤慢慢生根。一种灵光和恍然兜头降落——我从自己身上辨出母亲，又从它身上辨出自己。真的，这个毛小孩，用安睡的姿势自时光尽头复苏了一整沓温情脉脉的瞬间，温暖的怀抱，温暖的掌心，温暖的目光，在这样的温暖里一夜夜安睡、一天天成长起来的，是我。现在，从一种微妙的时光重叠和角色对换里，接受者以熟悉的姿态施予，同时被两种巨大的生命欢喜揽满怀。这是一种宝贵的察知。

　　我的心化成溪，又飘作了熏暖的风。

　　饭团儿浑然不觉——这种浑然不觉，同样是这一切的一部分。

　　它轻轻把额头贴紧我掌心。

3

　　这个小混世魔王终究是把我给咬伤了。

　　晚上在姥姥家正玩儿着，它照旧把尖白的小牙轧进我指节皮肉里。一个寸劲儿，它把小脑袋摆晃着往后一撤，牙尖

儿就倒刺进我肌肤褶皱，我慌慌张张拿出来一看，留下了个不大但深的小洞——没一会儿就渗出血来了。

中间的颠沛种种便不再赘述了——海淀医院打狂犬疫苗的人真不少。

两天再过去，肚子里就憋着对它的一股闷气。它又来抱我的腿，轻盈地跳到沙发上用它收好了爪尖的软乎乎肉垫摆弄我的手，趴在书桌上严严实实遮住身下的书页，一双莹亮亮眼睛盈满猫科动物的天真游戏欲，对一切浑然不知。而我不理它，推拒它的亲昵，一见它脖颈儿动作就触电般缩回手，让它困惑又有点难过。后来我接着写练习册，隐约感到它跳到了我身后，也没太在意。

再回过头的时候，它睡着了。

在我身后那么一小点空间里，它舒展开，雪色的肚腹抵着我。我得到一点机会去好好端详它，这个成长得迅猛似春笋、分秒必争的小家伙。我的一个手掌早已不能服帖地摹出它从尾根到颈端的弧度了——它的体长至少比初至时增了1/3。它后脑的毛从细软变得密而油润，摩挲起来犹如不透水的鸟的绒羽，而当我的手指自它的前额滑向柔软下颌，再缓缓勾过脊骨，它还是会发出小小，又让人忍不住满心柔软的呼噜声。

我发觉它的毫无戒备。猫科动物分享与生俱来的警觉，可它现在坦然呈奉致命的脆弱，用绝对真实写意清醒时无迹可寻的温柔亲近，让我的肺腑化作棉花糖样甜软的一摊。我突然开始理解母亲，开始理解一个人甘于为另一个浑然无知的生命付出一切的情绪——我愿用我的分分秒秒记述它，我绝不能错过它的成长。

又想起我在卫生间里的时候。磨砂推门映出它小小的影子。它徘徊着，把头抵在门上，粉红鼻尖儿被压得很清晰，看了又看，找了又找，等了又等。

我的饭团儿。

4

5个多月了，我们饭团儿。

它的生长速度放缓了，有了相对固定的体长，会在饥饿时长着声呼叫来要求食物。气力明显见长，可以一跃轻轻盈盈飞几米。在人怀里的时候也愈发地不安生了，左右扭摆不得一丝一毫的静儿，张嘴就发狠地把尖牙往裸露的皮肉里嵌，直到你妥协，放它决绝降落。

我时而会和它玩追跑的游戏。它最终总要蹿到大屋的床上去，拱背竖起乌金的毛，整个像一张绷得满满的弓。我垂下手，它便窝下身子，乍看像懈了，实则肌骨力满硬实得发颤，双耳回背过去，一双眼瞬也不瞬地牢牢盯住，趁我不备便要倏然箭发猛扑过来，让我见识一把猫科动物的猎手本能。

总而言之，它像是进入逆反期了。凶躁得很，不亲，也不会像从前那样轻易地发出满足信号——哪怕在梦里也不是。

于是这让我对它显露出难得柔软的时辰愈加珍视。昨日它跳上钢琴将上面东西扫了满地，大画框扣下来，镜子摔得肝胆俱裂，牙套从蓝盒子里飞出来，插花碾了一片落红，玻璃瓶子里的水沿着金丝绒琴罩滴滴答答流，聚成一摊拭不尽的泪。我怒从心头起，它也吓坏了。直到后来我消了气，将它从10分钟的禁闭里解放出来，它路过已不复踪迹的狼藉现场时还是余悸的样子，塌着腰细细地前后嗅，像做错了事的孩子。我就把它拎起来塞进怀里，它眼神怯怯地窝着，委委屈屈，看得人一颗心也软趴趴融化成雪白的一汪。

此刻也是。家里就我的卧室还亮着灯，它借我的腿当跳

板跃到桌上，垫着我的历史书乖乖打起盹来。醒来，我就伸手极轻地拍拍前额，抚弄两颊，让它很快又沉入梦境。这时候的它就还是那个黏黏软软的样子，让每个姆妈可以从一副清俊的少年或青年骨廓里看到牙牙学语的小孩子的影的，那样的样子。

　　我从它额前偷了一个吻。

祝福杨杨

　　思量再三，还是决定提笔写一写我的挚友杨杨。

　　我的文章有个特点——越亲近的人写得越少。一来，很多写作灵感是由乍现眼前且留之不得的美所激发的，是一种想要把它们以文字的方式记存下来的渴欲。而这些人，我总觉得他们是可久驻于我生命之中的，要动笔的念头便不那么过分紧迫——当然，这也或许是某种错觉。二来呢，对于他们，那些沉凝在我心头的感情太笃厚，细想只觉头绪万千，不知要从何下笔；又深感文字单薄，怕自己的章辞流于俗套、浮夸失真，写出来全不是心中模样。总的来说，亲人、挚友，我是不轻易去写他们的。

　　但这回呢，着实有种很不寻常又难抗拒的力量，迫着我动了笔。毕竟，颠簸在新疆一望无际的公路上的时候，有大把时间可以用来漫无边际地去想一些很切近与茫远的事，从而生发许多值得一记的感触。

　　我和杨杨在2014年的9月初识，做了一年或者更久的同桌。不必要什么轰轰烈烈的大事，就是每天的朝夕相处，很

多看似微不足道的生活点滴，把我们的友谊缔结得很是笃厚。

　　而杨杨真正成为我生命中举足轻重的人，大抵是在初二的夏天。2016年5月，我意外骨折并接受手术，此后，她成了除父母亲人以外对我照顾最多的一个人。我囿身病榻时，她勤来探病。返校之后，她更是为我推轮椅、打饭，承担了许多我们这一代生活优渥的年轻人往往不易接受的差使，一坚持便是半个学期的时间，让我和我的家人都颇为感动。为了感谢她的付出，此次新疆之行便有了眉目。

　　杨杨是个很灵秀的人，长相性格都如此。粗略绘绘，杨杨脸儿小，眉眼轮廓清秀，因小时练过舞而一直保有着轻盈挺拔的身姿，有一种很温淡柔和的美。性子方面呢，她宽容温和、与人为善，对每个人都大方平易，很容易教人产生好感。她成绩很好，极具一种让我难于比肩的"静力"，能巨细靡遗、潜心钻研，因而尤其是理科，佼佼得时常让我惊羡。综合来看，我们目前所持有的几个重要的察人标准，她都满足得很好，是颇受大家欢迎的人物。

　　我心中杨杨的形象，较其他人眼中的可能更鲜活一些。她安静而善于聆听，是难得的好旅伴。同时，她拥有浪漫有趣的灵魂，娇憨灿烂，是个可爱的小生活家——这点在旅行途中展现得尤为充分。在我看来，不管是她的精神世界还是生活情趣，都十分生动丰富。

　　此来新疆，我们共同经历了很多。既遭遇了不少极艰难辛苦的境况，也得见了许多人间稀见的胜景——由于那些贫瘠与荒芜的存在，目前的风光便愈显震撼与可贵，这不由得让我联想到充满起落开阖的生活本身。一言以蔽之，杨杨的存在为我带来了一点全新的声色，使我不论身处谷底峰巅，都仍对未来充满暖融的憧憬，一切便显得不那么艰难了。

辗转跋涉的车程之中，我也总爱畅想关于未来的一些事。此行结束，我们便很快要开学。在一个簇新的人生阶段，我们必要遇到很多全新的生命，但也无可避免地要与一些人告别——有些就如曾并排而驶的列车忽然向另一个道岔转去般迅疾惊人，也有些被时空坚决而缓慢地涂抹掉名姓——都是命运蓄谋已久的安排。

但我总握着那么一点笃定，相信我与杨杨不会彼此失去。因为对于许多人来说，成长是一次巨大革新，要改头换面、翻天覆地。而对于我们来说，成长更如见识与阅历的缓慢刻凿，能在原有的模子上雕镂更成熟清美的轮廓，而不会移易原有的内核与本心。这样的成长，让我们无论历经何种遭际，都不会有所摇晃、旁逸斜出，这也便决定了我们无从轻易变成彼此不认可、不懂得、不欣赏的样子。

我对这份友谊无限感念。因为在这样少年与青年交界的岁月，初步开始意识到承诺的分量，又未曾为世俗的种种芜杂牵绊脚踝，这样的感情往往富于一种宝贵罕得的真挚。而能在这样草长莺飞的年岁，获得如杨杨一般的良友，见证彼此成长的面目与脚步，不必说，是极幸运的事。

最后，我虽极乐于与别人沟通，也总希望安静内敛的杨杨可以多袒露一些，但我自己也实非一个经常口头表达自己感情的人，因为一开口便郑重得像起誓，恐怕会吓着别人的。但文章里却无妨。

所以，以一段话为我们的新疆之行和此文作结吧。

愿我无限珍爱的杨杨，如喀纳斯的清晨一样金光烁烁，如五彩滩的黄昏一样绮艳斑斓；若赛里木湖的波光般温柔潋滟，若巴音布鲁克远峦的白雪一样永隽与纯洁。

愿世界上每种幸福的大门都向你敞开。

愿你有一盏孤灯

我从小梦想做个医生。

小时候，大家都把它当童言听。一开口总能收获几双弯弯眉眼，附加漾着笑纹的附和与赞许。但后来，当我长大了，变得坚定起来，发现我最初的理想没有像"科学家""大明星"一样烟消云散，大人们不再笑了，他们蹙起眉，摇头，像是不想缄默却又不忍摁灭那团火种一般频频欲言又止，最后从喉头叹出一句："太累了，学医不适合女孩子。"

我不明白，直到我僵躺在病床上，大张着双眼凝望头顶天花板的时候，我都不明白。

原来，医院是这样的地方。痛苦中挣扎的病患，万箭穿心爱莫能助的家属，往复不息的平车把生命推向不同的地方，每个人都渺小犹如一介尘粟。没有电影里的金暖光晕和会心笑容，几乎一切都融化在匆匆之中，医生们只露出一双平静无波的眼睛，在白炽灯下，显得有点冷漠。

我发现自己的理想国在轰然倒塌。不只是与绝望和压抑的抗衡，我蓦然认知到什么，并为这种认知而感到惶恐：每个鲜活汹涌的人都早在患病之初被粗略归类，然后彻底简化为某个病变的器官。过往、记忆，一切把我们定义为世间独一无二的存在的印记被全然抹去，管你男女老少贫富贵贱，穿上病号服，赤手空拳面对病痛的我们，像在死神面前一样平等。而医生呢，不再是去医治一个"人"的职业，而俨然是一位机械师，对面前的一个坏零件敲敲打打，修修补补，修得好出厂，修不好返工。

这也正是医患关系的症结所在。

在绝望与希望的夹缝中挣扎喘息的患者抱有太多期待。他们需要关注，需要被温暖的真心相待，需要一点点让人安心的力量，让他们能鼓起勇气去面对和继续已经千疮百孔的生活。而医生呢，自一个又一个千钧一发中跋涉而来，日常与生死交手，见惯一切人情人性，又早已看透终极虚空。他们要治疗的是千千万万涌流不息的患者，没有时间和精力一一温文哄劝极尽和柔，只有把一切简化再简化，才能让治疗效率得到保证。他们也是人啊，他们也会难受，只有锻炼出一副铜铁般的心胸，才能在一切黯然离别之后，马不停蹄地向前奔去，继续完成自己的使命与职责。

当医生，远比我所想象的艰难得多。事实上，一切与生命相关的事，都不会是简单的。

所以，在这一切之后，当我扪心自问，那个答案不再清晰如昨。我们常常难以想象，这个选择将带来多少昼夜颠倒的付出和牺牲，又是出于多么深厚的大爱和对生命的敬畏本能。但如果，只是如果，我真的决心把自己交托给医学，我希望那段曾围身病榻的岁月能时时萦绕在脑海之中，提醒我，在茫遥的苦痛中挣扎是多么绝望与无助，每一个独立的患者都在让更多人屏息守候。只有如是铭记，我才能拥有一点点

被岁月赦免的资格：愿如一地倾尽所有向黑暗中摸索的人们温柔俯首，不论何时都与他们休戚与共，怀有满腔汹涌不息的爱，哪怕承受再多重负也不心生怨愁。

很多时候，我们无法判断绝对的是非对错，与人情牵连的种种，没有什么通式算得清楚。但尽管徒劳无功，我依旧想要祝福：祝福苦难中煎熬的人们与细碎爱意邂逅，山穷水尽起笔，峰回路转作结，光明中回首，黑暗时辰不过考量人生韧性的一抹波折。祝福不眠不休的白衣天使都具有逆天改命之功，常能与奇迹不期而遇，委屈与落寞恒久噤声，穷尽一生的追求与热望得到回响，亟待打捞的万千灵魂都迎来救赎。愿黑暗的驻留只是为了衬托星光闪亮，极寒处迸发出至明至暖的篝火，病痛与死亡的存在不再让人们心生恐惧，而成为大家珍惜每时每刻，活得精彩无悔的终极理由。

人生无奈多，愿你有一盏孤灯！

放它自由

它是只不同寻常的龟。

哪怕坚如磐石的透明笼壁隔绝了它与它所向往的一切，那对自由的执念仍日夜在它心中烈烈燃烧。它时常用趾甲牢牢扣住水箱边缘，竭尽所能伸长脖颈，用那晶亮的双眼窥探外面广袤的世界。偶尔，它用强壮的后肢用力地蹬一下笼壁，强大的力量让它翻越箱壁重重砸向地面。而它会立刻腾身而起，飞快地迈动四肢，奋不顾身地向自由奔去。

而我总是不解风情地粉碎它出逃的计划。

最近，小龟似乎变了。它终日懒洋洋地趴伏在水箱中，不再仰望外面的世界，不游入水中衔走美味的食物，甚至不掀一掀自己薄薄的眼睑。它绝望而萎靡地苟安于世，仿佛知道了自己的宿命便是在那方寸之间了此余生。

望着孤寂而落寞的它，平生第一次，我明白了它最渴望的是什么。

是时候还它自由了。

查好了放生池的所在，在露水凉润的周末清晨，我与爸

爸妈妈早早地准备行装。我小心翼翼地抓起小龟来，缓缓放入接满凉水的洁净水箱。它没有挣扎，乌黑清亮的双眼光华流转，似乎明白自己即将得偿所愿。

汽车在浅浅灼亮的曦光里一路疾驰，我坐在后座，指尖轻拢住水箱，小龟恢复了往昔的奕奕神采，出神地凝望着明净车窗映出的浮光掠影，迫不及待地试图冲破束缚，拥抱无垠的远空与旷野。"好啦，好啦。"我微笑着护住它的腹甲，将它轻轻放入水中，再温柔地摩挲它墨玉般温润细腻的龟壳，"我知道的。"我深凝着它的身影，而它难得地在我的语声中归于静默。

汽车在晓风习习中缓缓停住，昔日的皇家园林在晨色中闪耀着辉煌的光芒。我们沿灵秀的湖堤一路缓行，寻找着小龟理想的家园。那里要有能让它自在游弋的澄澈春水，要有能让它在柔暖阳光中小憩的浅滩，要有天光与流云的倩影，要有一份净心养性的恬静与安然。

而后，当那若碧毯织霞的颐和园荷塘映入眼帘，我蓦地了然，那便是小龟最美的归宿。我用指尖小心翼翼地扣住它的腹甲与龟壳，再将它缓缓放落在那依稀星点的翠色草叶之间。春日的软泥晕漾着浅淡的湿润气息，我蹙起双眉，焦灼的眸光不愿离开它半分。

一步，一步，近乡情更怯的它缓缓向清潭迈动四足，身后留下点点细微的足印。它小心地将鼻尖探入那清澄若染的池水，双足轻轻一蹬，只听清脆的"扑通"一声，波光潋滟的春水漾开一片浅淡而动人的涟漪。良久，它缩在壳中随着温润的水波浮荡，我有些忧心，唯恐初来乍到的它有什么不适应。

终于，它开始在水中悠然地划动四足，那拥抱着一方水土的小小身影，那么欢喜而又轻灵。转瞬之间，它消失在随微风浅曳的芦苇丛下，唯一与我告别的，是它身后丝丝缕缕晕散开来的安恬水痕。

思绪随视线一点点飘远，远处那层叠碧翠的荷叶上汪汪点点地浮动着莹润的清露，几株青莲从那碧叶间亭亭而出，深浅相融的柔粉若天际一片流动的潋滟瑰霞，飘摇玉立、动人心魄。我想，那小小的亲爱的你，也早已沉醉在这沁人心脾的芬芳中了吧？

在暖煦的春日里，你能在摇曳生姿的芦苇丛与鲜嫩的草芽中享受柔媚的阳光。夏季的酷暑中，你亦可在满池丰润莹洁的芙蕖下寻得一方阴凉。当丰收的季节来到时，你能恣意悠游汲取能量。当凛冽的严寒降临时，你亦能在那浅滩与岸畔栖身，秋收冬藏。

"这，便是它的世界。"爸爸温柔宽厚的声音在耳畔响起。隐约间，水面无风处又见点点清涟。

是啊，当你勃发的生命可以在这广袤的天地间自由生长，我怎能把你束缚在那狭窄的一隅？在这里，在这颐和园的清池中，唯愿你追寻自由之光，极乐纵享。

前路尚远，但我心怀希望

从初中的经验来看，和老师们的初见是很值得细细描摹的，这往往是我们回首时最难以磨灭的美好记忆，今天算是和新老师们进行了初次郑重的见面。数学李岩老师戴顶长檐帽，目光犀利，语速很快，显得很凛冽。物理陈伟孟老师呢？高瘦颀长，声音清润，不紧不慢的样子，让他很具一种温雅的书生气息。演示了网球和篮球的小实验之后，大家纷纷发言解释原理，到头来老师却巧妙地把篮球说成自己，我们则化为直逼屋顶的小绿网球，"师生同心，其利断金"让我忍俊不禁地觉得陈老师可能更适合教文科。

还有理着利落平头，说起英语发音语调都很动听，同时又对我们的未来很有期许和规划的谭老师；看起来笃正严格，从第一节课就把各项要求与评分讲得条分缕析，让人心生谨肃的王润英老师，都很让人喜爱和敬重。

但我的笔墨要大多倾注在以下两位老师身上。

首先是刘炜老师，他个子高，白衬衫黑西裤穿得十分正式。他的讲解很丰富与生动，也让我深刻地认识到，文、史、哲分不了家。

他与我们讨论了时间是什么，以及其起源和终结。我很惊喜，因为同样的问题也困扰了我很久。我曾想，时间这重纬度是人类自己的创造，我们根据自然运行的规律和自己的活动划分时刻、年月乃至四季，人为地拉出一条长轴，然后把大大小小的事情安插上去。然而，就像这一切都将终结在虚空中一样，流年也是一场盛大幻象，才没有什么流光易逝催人老，像《天才在左，疯子在右》里那句话所说："过去的不是时间，而是我们。"

而今天，我明白了，时间被变化和演进赋予意义，也被凝滞和永恒剥夺存在的价值。当人类社会达到一个完美的平衡点，并将永葆统一姿态延伸向更远的远方的时候，时间就可以"告老还乡"，宣告终结了。我始终相信"向死而生"，一个注定的大限赋予我们一意前行的终极理由，逼迫我们抓紧每分每秒，活出精彩，活得值得。

如老师所说，只有经生活磨砺的智者，才能真正以包容与客观的眼光去看待历史，古与今的联系千丝万缕，每个明天，都是历史的巨人负万钧过往踏出的，偶尔有业已注定的脚步。希望我能对身边的现实好好考量，再去回溯岁月风尘，把握那更深远的发展规律吧。

第二位老师，是周龙平老师。

他呀，已不知给我们开过多少场大大小小的会，但在课堂的讲台上看到他，还是第一次。他讲课的时候，像古代教书痴醉的先生，眼睛里尽是熠熠灼灼的辉光，讲到了引兴处，本就清晰有力的语声要陡然扬上去，辅以臂腕挥扬，又极似逸兴遄飞的演说家，或是胸有成竹的政客，叫人心神一凛，移不开目光。

化学是什么？此刻的我在凝神思考的时候，觉得它是万事万物。

化学研究的是最微妙处最磅礴的威力。

很难忘，屏幕上3张图教我们找联系：恐龙、做操蹦跳的我们和中心花园的一棵树，同学们纷纭地说了很多，还是姚同学一语中的："恐龙的原子可能就在我们身上。"

我凛然。

这浮世万千，到底是什么组成了我？海洋吗？森林吗？穿越亿万年的流光坠入我灵魂的一束星尘吗？一瞬间，大千世界向我张开怀抱，万物嚣然向我涌来，我是它们，它们也是我，有着相同构成的我们本质上没有什么不同。这个认知让我一下子想谦卑地低下头去——没有什么，能真正挣脱或忤逆自然的法则。"知道自己很渺小之后，才觉得那些曾经看得很重的事，其实都没必要。真正要弄清楚的，是想要什么，想做什么，想成为什么，想成就什么。"

是什么让人类岿然矗立？

是追求。

讲完化学领域一系列耀世成就，PPT跳到了新的一页：化学与社会道德，一张复杂的结构图孤零零地贴在那儿。老师笑着问我们："那是什么？"对这一室迷茫的沉默，他不语，继而利落地数了一遍氮原子的数目，然后轻轻开口："三聚氰胺。这么做的人，他会不懂化学吗？他又是否想过，多少新生儿会遭到戕害？多少家庭要蒙受痛苦？"一种别样的光在他眼里燃起来，痛心明明白白地写在他脸上，一直到他讲完自己昔日师长的故事，这样的神色也没有消散。

在面对抉择的时候，我会怎么做？

突然间，我犹疑了。他们在学生时代，一定也会眉峰凌厉地坚定摇头，一定也会因他人的罪恶而血气上涌，可当象牙塔在现实的摧磨下塌崩衰朽，理想的风帆在暴雨锤挟下千疮百孔，良知终究败给了利益的诱惑，代价是万劫不复。

我终于明白了，为什么让大家烦腻的"正能量""价值观"要一遍遍被强化和宣扬，只有这样，才能让尚青春年少的我们构建起坚不可摧的道德准则，若有一天面临抉择，像钢铁战士那样，念念直正，永不让步。

我们要成才的，而有知识的人是国家最精锐的武器。有人终毕生心力磨砺剑锋，直指落后、疾病与贫穷，为天下苍生谋求福祉，以一个又一个惊艳世界的美丽奇迹，勉力推动整个人类的发展进程。有人却把矛头对准万家灯火，虽未动一兵一卒，却满手猩红鲜血，历历全是罪恶。

不论到何种境地，我们要爱这个世界的。

这两天，我总能感到新生的震撼。

我发觉，高中已不仅仅是知识的灌输，更多的，是要以一种可贵的人文精神，指引大家未来的路。就像无数复杂精密的生命活动能支撑我们的大脑，编织浪漫绮丽的文辞一样，科学与哲学开始在绕过巨大的圆弧后遥相交会，"理"和"文"之间不再存在难以逾越的鸿沟。我们在自然科学的秘境里理性思考，又用文学艺术的存在学会仁爱和温柔，无数颗甜蜜而年轻的心，热诚而淋漓地跳动、遨游……

前路尚远，荆棘遍布，我心中充满希望。

岁末感怀

2017 就快要过去了。

每到年末，圣诞和元旦的气氛开始在角落里悄然蔓长起来，列车行驶得缓了，准备靠站。就是这样的时候，每到这样的时候，我的心总被一种让人幸福的怅然填满。像什么呢？像步履匆匆的旅人，看到不远处屹立岿然的界碑，总想停下来，以指尖碰一碰那经岁月镂蚀的数字，回头望一望那渺渺漫漫的来路，暗暗想一想这一程斑斓万千的许多故事，再轻轻又沉沉地，从喉底发出一声含笑的嗟叹。

2017 就要过去。

你大概还记得年初备战中考的样子。世界里只剩下主科和复习卷，彼时看来浩瀚如海如今只觉寥寥的知识，在无数题目里被烹煮了一遍又一遍。一模来了，分析成绩；百日誓师，迎接二模。日子像被压平在书页里的红叶，失去了温润弧度光鲜色泽，唯余濒临支离的枯涸轮廓。啊，还有那曾绑架了你无数眠梦的体育中考，被排球砸得瘀青红肿的两臂和跑完 800 米，膝关节挣扎叫嚣的痛。现在想来，跑完之后，在 47 中群山环绕的操场上伸开双臂，大声向素不相识的同学们喊加油的一刻，竟成了为数不多恣肆淋漓不顾一切，只感到如释重负般快乐的美好定格。

然后就是中考了。和着红 T 恤的老师们击掌拥抱，答卷，离场，睡午觉，收拾好心情回到考场，跟同学们扎堆儿在浓荫里等待放考。还记得语文举棋难定的议论文选择题，物理 4 道写到手酸的大实验题，那些洒进教室的阳光，那些深呼吸和祈祷。总是很让人惊讶的，当你发现 3 年攸关的考试，竟可以那样匆匆地度过，而时至如今，曾铭心刻骨的又只剩下几阕隐绰摇晃的亮色定格。

倏然的句点，我们朗声歌唱，我们举杯相贺，记忆中，没有人哭。

一切的一切，像是初晨挣扎着不愿褪色，却在一点点变得飘忽浅淡的一场故梦。仅仅是 6 个月啊，却漫长得像一个世纪，旧王朝在盛夏的骄阳里覆灭，新的国度迎来新生，沐浴着往返天渊的星辉，伴随着一切尘烬和暮色。

到此刻，我想，高中带给我的蜕变大都是心智上的。

18 班。在这样的集体中生活便是挑战本身。成长的第一步是惊叹。环顾四周，身旁的每个人都是自己不自足的清晰理由。他们的成绩和高度，他们一意向上的脚步和笃定赤诚的眼眸，每每让我心生动容，不敢不迈步前行，提升自我。第二步呢，是仰头。在无数次怀疑自己的能力之后，我终于有勇气告诉自己，能够坐在这里，自有一份值得如此的价值和理由。放低姿态，并不是颤颤巍巍地缩在别人身后，而是怀一颗谦逊清朗的心，客观且耐心地拥抱自己的一切，认识自己的局限和长处，笃信险峰后亦有灿烂坦途。第三步，是学会输。从初次垫底的忐忑百转到如今狠狠跌倒也自眉展意舒，

我迟迟开始学习人生最重要的一课，没有人能立于不败之地，生活总明枪暗箭地教人摔断骨磕破头，"卧薪尝胆"的一路让我脱下万千束缚去触碰事物的内核，不耽于无谓伤痛，拍拍尘土，仍可铿锵奋步。第四步，是不惊于荣辱。行事为人，无愧于己，无愧于人，无愧于天地，便可称完满。自己的悲欢由自己，不依托于旁人评说。

我一点点地在向前，这是值得高兴的。

所谓年末，我们大概都抱有一点不实的期待，希望自己的生活随新纪元的到来而焕然一新，不好的东西统统被根除。现在想，怎么可能，改一改日期罢了，一切都还是慢吞吞的老样子。所以呢，只许下一点微薄的愿望吧。愿所爱安康幸福如昨，愿所失渐被遗忘风中，愿一颗心在最泥泞处也不丧失憧憬，愿一双足伤痕累累也不忘记迈动。愿同窗梦想得成，愿师长顺遂喜乐，愿世界硝烟渐止，愿天空中有回音传响，霁月光风。

放我的真心在你手心

晚上乘车回家时，百无聊赖地刷朋友圈，与一篇长文不期而遇。

认识不久的女孩子，长一双漂亮含笑的眼，平日里活力四射得像个小太阳，工作时上下安排有条有理，跟她在一起的时候，我也成了喜欢逗乐跳闹的小"疯"姑娘，很舒服，很快意。

我从未想象过，她明媚的笑颜之下，盛装着这么高浓度的悲伤。

校园暴力，一个被愈来愈多地提起，每一次都那么沉重而让人心悸的话题。我不明白对他人的欺侮是否真能催化一种扭曲的快感，我不明白这些年轻的施暴者是否真能从视他生如草芥并恣意轻贱的过程中，觅得造物主般掌权的乐趣。但一直以来，那些横生的恶意，那些耸人听闻的行径，那些因少年人的"毫无顾忌"而愈加出格的疯狂的欺凌，一直是我怀疑"性善论"的最本质的原因。

这太超过了。

　　字字句句，我看到她最朗润的一部分在青天白日之下被狠狠碾碎，恐惧、苦痛如疯涨的潮水一般淹没她的头顶。她写得隐忍，但那蘸着心间血写就的文辞，还是让我的肺腑一点点揪紧。先决的一击，接踵而至的次生灾害，无不煎熬着她的心。我不止一次地沉叹，一个孩子光芒流溢的内核，是多么容易像五彩琉璃一样摔得粉碎，每一次午夜梦回都萦转不去的痛苦回忆，是否真的将成为难以冰封的伤口，每次无意回眸，都要引来崭新的痛楚与恐惧。

　　我无法不心疼她。与我，生命中昔日的磨难被太多真挚的良善和暖意救赎，成了永远光热耀人的珠玉，嵌在我的记忆深处。但对她而言却全然不同。但我又无法不敬佩她，很久了，她始终在坚强地微笑，在努力地生活，在自信地表达，在不断地与自己妥协和抗争。一年过后，她把心中沉重而真切的故事认真地记录下来公之于众。那些翻搅着不得安宁的思绪和冲突不断的情感内核，被盛装在克制的字句里面，映射出的，是她坚定难移的一腔孤勇，是她忍痛拔节，去逼视、反思、回顾，而非一味掩抹、逃避、躲藏的有力态度。我想，这大概会是她愈合的第一步。

　　睡觉前，我敲了一封信给她。

　　我总暗想，如果彼时我在她身侧，能不能多给她一点力量，尽一切所能伴着她，看着她颊旁的伤痕一点点愈合，捧一抔阳光装进她的眸和心房。就像曾经我的好友们对我做的那样。但时光无法逆转，我只能姗姗地来到她身边，迟迟地向她伸出手，努力地想要托载一点负荷，好像这样能够弥补从前她踯躅于黑暗之中，满眼含泪的时光。

　　"谢谢你，三爷。"

　　"让我们认真地彼此拥抱吧。"

给我回复的时候，她没有用自己最爱的搞笑表情包。

"有我在呢。"

按下发送键的一刻，我脑海里浮现出她的笑脸，军训时没心没肺聒噪不停的样子。

眉眼弯弯，青春正好。

星语心愿

记忆中的小姑娘

知道吗，小姑娘，我真怕你一不留神就长大了。

下课回家的时候，遇见楼下管理车棚的叔叔，肤色黝黑，笑容和口音与我初见他时分毫不差。奶奶站在他身旁，正与他交谈些什么。我低了腰，猫儿一样轻蹑着掠过去，扑抱住她。奶奶惊呼一声，随后摇了摇我的手腕，转过身来任由我将小小的她整个环揽住。不知什么时候，我拥抱她不必踮脚而要弯腰，不再像小兽寻找依赖，而是牢牢占据主导，并肩而行时我的指尖能覆握住她的手掌，辗转颠簸时换她抵靠在我肩头。

"哎哟，你看她刚来的时候，才多么小小一点啊！"叔叔笑着说。

那一瞬间，我发觉，自己已经很久很久没有回溯到最初了。

究竟发生了些什么呢？那个虎头虎脑、圆圆嘟嘟、探头去舐姥爷蘸了啤酒的筷子尖儿的小姑娘；那个一身小红夹袄在龙潭湖的春风初柳中笑颜明媚的小姑娘；那个在儿童医院的病床上边打着吊瓶边听奶奶讲故事的小姑娘；那个第一次笨拙却极度肃谨地系上红领巾的小姑娘；那个成为大队委，在广播站一坐就是3年的小姑娘；那个因为数学题而黯然伤神，眼里却是赤赤灼灼盈满光的小姑娘，她们都去哪儿了呢？

是不是化作了那一季的风和花香，还是被岁月一笔一画地镌刻在我心间，教我回首时，还能感知她们灵魂的脉动，还能透过重重尘嚣雾霭去描画她们眉眼的弧度和阳光一般灿烂的模样？

我好好记着呢。

她们都爱笑，一不小心就笑成漾着圈圈涟漪的湖，风止了都迟迟收不住。她们都很乖，虽然小小的，但能好好去体察别人的心，有着很鲜见的共情经络，愿敞开怀抱，接纳悲忧和痛苦。她们都有梦，一旦认定了什么就颇有义无反顾之势，哪怕跑得不快，也能一步一步走得扎实稳健。最重要的是，她们都渴盼成长，在最泥泞的时辰也不忘把目光投向未来，在最黯淡的日子也坚信着不远处的日出。

其实，若可以，我想跟她们说，别盼着长大啦。前路远，茫茫漫漫地望不到头，一步步地越行越艰险，可没有什么答案，也没什么解脱。但又一转念，啊，成长不仅别无选择，更是一种既定的本能，岁月让人觉得来者不善，却也是把一切美丽的未知都推来我们面前的可爱萌友。沿着她的脉络，我们得以和很多未期的胜景邂逅，一点点地丰盈自己的感受。

如果不能长久留驻，那我就要私心盼望，待很久很久以后的我再回眸的时候，会轻轻微笑，然后笃定启唇："让我最难忘的，还是那个十五六岁时的姑娘。"

她满心柔软，又钢铁一般笃定坚强，会很轻易为这世界的美丽热泪盈眶，哪怕遍体鳞伤也不丧失前行的希望。她深谙岁月的悬而不决来去匆匆，所以她既纵情又小心，纵情为青春勾绘涂抹，让绮艳霞色万顷铺排照耀生命；又小心把每

时每刻捧在胸口，握不住的就落拓心房。她很感恩，身边有怀爱的亲人，博学的师长，烂漫美好的同窗。她愿体察在流年和生活未及锢锁住她目光的时候，她的思绪曾飘向每个属于诗和歌的远方。

我愿让万物听见我的不声不响。

在这个黄金时代。

初见高一18班

到校的时候天色蒙蒙，小雨淅沥，偌大的校园行人寥寥，显得十分寂静。

18班的教室很好找——一层极显眼的位置。同学们陆陆续续到了，一开始缄默覆尘的空间被十几双巧手一拾掇，立刻显出一种蓄势待发的勃勃生机来。被擦拭净亮的桌椅虚席以待，静候18班每个不可或缺的一分子找到属于自己的位置。

可以说，同学们的能力早在自我介绍之前便已经有所表露了：开学第一天，难免事务繁杂，各项工作却都能在大家有条不紊的配合之下高效高质地开展与完成。虽然尚是初见，彼此乐于、长于、精于什么仍面目模糊，但大家都能凭一颗赤心与满腔热情为班级建设献策出力，让人颇受触动。不断有新的名姓被工整书写在志愿者名单上，满目灼灼的金黄，是让人心生温暖的明媚底色。

同学们自我介绍的时候，我的记忆不停回溯三年前初中入学时的情形。现在想来，那时候的我们可称稚气未脱，自我介绍时谨慎腼腆，立起来，匆匆囫囵一两句就急急坐下，

活脱一群还未熟识而仍束手束脚的小孩子。

但今天，身旁意气风发的少年们从容立于台前，姿态落落大方，言辞缜密清晰，把一个朝气蓬勃、优秀且多面的自己娓娓展现在大家面前。他们文理双全，腹有诗书，更在运动场上、五线谱中落拓足迹，谈吐间尽是让人捧腹的灵动智慧，又充满对未来清晰而明亮的期许。他们懂得尊重，善于聆听，用熠熠的双眼给予演讲者无声的鼓励，以雷动的欢声表达发自内心的厚意与珍惜，让彼此的距离在每分每秒中不断拉近。

以至于今天下午，班里就出现了不少大家心照不宣的好词金句：形容特长"一点点"，不说"折磨"说"打磨"，"木杆铅笔""IMO"，希望班级"要团结"。整个环节妙趣横生，大家也忍俊不禁。

大家不约而同地表示，与这样优秀的同学们为伴，是非常幸运的。每个人都那么坦诚而生动，对身旁斐然闪光的个体怀有一份谦敬的善意，且真切渴望着进一步彼此了解与接近。在人生中最灿烂的年华与这样美好的生命为伴，无疑是一种美好的享受。

另一方面，诚如老师所言，在这样的集体中保持一个良好的心态至关重要。压力始终存在，优秀了无极限，如何欣赏与学习他人的长处，同时发掘和肯定自己的价值，是我们始终要用心体会的课题。但我也笃定地相信，从同大家并肩而行的 3 年之中，从无数次沟通、碰撞与彼此启发之中，将衍生出无尽强劲的上行的力量，支撑我们不断自我完善、砥砺进境。

张老师对我们说了很多，一边听，心中便一边涌动起几多未曾有过的悸动。人愈成长，岁月的流逝便愈显得迅疾，日子像风拂动摊开的书页一样哗啦啦地被翻去，如今觉得茫远无际的未来可能一个恍惚便要来到面前。然而如何度过每一天，是可以被定义与选择的。

　　站在少年人与青年人交界线上的我们所怀有的志向与目标，所具备的视野与格局，将直接决定我们甘于为理想的实现付出多少艰辛努力。同时，只有对每一天乃至每一刻用心把握、精勤不懈，才能换来有朝一日花开灿烂、满园芳息，发挥生而为人的价值，完成有志于斯的使命。

　　面前灿烂的 3 年，铺满了憧憬与向往，也注定林立困顿与挑战。但我相信，在 18 班集体的臂弯之中，每个人都将施展才华、不遗余力，拥抱更加优秀与强大的自己，书写让人为之震撼与赞叹的辉煌传奇。

　　走出校门时，雨下大了，我心中却升腾起暖而踏实的金色希望。

　　秋天来了，不是肃杀的秋天，而是丰收的秋天。

星语心愿

你好，初一时光

"初一，再见。初二，你好。"

黑板上隽秀柔朗的字迹被一点点抹去，窄窄的板槽上落满了云霞般金红交织的尘。我卷起手中水汽半干的抹布，缓缓地，转身回望。原谅我，曾属于16班的教室，在繁华落尽的故事结尾，才记起，要把你的面容细细端详。

拂去地面上的微尘，将歪歪扭扭的桌椅小心地摆放成它们原本的模样，你一如既往地安然静美，但缺少了那无数笑意温柔的年轻面庞，沉默着的你，却又是那样落寞而空荡。

高高的木门，是一切开始的地方。当初初入学的我踏着碎乱的脚步，满眼焦灼地穿梭在临建楼陌生的走廊，16班敞开的门扉仿佛一副坚实笃定的臂膀，揽我入怀，引领我回到那心灵的归属、永恒的家乡。每个晨雾迷蒙的清早，它总会含笑迎接身披朝霞的我的到来；每个热浪蒸腾的黄昏，它亦温柔地目送着我沉沉雾霭间前行的背影。自此经年，迎来送往。

进门第一眼，是一方朴实无华的讲台与那片纤尘未染的黑板。但就是这般貌不惊人的它们，见证了丁丁声情并茂地为我们讲述学长与学姐的故事，大林的"警察开会"博得欢笑满堂，肖肖一首家国情切的《重整河山待后生》，动人肺腑荡气回肠。抑或是朱老师在暮色深沉时仍在为我指点作文，何老师温柔嘱咐、细致叮咛，护我们一路安然进入考场。也记得孙老师分享学生时代的种种趣闻，耿老师博古通今论历史兴亡，地理考试时把曲线图画成了折线，关老师佯装发怒的眉目间，却有无奈而宠溺的笑意在流淌。

一次次，老师们风格迥异的板书被清水抹去，但每每想到都会扬起唇角的美好回忆，却不能被时光改变分毫。

站在讲台上一目了然的，是台下整齐的桌椅。记得在16班的第一个午后，我在靠窗的第四排落座，忐忑地环望着四周的满目陌生。过了玩闹一会儿就能熟络起来的年纪，班里的女孩子无一不是安静地端坐在座位上，偶尔抬眸望一望讲台前的老师，温柔的面庞流露出些许怯意。男孩子们也腼腆地沉默着，座位间谈笑寥寥。时光飞逝，彼此的名姓渐渐被铭刻在心，荡漾在座椅间的，是男孩满班飞跑着追闹的身影与女孩银铃般清脆的欢声笑语。一排排桌椅承载着每个平淡日子里的小小欢喜，更见证了39个年轻的生命相见、相识、相知，最后成为彼此最深挚的牵念与眷恋的过程。

教室最后的两块黑板，如今空无一物。但我难以忘却，其中一块曾记载了16班全部的辉煌与荣光。每每回望那一张张铺满了黑板的鎏金奖状，就好像又回到了那段与挚友携手相伴征服风雨的漫漫岁月，心中总有自豪与热血澎湃鼓荡。另一块是宣传委员大展身手的天地，令人叹为观止的板报背后，凝注着她们执一根粉笔细细勾勒的心无旁骛，蹙眉深思不断擦改的精益求精。年关将近时，黑板上两头喜庆威风的舞狮张牙舞爪，配上漫天烟火、珍馐丰肴，让所有人驻足凝望、

满心欢喜。而随那或细密或厚重的笔触微动的，是那五双沉静澄明的眼，五颗在静默中粲然绽放的心。

"卓宜，该走了！"同伴熟悉的声音在轻轻地唤。是啊，我们的教室，是时候与你告别了，望着一年的浮光掠影倒映着的空落的你，我没来由地想落泪。不知，下一个秋阳暖煦的9月里，你又会与几位美好而纯净的孩子们相遇，为他们遮蔽几许烈日灼灼、疾风骤雨；会将几个熠熠闪光的梦想高高托举，见证几次匆匆的相逢与别离。

但请你不要忘记，那同样热忱的笑与泪，与在风雨飘摇中依旧屹立不倒的年轻的心。别忘记那群孩子，别忘记他们微风中扬曳的发丝与阳光般温暖的笑，别忘记他们各自意蕴悠长的名姓与拼尽全力向前奔跑的身影，别忘记他们为挚友付出的满腔热血与至深真情，别忘记他们对心中梦想的风雨兼程、执着笃定。他们有时会自傲、轻狂、淘气或鲁莽，但我笃信他们，一如笃信光明。

再见了，我们的教室，这一年来，谢谢你，义无反顾地守护着我们光芒流转的曾经。

一步，一步，我缓缓地走出班门，却失了回头的勇气。恍惚间，喧哗的笑闹夹杂着浅浅的歌声划过耳畔，我猛地停住脚步，心中是前所未有的清明。有个小小的初一女孩，有个少不更事的自己，永远地留在那间洒满阳光的教室里，久久，久久不曾归去。

花语心愿

#1 洋兰

花语：卓越锦绣　万代不朽　幸福　吉祥与纯洁

上午晚些时候，送来一束花。

像是从哪片丰茂雪白的花丛里新鲜剪下的，带着露水清新的香气，温润勃发的生机包裹在精致纸箱里，一拆封就不遗余力地舒展开，很美。

花茎是翠绿色，细长。个头儿比蝴蝶兰略小的花儿斜逸出来，与茎连接的部分是嫩嫩浅绿——某种很惹人怜爱的无瑕的色彩。花茎顶端次第生长着未放的芽苞，像一串小风铃。

花儿开得热闹，群群簇簇长势喜人。薄得如纱如翼的花瓣儿是绿调的雪白，五个六个，梢儿还卷卷翘着。逆光看去，花瓣是纤细而纯净的半透明，埋在里面的嫩绿脉络是极细工笔勾勒出的，像初生婴儿肌肤下的血管，代表某种生命的脉动。

在冬日萧索且隔雾霭的日光中，它有着真实的、毫无吝惜的美。它纤细、纯净、洁白，像个有柔软鬈发、软嫩小脸儿糅着红晕的孩子，初向这世界伸出手，正试图以全部的热

情与希冀拥抱它。

它叫洋兰。

一切温柔之源。

#2 复色绣球

花语：无论分开多久　都会重新相聚在一起

吃早饭的时候，邮递员踏着晓风，把它送入我的家门。

像等待新生一般，我小心翼翼地打开纸箱。在它露出甜美笑脸的那刻，整个淡色香甜的春天从雾霭间奔涌而来，化作一片小小花瓣，融化在我的掌心。

它太美了。

翠绿而茁壮的茎脉像年轻树木的躯干，糅合着淡粉的细嫩枝条杂错纵横，每个细枝都顶着一枚小小软润的花儿。几十数百朵叠合紧簇，远远看去，像一小团暄腾的淡蓝色云朵。

像一棵，以每一条软枝与每一朵花书写着美，却又毫不自知的春天的树。

有些花瓣纷纷地落下来，我一片片小心拾起。那么精致与浅淡的瓷白洇染一笔青蓝，成了童话故事里整片雨后的远空，藏着无忧无虑的梦与幻想，明朗的心事和年轻的热望。

它把身旁的一切装点如梦。

只顾催人老的岁月停下脚步，为它细细晕摹每一抹蓝。所有残酷与冰冷在它的怀抱中化作翩蝶，染上如它一样的美与温柔。

在它的注视下，希望和爱在冬风里缓慢复苏：春天，灿烂而清朗的春天总会来到的，到那时，我们会再度牵起思念着的人的手。

它是绣球。

只愿今晚有它入梦。

#3 黄百合

花语：财富　高贵　胜利　永恒的友谊

明明是前晚送来的，我因过度地倦怠而未能第一时间记录它的美。思来想去，属于它的这页，还是不可空白着。

考完试整个人松瘫下来，斗志耗尽后的极度疲累开始反噬，只想一动不动地融化在软暖被窝里，像什么小动物一样在酣眠中度过整个漫长冬季。

但它盛开在我头顶，一刻不停地笑闹，说窗外晨光好，催我快快起。

几乎是摒弃了"柔嫩"二字的花儿，花茎粗硬高直挺拔，把盈盈化风的清姿篡改为某种利落抖擞的傲气。枣核形的翠叶长而舒润，向上昂着，好似欢呼着的人群高高举起的双臂。

它的花苞细长饱满，几乎有我的半个手掌大。怡人的青绿藏不住满腹喜悦，使得晨曦一般金亮的灿色从微微绽开的尖端流溢出来，叮叮咚咚奏响黎明。

盛开了的花儿更美。修长花瓣儿通体熟透了的金黄，饱满耀眼得近乎闪光。很热烈欢喜，很肆意纵情，很生机勃勃，是独属于北城的一抹金色南国。

它不袅娜，不温柔，不孤芳自赏亦不与百花争妒。它只是不遗余力地活着，骄傲而潇洒地盛开，顺便点燃这个世界，以赤忱如阳光一样的颜色。

它不是穿白纱裙的女孩儿们指间染露含羞的公主。

而是笃信希望，面向黎明傲然绽放的信徒。

黄百合。

莫忘曾同行的岁月

　　放学独自坐上公车，是寥寥行人的午后时分。视线不经意地扫过那个前排的座位，瞬间的惊异，再次细细查验，熟稔于心的剪影被柔光笼罩着，极温暖。素常惧怕遇见熟人的我变得局促不安，从前谈天畅聊、放肆笑闹的好友，却丢失了上前寒暄一声的勇气；那对无话不说、心有灵犀的前后桌，终是迷失在了纵横交错的匆匆流年里。

　　终是下定决心走上前，微笑地停驻在她身旁。她下意识地抬头，浅棕色的瞳眸中溢满了惊喜与讶异，随后绽开一抹柔暖的微笑："你也在这儿。""对，真巧，我就坐……就坐那儿。"有些语无伦次的我指一指后排空荡荡的座位。后来渐渐放松下来，我们互相询问着彼此的近况，客套地问候、寒暄，不可逾越的疏离。

　　恰好在同一站下车，寒意刺骨的风一下子灌进来，脸颊和双手都被冻得生疼。

　　"中学生活怎么样？"我看向她。

　　"嗯……还挺好的。不怎么忙，但作业多啊。你呢？"

她双手插在兜里，笑意清浅。

"遇到了很多好老师好同学，交到了新朋友，很幸运。"我抬起头，天空蔚蓝而明净，"现在回首小学时光，好像已经过去了很久呢……步入了中学，也全然没有想象中浓郁刻骨的想念。"垂眸，我好像陷入了记忆的漩涡。

"那当然不可能。"她唇角微勾，"可惜那时的我们还以为能永远在一起。"刹那间，她脸上的笑意荡然无存，双眸清冷深邃得让人难以捉摸。

"就到这里吧，我先走了。"恍神间，她依旧微笑着，让我怀疑此前看到的是否都只是幻觉。"嗯，再见！"我挥挥手，笑容之中却含了几分沉凝与郑重。"再见！"她含笑回望一眼，踏上彼端的路。有那么一刻，我怔在原地，望着她的背影渐行渐远，回过神来，重又转过身，向截然不同的方向走去。短暂的交集之后，我们匆匆离别。我与她是如此，他人，亦然。

记得快要毕业时疯长的愁绪，凝望着你们时满眼的泪意，思念却没这么刻骨铭心，慢慢沉淀成了岁月里的谜。心血来潮地翻出你们的电话，却想起早已没了共同的话题，客套的寒暄陌生的疏离，一室秋风冷寂。

可我依旧感恩，能够有你们陪伴我走过那些青春灿烂的年华，能够拥有那么多美好的回忆。让我每每扬起嘴角，当轻狂自傲、少不更事的你们出现在我梦里。很多东西已经失去，很多人从此渺无音讯，可是时光它不曾为谁停息，不会像善感的月光一般攀上窗棂轻声哭泣。所以，唯愿你们各自安好，事事遂心；也请你们珍惜拥有，珍惜当下。好好努力，别辜负那光芒流转的 6 年时光，别辜负我们美到极致的曾经。

Promiseme.

初雪

　　因为窗边盈盈初放的蝴蝶兰和近日碧蓝动魄的天，让我很想要写写春信。不知怎的，这些季节之交在我记忆中总是模模糊糊，仿佛下定决心要为岁月之匆匆佐证。感觉只是囫囵了几日，方才还冷得透骨的风里就点了小火炉一般烘起了热意。蝉鸣渐息没多久，满城金翠辉煌的树就乖乖脱下华服开始即将进站的空寂酝酿，留错愕不及回神的我叹息一声，对轮回不止的错过无可奈何。

　　但就是在今晨，浅梦缠绵窗外泠泠塞窣的雨声作响，我转醒，惺忪地起身掀帘，猛然邂逅了这场暌违已久的雪。

　　大家心心念念了一整个冬天的雪，就在这冬的余味行将散逝的 3 月半的清晨，温温柔柔地落下来了。

　　你知道，明明朗朗的天气让人眷恋当下，对人世灿烂缴械得心甘情愿，如蒙礼遇。但只有下雪的时候，天地同我们一样用缄默诉说不知所措的欢喜，屏息于这一场昙花盛放般来之不易的惊艳。冬天轻易用它最美的时辰，兑换了人们对这一季的枯寒与黯淡的原谅，好像所有诗兴、柔软的心思，人最本质的对于美的向往，都理应在与它相守的瞬息里蓄势待发地生长。

也只有雪，能与旧时下雪的时辰心心相印。你沿着漫天纷扬的纯白望过去的时候，眼里盛满的全是曾经的日子。

在附中遇到过好多场雪。

早晨自习时悄然而至的，引得一教室小孩子呼啦啦流水般涌到窗边，满心恋恋地望。还有美丽的午后，中考拦不住我们迎着有力道的风去和这场雪相认，偌大纯白的操场洒满声和影，凉盈盈的触觉吻孩子们的发、指尖和眼睫。笔迹稚拙的年轻誓言随太阳升起而融化，但那一刻，我们笑着凝望彼此的那份浇不熄的炽热，岁月却怎么也不忍带走。还有黄昏，要从学校出发去看舞剧的时候。那是我记忆里最声势浩大的一场雪。路灯光晕渺朦，漆黑的夜空与披银的大地之间只有雪无垠流动，为每一片空寂和喧闹铺排背景，以不变的绝美慷慨倾覆，让世间万物虔诚俯首。人们稀落前行的背影为它作诗意注脚，车流灯火冷中蕴暖，容色温柔。我就在这人世共承的巨大浪漫中与天地相依，心中赞歌不息止地颂唱，欣然同无边梦幻交颈。

雪早不是童话的温巢了。

它是美和梦本身。

我希望每次落雪都能勾连起如一的柔软，让我放心地从不温存的当下和不亲切的未来中抽身片刻，去和一些尘封已久的过往余情未了。握紧手中所剩无几的风花雪月的资格，任神思脱缰，去往此生无可触及的花开花落处。

雪由大转小了，渐渐降成一场绵绵的雨。

讲什么迟不迟的。

权当未及灿烂的 2017 年的冬，在春的催促下盛情告别。

学海拾贝

泊岸光明

1590 年，佛罗伦萨。

早在入学之前，有关一位年轻教授的事迹便传出了比萨大学饱经岁月镂蚀的笃壁。在那些栩栩生动的叙述之中，他像一位气焰嚣盛的反叛军，跃跃欲试地要撬动横亘在他面前的千年岁月，三天两头便要和资历深厚的老古董们论辩一番，把他们气得面红耳赤，白胡子都发颤。

伽利略·伽利雷。

早早知道了他的名姓，我怀着一点年轻人独有的好奇与期待，同无数聪敏且乐于探索的新生一起，踏入了比萨大学的校园。

我们很快便得以与他相见。

出乎意料地，身材高瘦秀拔的他，显得很是温淡与平易。他有一头卷曲的棕发和直浓的眉，明邃的灰蓝色双眼像海，里面有晦晦明明的光涌动翻滚，闪烁着许多新生的悬而未决。讲述基本理学的时候，他总是激情洋溢，语调像风琴手指间氤氲温润的琴声，风采翩然。但这琴声又往往在无可避免地

提及宗教与神学时戛然喑哑下来，欲言又止，化成喉间亟待抒排的一声轻叹。

　　课余时，老师则更显得寡言。逼仄的办公室里，常可瞥见他借盈盈烛火埋首疾书，从那常蹙不展的眉头来看，他的生活仿佛全然与什么深沉的思考相连——但正因为万事万物早已在神的意旨与先贤的指点下得到了一个明晰且确定的解，这样的思考显得尤为危险。大概，我们从始至终都心知肚明，他终有一天会向被人们奉为圭臬的真理挑剑宣战，为人世繁杂，亦为胸中日月。

　　"听听你都向那些孩子讲了什么，伽利雷！"那天清晨，老师没有步履匆匆地出现在讲台上。刺耳的质问声在门外高敞的大理石拱壁间回萦，我们从浩繁的卷帙间抬起头，真切地捕捉到硝烟燃起时的第一声枪响。

　　"重的物体和轻的物体下落一样快？真是一派胡言！你有什么资格质疑先贤？又有多大力量能抗衡皇廷与教堂？历史见多你这样空有一身狂妄却意欲改变时代的无知者了，早知道是这样，我们便绝不该让你走进比萨大学长蒙神明庇佑的神圣的大门！"

　　"我可以走，自然可以。"

　　长久的沉默之后，他银子般清朗而冰凉的声音铮铮掷地。

　　"但你要知道，宗教和科学，并不相悖却也永无相交。这个时代的问题或许正在于恐惧不确定、扼杀可能性，但没有人有权力或能力阻挡真理汹汹而来的脚步，终有一天，我们的世界会迎来上帝恩赐以外的光明……"

　　"够了——"

　　这场争论之后的第二天，我在天色蒙亮时被惊醒。当我被人流挟裹着来到伫立在曦色中的斜塔前，一切倦意都被瞬间洗脱而去。我们看着年轻教授站在塔顶，棕亮的鬈发随长袍一同被秋风捧起，指间两颗大小迥异的实心铁球，有如陨黯碎落的晨星。

而此刻的斜塔像一根蓄势待发的指针，只待他松开五指，把这个世界推向崭新纪元。

"他会被自己的骄傲杀死。"嘈嘈蒸腾的人声之间，他的反对者唇角扬起轻蔑。风渐渐停了，秋晨的凉意自指尖缓慢攀长，我心中却满盛炽热的沉甸甸的呼告——无数回忆中的画面让我隐约知觉，他并不企图倾覆神明的辉光，而更像被世俗枷锁紧缚的苦难中的使者，拼尽全力要燃起手中那盏明灯，让混沌中辗转的人类睁开双眼。

"他松手了！"

一声惊呼，我同在场所有的人一样屏息抬眼。

世界陷入寂静。

一大一小两颗陨星，破空而下，轨迹凛冽。但，没有人们意料之中的追逐拖甩，没有典籍先贤所言的孰迟孰先，仿佛什么无从抗拒的力量让它们彼此胶着吸引一般，它们比肩相持，难分难解。笔直的毫无旁曳的径迹，穿透电光石火的瞬息，又仿佛从岁月河底遥遥而下，纵如梭流华，坎坷千年。

"砰——"

频率同一的一声清响震震而来，让秋日的大地为之颤颤。

旧秩序在新世界的第一声钟鸣中碎裂。

静默的万物，从那一刻起重新开始运转。

无数年轻学子恍如初醒，愕然的惊问转瞬间便被翻滚如潮的掌声与欢呼淹灭。滚滚如燃的红日正从斜塔后冉冉升起，如蒙福佑的佛罗伦萨在辉煌的霞色中鸿蒙初开：这位可以自由行走在日光之下仍饱受困囿的真理的囚徒，剑指旧世罅隙

苦难中向前的艰辛的求索者，终于撕开了一整个时代的浮光掠影，以一盏飘摇中熠熠的孤灯照亮人世，在无数人的见证之下，登基加冕。

"哎，伽利雷先生呢？"

沉浸在狂喜中的人群循声望去，视野尽头，本应立于塔顶接受礼赞的年轻教授踪迹杳然。"是啊，是啊，我早该知道的。"轻喃着，我感到什么灼热的液体模糊了视线。

他的所求，所想，从不是被谁顶礼膜拜，不是手握权杖，捍卫一份恒定无虞的不可改变。他赌上所有，让半捧灵光照耀世间，正是希望更多人解脱旧制的禁锢，在探索与修正中衍生无穷尽的上行的力量，向更高远处伸出双手，以如他一般的勇敢与虔诚。

于是，他走了，再也未曾回头。

但这绝非故事结局。

未来的几十年里，他将以精巧无二的天文望远镜，将人类的目光引向高远夜空中浩浩璀璨的无垠星海；他将奔走在罗马的热土宣讲哥白尼学说，让更多人了解苍茫宇宙中无数神秘瑰奇的星体都在如何运转。他将被居心叵测者的明枪暗箭中伤，为了继续未竟的探索屈辱地签下有悖信仰的《悔过书》；他将在久病折磨下双目失明，于永恒的黑暗中度过自己颠沛凄凉的暮年，但直到生命尽头依旧蹒跚前行，把崎岖坎坷却光火耀人的一生尽数奉献给自己挚爱的科学事业。

他不是神祇，但却坚定一如垂怜人间的普罗米修斯，采撷来自太阳的光与热照耀这个世界。他为我们点灯，让一个时代的年轻学子得到挑战宗教禁锢的勇毅与热血，奔走不息，只为使真理的光辉倾洒遍野；他为世人点灯，让人们得以摆脱倥偬，信其所信、思其所思，马不停蹄、日夜向前。更重要的是，他为后世万代点燃了一盏明灯，让无数科学家追寻他一路上行的光的径迹，不断叩问与追觅、求索和发现，拓宽人类的视野边界与认知上限。

人们说，伽利略之前的科学踯躅于泥途荒滩，因而千年徘徊。从伽利略开始，大师辈出，经典如云，近代科学的大门由此豁然洞开。

他不曾失明。

因为他早已照亮一切。

月陨

安釐王三十一年，一载前的今朝，公子将六国兵，拒秦军于河外。

短短 300 余日之内，一度佩六国将印、致天下贤士的信陵君托病不出，一步步在朝堂上销匿声影，耽于酒色，日渐颓沉。公子门下 3000 宾客无不愕然憾痛，洒泪而别之士不可胜数，其中，便有我。

阔别数月后的今晚，难平的心绪，促使我一路行至曾安放我十余载光辉岁月的公子旧邸。

远远地，三两艳丽的女子和步履摇晃的醉客自府门而出。我心下一沉，踏着他们的背影快步走近。门口寥寥几个仆从容色恹恹，连一道探询的目光都吝于赏赐，竟让我长驱直入，无人过问。

终究是重逢了。

我掀开帘幕，一步步走入轩敞正厅。昔日浅紫的墨香、不绝于耳的诗书互答之声，早已为满庭靡靡乐音、酒腥脂气冲刷殆尽。那个我如斯敬慕、温朗高华的信陵君，就坐在大厅正中，面通红，眼惺忪，披头散发，月白长衫染了酒渍，揽着怀里美人，高歌谈笑。

穿越寻欢作乐的人群，我来到他面前，抬臂俯身，深深行礼，却只觉痛彻骨髓。

"来——"他笑了，语声朗朗，"为我的上宾赠酒！"

"公子！"血气上涌，我圆睁双目，一字一句迸于齿缝，"物有不可忘……"

"或有，不可不忘。"他执着酒樽立起身，缓步行至我身侧，笑意渐敛，"我知道你因何而来。"

"我，未曾忘却。"

"一年前的今夜，联军正在奇袭前夕。绵延数十里的营寨，杀气凛凛，无人入眠……"公子的语声沉邃起来，悠远目光似可穿透岁月的浩渺风尘，字字句句情浓意满，直叩我心。四周的笙歌长宴逐渐淡去，我仿佛又回到了决战前夜。

那一夜，秋风猎猎，千万大军却是热血鼓荡。六国士卒胸怀捍卫家国之志，厉兵秣马，势要化为一柄破风利刃，刺穿秦师的胸腹要害。出师在即，公子目光如炬掀起帐帷的一刻，穹顶的凉冽月华正与无数银光森寒的甲胄遥相辉映，将士们高唱古老战歌，眉目坚冷似铁。六国之兵，只待他一声令下，便要以排山倒海之势，南下抗敌。

"我一直坚信，我们能胜。"

话音落下，一载前意气风发的信陵君，与此刻的他，重叠在了一起。

公子掀起帘幕。

面前的庭院，空空荡荡、花木疏败，秋露之下，连嚣嚣蝉鸣都早已绝迹。天际一轮孤悬的月容色苍白，抖落一层稀软如纱的柔光，似哀叹，似悲悯。

我喟然叹息。公子则怔住了，方才浮动起一缕光的眼倏然黯淡，脸庞枯败，神窍俱灰，仿佛徒余一具死寂躯壳。独伫良久，他抬起头，凝望着天际月轮笑了，颓然而苦涩的。

"曾几何时，我以为，自己是那轮月。"他喃喃低语，"绝不与灼日争辉，却亦自有皎华流泻，抱定志向，于暗夜中守定一份清明。但我错了，我哪里是什么月亮啊，不过是魏王指尖的一颗白棋，从始到终，没有主宰战局的权力——哪怕曾偏锋一着扭转乾坤，也终究逃不过被随手丢弃的命运。"他顿了顿，声线微颤："可笑，可笑，我还期冀能以一己之力存六国、退强秦，逆时改势，重振时局……如今想来，多么滑稽！"

"公子……"我摇摇头，眉眼酸涩。

"'物有不可忘，或有不可忘。'你告诉我的这句话，11 年来，我一直铭记于心。"他望进我的眼睛，"如今的我却觉得，到头来，还有什么是要念念不忘的呢？世人惑我跌落神坛、醉生梦死，你疼我舍弃才学、日日酩酊，却殊不知，这戎马权策十余载，才更像一场荒唐大梦啊！"他向前几步，纵目四方："千百年后，无限变幻的风云将把这九州山河雕琢成何种面目，无人可知。天地尚如此，一人一世，在滚滚岁月里更渺似一粒微尘，与其空怀悲切，何不焚葬旧事、纵情声色，黄土白骨，尽留予后人评说？"

他仰头，将杯中酒一饮而尽，眼望曾与秦军酣战的南方国境呆伫片刻，既而转身投入那满堂胭脂软灯。我忽然觉得，那曾经充溢宾客笑谈，此刻盛放衣香鬓影的庭室，逼仄到容不下一个人的落寞。

"都是些醉话、疯话，不劳挂心。"进门前，他最后顿了顿，背着身冲我摆摆手。

夜愈深了，淡淡琼华已不知何时消失殆尽。驻足良久，我怅然抬眸。

天边清月已然无处寻觅，不知是被云霭吞没，还是安静地坠下了远空。

渡

忘川悠悠，余乃河上一渡客。

浮波澹澹，遥连死生。凡人命殒，阳间泥销肉骨，魂魄飘摇渡往他世，复待往生。余竹筏漾荡，渡夭亡幼子，渡耄耋老翁，渡横死青壮，亦渡久病妻妇。众生芸芸，登筏之状无非涕泣号啕、恋恋欲留。余初仍宽言抒慰，时日一久，便也无意相顾，唯一心渡河，容色漠漠。

一日，渡一七旬老翁。

老叟素袍加身，须发皆白，两袖月华，颇有些道骨仙风，自墨薮间缓步而来，眉目平和，无惧无忧。余生趣，细询之，生平之坎坷绮丽，世间罕有。十五明志，二十入仕，三十创私学广收天下青年，桃李芬芳，杏坛孤灯；五十出仕修经，后率门生周游列国，奔走往复振臂而呼，欲还清明于乱世，慰百姓以仁德。归乡时已沧桑百历，仍辗转卷帙，悬腕而书，不忘不弃，直至西来一刻。

老翁声色温淡，余撼及肺腑，轻问："缘何，辛劳如此？"彼眉目悲悯，恤尽人世孤寒、众生苦痛："爱人，为至仁。

唯愿尽绵薄之力，推儒学，施仁政，烁烁似晨星，振振若木铎，渡生民苦厄。若可以微茫辉光予百姓福祉，无憾矣。"

竹筏抵岸，老者飘然而去，终已不顾，经行处，乱花翩然，清辉浮动。余孤伫良久，凝其身影渐淡，白袂隐清雾，方才语声似清钟萦荡，由耳入心，气骨隽永——吾渡亡魄过忘川，彼渡生者去疾苦。

年岁交转，桨橹间日月起落。再渡逝者，必因善劝慰、纾解，去其忧惧，慰其悲愁。每每望素昧之人复又展颜，似可有所体察，昔时老者言中罕贵欢足。数度，熟稔名姓入耳，伴以"师表""至圣"，足证其清气浩浩散朗坤、青史一笔重墨。

唯难以忘怀，他日先贤素衣而来，眉目和淡，嚣嚣红尘入又复出，未尝玷浊半寸温净风骨。

"敢问阁下尊姓？"

"姓孔，名丘。"

点亮心灯

秋风呜咽，茫茫荒野如这时代一样坐拥无涯无际的黑暗。没有秩序，没有希望，要由内而外将一个人的意志碾碎摧垮。

这是我们离开陈国的第7天，饥饿愈发叫嚣，精神如落日西沉的第7天。有人病了，木车似一叶无根的舟迷失在漆黑寒冷的荒芜之中。蔡国——我们的目的地，似乎已遥不可及。人们相互枕藉，在半梦半醒间苦等，憔悴而了无生机，枯槁黧黑的轮廓像一捧湿冷的灰烬。

除了夫子。

他坐在那儿，瘦削而颀长，腰背箭一样地笔直，似一支蜡烛，一把火炬，永不会倒灭。我明白那种光，从他心底那个赤红滚烫的灯盏里映出来的光，自15岁起就在他眼里燃烧。我在缄默中看着他，又看看四周甚至无力起身的他的弟子，忽然感到一阵兜头的绝望。周礼虽好，古训虽好，真的值得这样艰难邈远地往复颠沛？真的值得付出生命的代价？无处可质问，念念不忘换来的为何是音声杳然，正道直行为何总是被旁枝蔓节缚困。风又吹来了，我心底暗涩一片，冷得空空如也。

"既然我们践行的是君子正道，为什么还会落得这样困窘的境地？"来到夫子面前，我眉间凝了愠色。我在怀疑夫子的教诲，我想，又或许，我是在恼怒自己的动摇。

"正是这样的境地，能鉴明真君子的挚纯之心。"夫子缓声说。他待人一向宽善温和，但那双眼，那张被岁月被厄运被一次次委婉或无情的拒绝烙下皱纹的脸，却坚定得像个战士，激昂得像个诗人。我的面和心同时热起来，我自夫子胸臆间凿壁偷光了。

我回到树下，饥饿焦渴依旧，但没那么冷了。

蓦地，我听见风中传来琴音，清朗的，琤琤的，一点点敲碎死寂。接着，夫子的歌声响起来，温厚浩醇，有如一个丰饶的梦。他在唱《诗经》，歌声里有绵长的欢喜与向往，有满捧日色柔暖，有男耕女织，有真挚赤诚的爱，又那样简单，在如今的狼烟与乱局中却音踪难寻的幸福与安宁。我回转头，眼里几乎涨了泪。风鼓起夫子的薄衫，他真伶仃得只余一把瘦骨，容色却恬淡如斯，仿佛早已把苦厄的命运宽怀。

我瞥见了那盏灯真正的光芒，我猛地想，长明不灭的光芒。

它不是高官爵禄，如果它是，夫子早就化作了这乱世浊涛中的无名一粟，而不必一意孤行，义无反顾逆流。它不是闲淡随心的生活，如果它是，夫子大可平戎策化种树书，山林一隐，卷怀而去，不理人世芜杂无道种种。它是礼乐，又不仅是礼乐，而是一个仁厚、安宁、美好的理想世界，在那里，人人得以安居乐业，离别之苦销匿噤声，百姓得逢教化，四野春风浮动。这样的理想像灯像太阳长明在他心里，于是一切困顿、挫磨都有了意义，于是他的足迹与车辙在这暗黑

的大地上永不疲倦地奔走。

哪怕身名俱灭，也是值得。

有热流滚滚涌进胸膛，是一盏灯在我心中亮起——似黎明一样洞然和温暖。无边黑暗里，如夫子般的担当与激情温柔俯照。

未来会如何？我不知道，夫子也不知道。或许我们会在暗夜的战栗中死去，或许我们永不能赢得这场与黑暗和寒冷的搏击。但我想，总有一种精神会烙进史书单薄的青简，总有一点灯火会被岁月托寄，点亮更多更多盏灯，千千万万颗心。

又起风了，我轻轻闭上眼睛。

只要心中灯不灭，我想，黎明总会来临。

青春的模样

春，于天地，是万象更新、生机萌苏、冰消水涨、披锦戴绣。青春，于人生，是朝气漫溢、活力四射、热力澎湃、希望蓬勃。这至粲至美的年华有千万种绽放的方式，而在我看来，青春模样的根脉，离不开一个铿锵滚烫的"敢"字。

青春的模样，是敢于挑战。有青春锐意之人，不畏人言，不畏桎梏，不畏风险，绝不餍足于蜷伏在既定舒适圈内抚爱已然掌握的成就，而能在超越自我、拓展格局的征程中一意笃行。这样的精神，早已跨越了世俗所视的"地位"高低。平凡如快递小哥雷海为，奔波街头巷尾，淹没于城市人流，却能在摩托车后座建起一座自己的诗境桃源。当起初不被任何人看好的他勇登《诗词大会》擂台，坦然自若，披荆斩棘，面对名校才子、诗词大家，依旧气度卓然，最终勇摘桂冠，谁人能不为这拼搏挑战的勇毅所打动？而始终活跃在学界目光焦点的杰出女生物学家颜宁，毅然离开已任教、科研10年的清华大学，成为普林斯顿的一名讲师，一时引起震动。批

评否定之声不绝于耳，妄意揣度之态日嚣尘上。而她的回复，简简单单，掷地有声："如果我已在普林斯顿留校10年，而清华给了我 offer，我也同样会回来。我想要突破熟稔于心的环境，在更新、更陌生的氛围中体验、历练，仅此而已。"这是一种怎样天真而青春的剖白？无数自以为意的揣测，面对如是精纯笃定的青春之心，只得黯然噤声。留在清华，她面前会是声望、影响力与一成不变的通途；向外开拓，种种阻力困挫自不必说，而她的选择，是拥抱挑战，拥抱全新的自我。

青春的模样，是敢于担当。当国家需才需力，当时代声声召唤，多少秉青春热力之人曾挺身而出，肩担道义，做民族之脊梁，为未来之先声！100年前，巴黎和会，"二十一条"，其无耻不公的程度，令饱受侵凌的中国内外震惊，面对权势威压，面对洞黑的枪口，有些人犹疑了、怯懦了，选择与一时的苟且十指紧扣，假寐在国家危亡的路口。他们不敢掀起新的黎明，但我中国青年敢。5月，一股炙热年轻的铁流冲出课堂，年轻学子眉为刀，眼似火，让"外争国权、内惩国贼"的青春之铁誓响遏行云、照彻神州。从此，全社会逐渐走向觉醒，工人阶级登上历史舞台，新思想、新科学如天光乍破，点亮中国奋起抗争、自我救亡的道路。如今，内外交困的时代已然过去，但国家奋进的脚步从未停歇，而今日的无数优秀青年，也正不遗余力担当强国重任，构筑发展之路。他们甘于奉献，驻扎在苦绝之地的新一代航天人正邀星揽月，孕育更加灿烂的科技成果，将中国推向世界航天发展的前锋。他们敢于牺牲，意气风发、英姿雄勃的边防战士，用他们年轻的生命与边境线上的走私、贩毒、黑恶势力矢志对抗，护国泰民安，更积极参与维和，让和平的福音传向世界上最颠沛难宁、战火频仍的角落。正如习总书记在五四青年节的致辞所说"用青春之我，建设青春之中国"。他们用自己青春的模样，带来了国家腾飞的模样，带来了民族幸福的模样，带来了时代滚滚向前发展的模样。

是的，这样的心境、态度与精神，才是我们青春应有的模样。因为敢拼敢闯，不惧失败，所以不会佯托"佛系"作懒于奋进的借口；因为敢作敢当，心系家国，所以没时间"颓"，没兴趣"丧"。在这最灿烂的时代，燃烧青春之热望、热情、热念，正如李大钊在《新纪元》中所写，时时敢于采撷自己的新纪元，志于贯达人类的新纪元，方能不负韶光。

勾勒青春模样，我们在路上。

学海拾贝

175

勇于破茧追觅新生

蚕，要如何生翼？于它而言，选择是简单而又残酷的——要么被岁月风干成无生机的蛹壳，要么烧尽一腔孤勇，去冲撞、去穿凿、去突破，破茧一刻展开翅，自泥土飞向远空。浮世万千，我们又何尝不是时时寻觅与叩问着的春蚕？只有紧握周身力与勇，去与陈规陋习的茧搏一遭，才能看到光，尝到清鲜的风，沐浴在新生的欢欣里，去开拓属于我们的那方清穹。

有些破茧的瞬间历尽艰苦，却在人类史册上永远标定一抹亮色。无论是握持清澈理性的自然科学，还是充满激情、燃烧奔流的文化艺术，是先驱们一次次不惜代价地挣扎破茧，让人类的认知边界不断扩展开拓。瞧，被哥白尼饱蘸真理辉光的笔所划伤的，被比萨斜塔上伽利略掌心落下的大小铁球凿穿的，被罗马广场上亲吻着布鲁诺躯体的烈火烧透的，不正是被教廷密密缠缚的蒙昧无知之茧吗？茧破处，天光大亮，自然科学的大门豁然洞开。而凡·高笔下火一样明艳的向日葵和千年流淌的星河，毕加索借由荒诞大胆的形式所释放出的、直击人心的力与激情，又何尝不是在向学院派艺术对美的主宰与垄断发起挑战？这个过程是艰难的、痛的，恰如春蚕破茧。在同时代的人眼里，他们的思想和行动与疯狂无异。但时至今日，当我们回溯来路，这些怀揣着殉道者式悲壮的勇毅、一意孤行，不选择温驯噤声而选择头破血流去破茧的真正勇者，让人类文明得以破茧新生。

　　有些破茧的奋搏，一朝功成，便可带来崭新希望，开辟全新道路。我国当今名声在外的化工巨头万华公司，从国营皮革厂起家，曾在计划经济的春风中遍尝"皇帝女儿不愁嫁"的甜头。然而，改革开放的浪潮为万华卷来了竞争的信号，雨后春笋般的皮革企业无不在向它宣告：薄薄蚕茧抵不住瞬息万变的发展潮流，龟缩在固有经营模式的必达宿命，是僵化、失活和衰朽。挣脱这赖以为生十余载的茧，不容易。但万华人决心锋锐、勇气炽热，裁员——为企业瘦身强体；研发——投入大量人、物、财力深入发掘化工尖端技术；转身——从计划走向市场，深化股份制改革，一套组合拳打得生风作响。强劲的创新力，活跃的产能，让万华获得了劈波斩浪的势头。如今，破茧重生的它是中国唯一、世界少有的 MDT 自主知识产权持有者，以一场漂亮的翻身仗冲破桎梏的同时，也助力中国向着世界创新浪潮一线前锋进发。

　　或许，有人会说，尚年轻的我们还不必承载这样宏大的使命。然而，从某种意义上说，我们都是"茧中人"，被久未改的陋习、不愿接受却又自觉无力改变的环境所捆缚，只有鼓起勇气，杀死惰性、挑断锁链，时时思改变自新；尽哪怕最微薄的努力，向更好的自我与人生进军，我们才能破茧化蝶，有朝一日成长为让祖国与民族破茧的中坚力量。

　　无边寂寞，无限辛苦，只待破茧时披光揽月一刻，皆是值得。

不忘初心方得始终

　　"不忘初心，方得始终"已成为一句无人不知、无人不诵的箴言，而个中常看常新的深意，值得我们真正去细品精思。"初心"，是驱引我们迈出第一步的本源信念，是应恒久烛照我们奋进征程的最初目标。只要铭记它，我们便不必担心偏离原本的航向；只有守定它，我们才能在扪心自问时收获真挚的幸福、坦荡的满足。

　　不忘初心，方能步步无悔，实现自我。是什么让稳握港大录取通知书的辽宁省状元毅然决定复读，冲击北大中文系？是她的初心——对文化传播的满腔热念，对中文经久不改的激情。是什么让名校高材生放弃稳定的职位与丰厚的月薪，重归故土，扎根农村，甘于寂寞，安于清贫？是他的初心——用自己的知识回馈生他养他的热土，把幸福生活的权利带给更多父老乡亲。他们的选择，或许会被很多人误解甚至诟病，然而，相比于当今无数攀浮名追虚利者，无数为了六便士抹去心间皎皎月光者，无数看似生活光鲜，午夜梦回时却难掩胸中空寞者，他们才是真正的赢家。因为怀抱一颗滚烫清明的初心，他们拥有了义无反顾的孤勇与落子无悔的底气，梦想的最终实现，不过是时间问题。

不忘初心，方能跋涉艰险，迎来黎明。国民企业华为，坚持投入大量资金用于创新研发，不为一时利益牵绊脚踝，蒙蔽双眼。它从未忘记自己立身立业的初心——产业报国，自主创新。正是这样不惜从零开始独立发展的信念，让华为面对美国极限施压、多重制裁而自岿然不动，永不停转前进引擎，强势进驻30余国市场，成为5G时代当之无愧的领军企业。一个企业尚如此，对于一个国家、一个政党而言，"不忘初心"的重要性更是不言自明。一切立足于人民，一切为了人民，全心全意为人民服务，共产党人的初心历峥嵘岁月而灼耀依旧，照亮了一个又一个崭新纪元。1934年10月，红军长征开始，征程遥遥，山水无尽，雪山草地的举步维艰，围追堵截的险象环生，都没有让星星之火泯灭。那不曾动摇的热源，支撑无数红军战士遍尝非人之苦难，铸造长征精神、民族血性的信念，正是他们为国为民的初心。但因一念，愿迎万难，吞冰啮雪，披荆斩棘，这份初心，仍鼓舞着代代奋斗者无畏前行。

不忘初心，方得始终。作为祖国的青年一代，我们不仅要锤炼每个"当下"，做到"踏石留印，抓铁有痕"，更要始终铭记自己从何、因何而来，怀揣一颗灿烂长青的初心。只有如此，我们才能自喧嚣中守静定，临万道而取正途，让梦的回响入耳入心、振荡不去，永不停止成长、汲取与追寻，在觅得与实现自我价值的同时，为更多生命的幸福与欣悦，为更浩阔世界的发展与繁荣，为更深远精神气脉的流涌传递、生生不息助力。

如果心中有盏灯

　　纵观人类历史，灯，不可不谓一个里程碑式的发明。这盏人造太阳，照破暗夜，融冰化雪，让光明和温暖永远与人类十指相连。正如我们需要一盏明灯去点亮瞬息万变的外部世界，在人们心中如果能长嵌一汪璀璨，便能在长途跋涉时不会迷途，也不必畏寒。在这片丰饶的热土之上，有一群身着绿色的炽热生命，正用实际行动向我们展示心灯的力量。他们共同的名字，是中国军人；而种在他们胸口的那盏灯，叫家国情怀。

　　如果心中有盏家国之灯，便能永远义无反顾，循祖国声声长唤，踏一条正道通途。近日，一位名叫张富清的 96 岁老兵上了电视，年近期颐的老人精神矍铄，而最令人心生震撼的，是他一路为家国之灯朗照指引的人生。三次一等功、两次"战斗英雄"是他浴血奋战的最高褒奖。退役后，面对转业待遇的选择，他再次循光而去，深藏功名，尘封过往，主动到最贫困的湖北省来凤县工作。通公路、修电气，扎根在最简陋的宿舍里，一干就是 60 年。试问，若心中没有一盏家国之灯，谁人能决绝如此，甘于寂寞如此，缄默得掷地有声，笃行得九死不悔？一盏灯，标定了张富清老人一生的航线——无怨，奉献，为家为国。

如果心中有盏家国之灯，便能永远信念坚定，在最艰涩时、最寂寞处，也有暖热可以依托。在我国南海，有一座小小的中建岛，淡水匮乏，无缘新鲜蔬菜，海军驻岛守备队的战士们常常就酱油下饭。不仅如此，电力的短缺使得黑夜乌似墨，伴着战士们的，除了孤独，就是潮声。这样的生活或许在常人看来难以想象，但他们心中的灯多亮呢？亮过漫天星斗。"替祖国守护好海上家园"，这样铿锵的誓言，让他们的心和大陆同频共振，让孤独销声匿迹。而在遥远的版图另一端，我国的北疆，禾木边防派出所的战士们同样与无垠寂寞为伍，凛冬一到，大雪封山，满目荒白埋屋掩树阻道路。收音机是他们触碰外界的唯一道口。但他们心中的灯滚热，热得像普照万山层林的旭日。"做人民群众最强有力的后盾，捍卫正义、坚守职责"。灯亮了，暖意便能蔓长，心便可凌霜傲雪，岿然不动。

个体生命或许微茫短暂。时光逝水，经年以后，姓名和面目或许都将变得模糊。但如果心中有盏家国之灯，那我们踏出的每一步，都将激发出更加浩阔、辽远、荡气回肠的回声。在岁月中、在潮声中、在风雪中矗立的身影，已为我们做出了最有力的诠释——每个人心头的星星之火，将交会出中华大地亘古不灭的黎明。

致敬中国军人

——暑期社会实践视频演讲稿

　　也许因为妈妈是一名军人，我从小就对边防有着一份特殊而深厚的感情。今年暑假，我有机会和爸爸妈妈以及好朋友，一同踏上去往新疆的旅程。此行，我对新疆边防有了更加深入的了解，那里也给了我很多震撼，想在这里跟大家分享。

　　新疆行的第一天，我们就来到了位于乌鲁木齐市的新疆边防总队。其实，平日一提起新疆，第一印象应该是"大"。作为我国西北边陲的重地，新疆有 20 多万平方公里的边境辖区、5700 多公里边境线，以及 15 个对外开放的口岸需要管辖，更与蒙古、哈萨克斯坦等多个国家接壤。这赋予了新疆边防总队重大的爱民固边责任。

　　那么第二个印象，应该就是"乱"。大家可能偶尔会从新闻中了解到新疆发生暴乱、流血事件。确实，新疆境内，有相当一部分极端分子心怀"圣战"之愿，而境外恶势力呢，也适时地进行煽动和勾结，企图分裂甚至颠覆我国政权。在参观总队警史馆的时候，这种感受就来得更真切了。警史馆中，陈列着自1950年到2011年所发生的历次暴恐事件的文字与图片资料。很多旧照片已经模糊了，但那些场景还是让人触目惊心。你会发现，尽管我们的国力日渐增强，社会日趋稳定，但边境线上永远酝酿着风暴，涌动着暗流，一直是不安稳、不平静的。

于是，新疆边防部队被赋予了无限沉重的职责：保卫边境，反恐维稳。

每一位新疆边防官兵都在经受堪称严酷的训练。他们所面临的，是真正荷枪实弹的硬仗，生死一线的较量。时刻坚守在边境线上的他们，要具备更过硬的素质和更精锐的本领，要始终保持战备状态。可以说，新疆边防部队，是全国边防最有力、最优秀的一支。

在对新疆边防有了一个大体认识之后，我们实地采访了总队的几名官兵。这次采访，我有两个故事想跟大家分享。

第一个故事是关于总队炊事班长的。他拥有一张灿烂的笑脸，朴实而不善言谈。他的手粗硬，覆着老茧，真是让人觉得，这是一双拿枪的手，而不是做蛋糕的手。可就是在这么一双手底下，诞生过许多精致美味的西式甜点。

噢，原来，这个看上去挺腼腆的炊事班长，拥有着一个大厨的手艺和灵魂呢！

可能有人会问了，做蛋糕和流血牺牲，好像没多大联系呀？但其实，一切冲锋在前的本钱和前提，都在于良好的后勤保障。这个炊事班长的珍贵之处就在于，他通过自己不懈的努力和摸索学会了制作西点，由此，不仅保障了官兵们的身体健康，更抚慰了他们的心和情感。

想象一下，长期驻守在边境线上，忍受着寂寞、痛苦，与满目荒芜为伴，是很艰难的一件事。突然有一天，只有馒

头啊、炒菜啊这老几样儿的饭桌上出现了蛋挞，出现了曲奇，在过生日时还能有商店里都买不到的好几层的蛋糕吃。换谁不惊喜啊，对吧？心里一定是又感动又暖融融的。

这当然不是他必须做的——只要做好基本的后勤保障，就没人能说他怠职。但他实现了突破。一颗乐于探索又充满爱的心引领着他，把这个小小岗位的界线无限拓宽，在这荒凉、孤独的边陲燃起一朵甜蜜的火花，温暖着无数边防官兵的生命。

从他的身上，我找到了新疆边防强大实力的源泉。部队里的每个人，不管担任的职务是大是小，责任是多是少，都能够竭尽全力，做到可能中的最好。也正是因为他们各自对自己的"业"的坚守，整个边防部队才能够顺利地运转和发展，逐渐获得足以让人刮目相看的强劲实力。我想，官兵们对于工作的态度，是值得我们敬佩和学习的。

第二个故事，是关于一朵"军中绿花"的。

对她的第一印象，就是帅。她是大学生入伍，家在黑龙江，说话的时候带着点儿"大楂子味儿"，语气铿锵有力。

姐姐说，她来自女子特战队。初听这个词，我们都没什么概念。

但后来，当姐姐说起中吉联合军演，说起"雪鹰"女子特战队的特殊地位，我才意识到面前年方20的姐姐可能经受过多少常人难以想象的锤炼。在茫茫戈壁上演习的时候，将近午夜才能吃到晚饭，要每天面对能吹翻帐篷、掀起铁皮的呼啸风沙。而日常训练的时候呢，则要练习倒功，上手铐，利用索道从高处滑降。我们此前从未见识过的生活，在她的叙述中轰轰烈烈地铺展开，布满硝烟与搏斗的遥远世界，在这个午后，与我们相连。

最让我震撼的是，那么痛苦又艰难的回忆，从她口中说出来的时候，简直平静得不像是自己的故事。我们问她："哭过吗？"她答："弄伤了别人的时候哭。"我们问她："崩溃的时候怎么办？"她答："一跺脚就过去了。"言简意赅、字字刚劲，又平淡得让人不太敢相信。但当你真正望进那双坚定闪光的眼睛，便会知道，这一切，都是真实。

后来我们去参观女兵宿舍。

如果我的卧室是抽象画，这间屋子就处处诠释着极简主义。从门口看过去，4张床是一条直线，4床被子是一条直线，甚至连床下摆放着的鞋都是整整齐齐的一条直线，教人叹为观止。

宿舍里的其他女兵，也都是一样地英姿飒爽、抖擞挺拔。在我眼中，她们的军装比再多精致的衣裙都明艳，她们的素面比任何描画的眉眼更美丽。

他们的自律、坚韧和勤奋对我很有触动。这些比我们年长不了多少的哥哥姐姐过着堪称危机四伏的生活，却没有喊苦叫累，而是咬牙坚持下来。能够坐在教室里安心学习，生活幸福平顺、无忧无虑的我们，又有什么理由知难而退，轻言放弃呢？

其实，在中华人民共和国的土地上，遍布着一群人。他们有些活跃在缉毒、缉私和反恐的战场，用自己的青春乃至生命与恶势力抗衡，捍卫国家的安宁稳定。有些正奔波于抗震救灾一线，尽自己的一切力量，寻觅生命的讯息，为饱经创痛的灾民重建家园。而更多的人，则几年如一日地坚守在祖国的万里边关，忍耐着与亲人别离甚至是与世隔绝的寂寞与痛苦，恪尽职守，履行着自己的职责与使命。

或许没有人会记得他们都叫什么，或许很少有人知道他

们曾做过些什么。但他们有一个共同的光荣的身份——中国军人。从穿上那身军装的一刻起，他们便把自己献给了家与国。他们是待发的利箭，是不灭的红星，是最坚毅、果敢、精忠的共和国的卫士，是值得我们每个人发自内心感念与敬佩的真正的英雄。

最后，请允许我，向中国军人致敬！

身边的陌生人

　　"糖葫芦儿嘞——又香又甜的糖葫芦——"

　　我的秋天，往往是在这样洪亮悠长的吆喝声中开始的。

　　我从小就酷爱吃糖葫芦，可巧，家附近的超市门口正好就有卖的。做糖葫芦的小哥身量高大，绒暖厚实的毛衣外头系一条永远素净不染尘的白围裙，戴着口罩，露出一双又圆又亮的黑眼睛。那眼里含着的温温润润的笑，真像被熬得咕嘟作响的糖浆熏出来的白气蒸裹过似的，甜丝丝暖盈盈，教每个顾客心里都热乎乎的。每次路过他的小摊儿，我都忍不住馋虫，要排上几分钟队买一串山楂的和一串草莓的，他总是细细地给我包装好，目送我离开前不忘叮嘱"好吃趁热"。

　　那个傍晚，我捏着自己分数狰狞的考试卷子，脚步拖沓沉重。一些无谓的烦忧胡乱从心底攀长出来，恣肆蔓生，勾绘出一条满布蒺藜的前路。想着想着，眼眶便沉甸甸地发酸，觉得心中真如秋风掠过一般瑟瑟萧冷了。

　　"小姑娘，今天不买糖葫芦？"轻快的问句传过来，我循声抬眸，卖糖葫芦的小哥正眉眼弯弯地看着我。不及掩敛

满脸失意，我低下头在包里翻找起来，最后慢慢递出一张皱巴巴的紫票："今天带的钱……只够买一个山楂的。"他怔愣了一瞬，然后了然地点点头，拿下一串红果娴熟地蒸了热气，包好，又小心地取下顶层那根剔透甜莹的草莓糖葫芦，轻轻交到我手中。

"可是……"我有些愕然。他却含笑打断了我："拿着吧！草莓的比山楂还甜，听说吃甜的能让人心情好些。是我的老顾客啦，当我请你的！"我再想说什么，他却只是用那双真挚温柔的眼睛凝望我，仿佛心意已决，教我无须多说。

夜幕沉下来，我小心地咬上第一颗包裹在金黄脆亮的糖衣下的草莓。脆密的破碎声过后，清甜多汁的果肉前来拥抱唇舌，温醇明亮的草莓香盈盈氤氲席卷味蕾，带着独属于暖春的迟日暄风。那甜蜜在唇齿间扩散流转，更优柔缱绻地溢满我整个心田，在忧寒处点一盏清灯光暖，以明媚的真情，以挚诚的良善。

世间千般珍馐佳肴，让我念念至今的，最是这一串简简单单的糖葫芦。

记忆深处，小哥笑容温煦、语声和柔，在秋凉叶落时给予我暖意汹涌。我不知道他的名姓，不知道他来自何方又将去向何处，但从他灵魂深处折射出的善与爱的光芒，曾以一种无限甜蜜的方式真实地照亮我的小小星球。我想，从他身上，我学会了如何以发自内心的温暖去拥抱这个世界，更深深领悟了，陌生人之间的短暂交会，亦可迸发出久历岁月仍栩栩如生的动人光热。

"糖葫芦嘞——又香又甜的糖葫芦——"

甜透流年，甜上心头。

永矢弗谖珍爱和平

当紫金山下满堆积骨，当扬子江的流水被鲜血染红，当日寇的铁蹄踏碎六朝古都的万顷锦绣，中华民族迎来了 1937 年的酷寒之冬。12 月 13 日始，日军的罪恶屠刀血洗金陵。举城上下，男女老幼，遭暴虐无度之残戕，受惨绝人寰之屠戮，短短 6 周之内，30 万条鲜活生命被无情收割。南京大屠杀！那满目疮痍的一幕幕，是每个中华儿女心中无以愈合的伤痛。南京大屠杀！那人性灭绝的一幕幕，铸成了人类史上一根永远面目狰狞、令人悚然的耻辱柱。

2018 年 12 月 13 日，是南京大屠杀遇难同胞 81 周年纪念日。81 年来，这片曾饱受侵略欺凌的苦难的土地，已然在迅猛的发展潮流之下旧貌换新颜。但那份蚀骨之痛，那段国耻国殇，将植根于我们的记忆与心灵，永不被忘却。令人不齿的是，时至今日，日本右翼分子仍在试图篡改历史教科书，美饰、掩盖甚至抹除曾经的累累暴行、滔天罪恶。相比于正视历史，他们选择了背叛真相，而一个没有勇气直面过去的民族，必将失去发展、

前进的镜鉴与开拓、壮大的本源。

　　铭记历史，不是为了沉湎于苦难，而是从耻辱中汲取不竭的奋进力量。落后就要挨打，"国泰民安"与"国强民兴"互为表里。当我们想起大清那被列强枪炮打开的腐朽的国门，想起侵略者蹂躏下的旧中国那奄奄于水火之中的百姓，又怎能不于年轻胸膛燃起一簇不灭的火花，鞭策自己强健体魄、勤学精思，养善行于微细处，骋宏图于天地间，终成长为顶天立地栋梁材，为脚下心中这一片热土勉力奉献？"少年强则国强"的铮铮诵音犹在耳畔，只有肩负祖国未来的我们有底气、有骨气，拼搏成长，不断前趋，我们的国家才能崛起于世界强国之列，我们的民族方可傲立于世界民族之林。

　　铭记历史，不是为了迷失于仇恨，而是从悲恸中感怀对和平的永恒的珍爱。正如肉体疼痛可以让人保持警醒，永不随时间风化的精神痛楚将为全人类划定一条刺目的红线，提醒人们不可跨越雷池、重蹈覆辙，让昔日黑暗、沉痛而绝望的战争与杀戮重演。作为拥有中国灵魂的世界公民，作为人类命运共同体的一员，我们要在心中播撒善的种子，永远笃信：和平比争端更能催生发展，仁爱比暴行更具万钧之力。不论未来行何处，我们都应视传播和平为己任，为良知和希冀垦荒拓土，甚至于让更多人得以结束生死颠沛的无尽挣扎，得到权利，去自由成长、喘息和生活。

　　勿忘国耻，珍爱和平。这个冬天，我们的心因81年前遇难的同胞们而万分沉重，亦因对未来的期冀与决心而灼灼炽燃。奋进吧，相信我们能够实现南京大屠杀遇难同胞纪念馆照壁上那深情的夙愿："让白骨可以入睡，让冤魂能够安眠，把屠刀化铸警钟，把逝名刻作史鉴，让孩童不再惊恐，让母亲不再泣叹，让战争远离人类，让和平洒满人间！"

何惧征程漫漫？

——刘云浩教授学术讲座侧记

2017 年 11 月 20 日下午，我校高一年级师生齐聚报告厅，聆听来自清华大学的刘云浩教授带来的学术讲座——人工智能时代的新工业革命。

一开场，周龙平副校长便为我们介绍了刘教授的个人经历。信息技术，语言口译，工作台前勋荣赫赫，排球场上腾挪纵情，寥寥数语，每一句介绍都力道万钧，让同学们惊叹连连、钦佩不已：面前风采翩然的刘教授，实实在在地契合着我们对于"优秀"，乃至于"杰出"的全部定义。可以说，每个人心中都已燃起一份新生的期待，渴盼同教授一起，踏上短暂却注定光热耀人的探索之旅。

为时 1 小时的讲座中，刘教授沿岁月的无垠长河回溯，层层递进，旁征博引，引领我们一点点描摹成就琳琅的人类文明。从艾伦·图灵铿锵惊世的一问，到奠定人工智能基石的达特茅斯会议；从史书中一次又一次势态万钧的演进，到如今向 AI 难关挑剑进军的铮铮序曲；从细思惊撼的三大定律，

到万物相连、交融互通的光辉前景，我们俯首触碰人类一路跋涉风雨的浩浩轨迹，又仰起头，真切地捕捉到那从时代缝隙涌流而入的、崭新世界的浮光掠影。

时间点滴流逝，同学们专注如一。教授生动翔实的讲解不时被涨潮的掌声打断，观众席上一双又一双年轻亮润的眼睛，盛满向更高远处挑剑的渴欲与决心。娓娓之间，我们心中的所思所想，早已超越了自己世界里的浩繁卷帙，而得以进入更广阔纵展的天地，去探索与汲取、感知和共情。

正如刘教授所说，从古至今，人们从未停止寻觅。第一次工业革命，机械动力为世界重新铺排格局。人类生产掀起翻天覆地的革命巨变，汽笛长鸣，囿于故土的人们被载往不曾涉足的应许之地。第二次工业革命，明灯金芒燃亮人世晦暗，电的存在，使曾被黑暗锢锁脚步的人类睁开双眼、携光而行。1979 年，互联网诞生，海量信息在更浩大无形的空间内流动传享，让如今的我们足不出户，便可得见远隔重洋的故友、采撷穹顶高悬的晨星。而此刻，第四次革命的号角声已然悠萦于世，赋予人工智能独属于人的头脑与情感，将是人类自己的《创世纪》扉页上最浓墨重彩的一笔。

人工智能的核心，是认同，亦是创新。

而它发展的方向，是恒定无虞，更是本能与感性。如今，它们已然具备了无可比拟的计算能力，可以在交互中给出让人艳叹的漂亮回应；或许在不久的将来，它们将可以准确撷取面前浩如烟海的信息网络中最有意义的一隅，实现真正的自我觉醒、深度学习。

但最艰难的，永远是那些柔软、摇荡、两可的东西，那些明知不可为而为之的"非理性"，那些把赤裸坠地的我们塑造为面貌迥异的个体的美丽的不确定，是它们，让人类在永不止息的发展潮流中异军突起。而它们，也将是轮廓初备的人工智能所迫切需要的那最后一抹温度与生气。在那之后，可与人类比肩的人工智能终将问世，撕开旧纪元的单薄页脚，给予我们前所未闻的快捷与便利，更催促人们挖掘自己最宝贵的价值，不断完善、笃意内省。

讲座尾声，同学们踊跃举手，勇敢表达，提出了许多富于深度与哲思的问题。而教授也一一给了详尽精彩的答复，予在座的我们灵感与启迪。大家的热情不曾冷却，目光交会、含笑颔首的一刻，便是朝气蓬勃的头脑在碰撞与交融中砥砺上行的最佳证明。

古往今来，人们恒常以理性拷问理性。无数人终其一生试图索觅一个无懈可击的解，只为撬动静默沉落在万物之间的谜，化未知为已知，还混沌以秩序。此刻，人工智能正是我们开启未来门扉的钥匙，每一度扭转，每一分进境，都将是人类峥嵘的发展历程中，无可替代的绮丽传奇。

大概，在不久的将来，我们中的很多人会汇入时代洪流，亲身参与科研，为人工智能的发展助力。那时，大家也一定将回想起高中的那个午后，脑中或缄默良久或回萦不息的思绪被什么蓦地燃起，炽炽蒸腾的温度一路下行，盈满胸臆。

何惧征程漫漫？

马不停蹄，未来可期。

何忧前路莫测？

每点未知，都以岁月牵羁一份夙兴夜寐的注定。

新时代汹汹滚滚而来。

我们让它降临。

广乐钧天

——记高一年级音乐公开课

2017年9月26日下午，我校高一年级师生齐聚新楼报告厅，欣赏了一堂令人难以忘怀的音乐公开课。

偌大的礼堂被涨潮的黑暗淹没，千万束灯光在轩敞的舞台之上缓缓聚拢。台上，人大附中交响乐团的同学们齐整端坐，何老师静立中央，神色谨肃。男孩子们西装挺括眉眼英毅，女孩子们一袭雍素黑裙曳地，轮廓纤美、身姿优柔。和这些年轻人同样耀眼的，是他们怀中捧着、掌心握着、身边立着的光色温亮的乐器——那是他们灵魂袒露在外的一部分，是他们的岁月浩荡，是一切历历可数的荣耀和动容。

这个下午，曾震撼和感动过一代又一代人的经典曲目在距我们咫尺之遥的舞台上再现。从《红旗颂》《梁祝》，到《与狼共舞》《神圣的战争》，瑰丽乐章在演奏者们的指尖掌中流淌交织，因精诚配合与惊艳碰撞而显出加倍的动人与磅礴。

那乐音，时而玲珑细腻似蝶翼点水，漾起圈翩软漪，让盛满暖春明柳的静湖碎影斑驳；时而灵动活泼如山雀颠跃，俄顷群鸟盘旋覆空，鸣奏一场山河含笑的盛大欢颂。时而塌陷半匹亘古萦怀的柔情，无人可诉的悱恻，尽融进乐音娓娓述予天地众生；时而掀起一场撼人肺腑的洪流，回旋跌宕势冲霄汉，写尽一个时代的鲜血硝烟、赤赤峥嵘。

旋律回旋攀升，灯光下，同学们指尖翩跹，弓弦翻飞，年轻的身影随音律曳动。这些才华横溢的演奏者，在创造震撼的同时也同样被一种美丽的沉醉挟裹，将那些不曾被岁月打磨褪色的浓情赋予更灼耀的新生。他们始终如一的专注，他们挥洒落拓的热爱，让每一次强弱起落收放更迭化作一澜海潮，把在座的每个人击中、俘获、挟裹。

音乐啊，神赐的厚礼。它如此狭窄，把任何不怀爱与虔诚的灵魂拒之门外，却又那般广博，将一切属于美的梦忆紧拥入怀，让这个世界辉光熠熠、浮游生动。它比图画更浮漫恣肆，比章辞更摄人心魄，因为它不需人们费神揣度或是自行勾勒——当第一个音符响起的那刻，我们便已回溯到时间河底，得到权利，与风姿如初的奇才大家含笑致意，和别无他觅的震撼与感动十指相扣。

当《歌唱祖国》的曲调响起，同学们立起身来朗声而歌，容色里，保藏着一种让人心折的动容和珍重。音乐会告一段落，那扣人心弦的乐声却依旧在婉转萦绕，把我们的灵魂托向不见边际的更高、更远处。大概从今日起，我们都会铭记，音乐不可或缺的缘由并不只在于它为人类所珍爱的美。

它是我们触碰这世界的本能。

与爱同行

——记高一年级舞蹈公开课

2017年12月5日，我校全体高一师生齐聚报告厅，聆听一节让人期待已久的舞蹈公开课——"爱·同行"。为此，舞蹈团成员们进行了精心的设计与准备，力图为大家奉上一场视觉盛宴。而已经毕业的艺术团学姐和家长大朋友们的到来，让这次活动显得更加意义非凡。

她们的身影写意着美。

音乐骤起，涨潮的灯光勾勒出一个又一个纤韧明艳的轮廓。修润脖颈随每次仰头勾勒出让人心折的美丽弧度，舒展的双臂像海鸟的翼一般在光影间收张起伏。腰肢温软，步履盈柔，摇升偃落，吹雪流风。如画眉眼，时而灿灿含笑，时而凛凛蕴锋，一颦一笑，悲喜痴嗔，跃掠凝止，远眺回眸，尽是直透心魄的粲然风骨。

她们的舞姿具一种近乎圣洁的虔诚：苍鹰骏马、竹篁清风，莲叶亭婉、朱鹮灵动；民族之风情郁艳，古典之气度雍容，写尽眉间云雪、心上春秋。天光流转，看她们袅袅绰绰芳华半敛；如血朝暮，是她们身姿窈然炽而惊鸿。神州大地的无限风华，于她们静则涓涓动而流火的倩影里栩栩铺就；山河万顷，一切有灵之物的脉搏在她们蓬勃流溢的热情之中开始跳动。

舞台上，一切撼人肺腑地灼灼。

但鲜有人知道，在掌声与鲜花难以触及的角落，蒸腾着多少晦暗而无人问津的时辰；流盼生辉的双眸，曾多少次盛满滚烫的惶急、踌躇乃至于痛楚。璞石成玉，需要多少堪称苛酷的雕琢打磨；花开灿烂，又需要多少不眠不休的砥砺与守候。

数年如一日，她们把自己最柔软明媚的岁月献予舞台，更将满腔难冷的热血与一颗向美而生的心完整呈奉。排练厅的半阕天地，她们挥汗如雨锤炼进境，以踏实不懈的努力，把由心而发的深情镌入每个动作、每寸肌骨。这也正是为什么，舞台中央的她们耀耀如流动的星河，誓与天地共情、同万物融通，淋漓地诠释着对生存的无限宽怀与欢喜、对生命的无上感念和珍重。

谢幕时，年轻的舞者们自洪大乐声里翩然而来，台上衣袂翻翻，台下欢声雷动。当她们含笑扬起双臂，又深深俯首鞠躬，在座的每个人，都真切地为一种暖煦的动容所俘获。开场时那个寥寥数语却力逾千钧的美丽问句依旧回荡在耳畔，此刻，我们朦胧依旧，却又仿佛懂得了许多。

"爱，是什么？"

容色清丽的姑娘们语声温柔，她们说，岁月漫长，久伴心怀；她们说，不忍放弃，不能割舍。那一双又一双盈盈温润的明眸仿佛在无声言诉，舞蹈于她们，早已不再能用"心之所向"简单概括，而更像是一种刚柔相济、韧而不折的生

活态度，引她们在流溯无尽的琐碎日子里含笑依旧，去孜孜不倦地追觅、撷取和创造美，来照亮自己乃至更多不知名者的人生。

我们合十双手，暂时忘却了窗外凛冬严寒，遍野暮色倾落。

她们的笑容里啊，尽是熏熏暖暖教人弯眉的清朗春色，盎然初醒的嚣嚣世界，正酝酿着一场遍野如燃的日出。

俯仰万世坤柔。

青春

不知不觉，来到利比里亚已是 3 月有余了。

这是穿上军装满两年的我第一次出征维和。在这个炽热而秩序匮乏的赤道之国，我和防暴队队员们"安营扎寨"，轮班执勤、巡逻，担任要人安保。以年轻臂膀肩负和平使命的誓言犹在耳畔，但很难否认，在这里生活的每一天，都是需要极大决心和勇毅的。

最心疼的，是任务区的非洲青少年——很多人生命里最剔透的年岁，他们在战火和烟尘之中颠沛不休。因为物资的过度匮乏，他们大都瘦骨伶仃，褴褛衣衫皱皱缩缩，蒙尘的黝黑皮肤印着汗渍，总在躲闪的眼好像与人世不相谙熟的小兽。

应联合国要求，维和部队的垃圾要到指定地点进行焚烧，每次开车前往，后视镜里总能映出他们一路躲匿尾随的身影。点起火后走不出几步，他们便要一哄而上，迅速拨开浮火，堆堆叠叠地扎进大桶，扒拉出残羹冷炙和早已不堪再用的生

活必需品，再揣着各自所得跌跌撞撞掠散。他们的身影常和我记忆中一些校服整净、神采飞扬的轮廓重叠在一起。明明是相仿的年纪，我总是禁不住想，明明。

而我也注意到，一群飞扑哄抢的孩子里面，有一个孩子始终伫立不动。

在驻地站岗时，我曾看到他徘徊良久。灼日大而毒辣地悬在白亮的天上，热气凿透厚厚的战地靴底蒸上来，而他赤着脚，辨不清容色，远远观望而不敢踏近一步。正是拔节的时候，饥饿对他也一定容色不善，但为什么，他不像同伴一样试图找到些什么呢？

"你还好吗？"这一次，我主动走向他，"是想要一些吃的吗？"

他显然被我吓着了，一双眼初时藏不住讶异，却还是很快地用力摇了摇头。在我肯定的目光中，他眨眨眼，轻轻抬起指尖点点我插着一本小书的维和服侧兜，边比画着边生涩开口："可不可以——可不可以给我看看那本书？"

"这本书？"我有些难以置信。

"是的！"他眼里有细细碎碎的光亮起来了，萌芽出我从未见过的、小心翼翼的希冀。

在那个下午，作为一位得以突破语言壁垒的翻译官，我和他聊了很久。一说起来，我才发现，他只比我小4岁。"我之前也上过学，特别喜欢听老师念书、讲课！"说起从前的日子，他的眉眼一时热切熠熠，忽而又黯淡下去，"自从战争开始以来，学校和老师都没有了。可是……我还是希望能够读到书。"

我不知自己是怀着怎样的心情回到了驻地。但从那天起，在白天穿梭街巷、平息暴动，与一切蛰伏待机的凶险周旋拼杀之后，我和队员们总会抽空轮流去找他，同他念书，甚至于讲课。日复一日，越来越多十六七岁的黑人孩子闻声而来。晚风传来远处隐约的枪声，而他们赤足立着，目光明亮地摩挲过纸页，好像在汲取那些字句的温度。我们见证着，初时读得零零落落的句段逐渐被串联成章，一个又一个崭新概念在那些年轻的头脑中扎根生长，关于和平，关于爱，关于希望。

看着他们的笑脸，我心下轰然。

让我觉得意义的，不是硝烟，不是战火，而是我与他们的青春十指交扣的时候。

我把青春献给这片满目疮痍的土地，为这里的青年撷来一片真知的曙光，给予他们力量托举起自己家园的更多可能。而他们用尘埃中向阳的生命激发我对爱与善的终极渴望，让我懂得，要趁意气风发时为和平事业不遗余力地奔走。我们的命轨大相径庭，却在交会处迸发出共同的、灿烂无限的和平心愿。在向这个心愿展开怀抱的一刻，我们得以彼此牵系、彼此成就。

没人知道雨还要下多久，但我们都在以自己的青春向天际缠裹的乌云抗争，只为冲破一道小小缝隙，让光喷涌出生命的温度。因为我们相信，那时候，每朵花都会醒来，每个灵魂都如蒙福佑，每场梦都要被命运含笑目送，每道空洞枪口都有修顸橄榄枝窈然拔节，浮光灿烂、直指天穹。

春天一向步履姗姗。

但它总会来的。

舌尖上的记忆

　　纽约时间22：18，送走了一群心满意足的同学，我疲惫又幸福地陷进沙发，和屏幕那头的妈妈两相对望。北京的阳光看上去很晴好。

　　"给同学们露了一手没有？"妈妈笑得眼弯弯。

　　"那可不！就是还做不出您和姥姥做的那味道。"我甜了声音撒娇，语气里有糯糯的嗔，"可想死我喽！"

　　"你个小馋猫，是想妈妈还是想手把肉啊？"

　　我们笑作一团。实际上，我并没有一份明晰的答案，因为这一道手把肉，早就和亲人、家与爱生长在了一起，化作一个温情脉脉的意象，在我心底落地生根。每次吃到它，我就又和故乡的无边烟火气相交会了，我想，每次吃到它，记忆的温度就又能从岁月尽头赶来拥抱我。

　　作为一个地地道道的蒙古族小姑娘，手把肉是我打小就爱不释口的一道草原风味。轻易是吃不着的，要等过节，或是一大家族的人团圆相聚的时候，这道风头无两的硬菜才会露脸。瓷实满当的一大盘羊肉，稳稳当当驻扎在圆桌正中央，算是镇妥了席。长辈往往先动筷子，很慈爱地连骨带肉夹一大块放在小孩子碗里。我们早就垂涎欲滴，得了许可便忙忙咬上一口，韧而不柴的羊肉颇有嚼头儿，整块儿写意丰厚的满足。油盐将肉浸得恰到好处，再蘸两蘸三分辣七分香的蒜蓉辣酱，不由得就要被浓醇的鲜香整个裹挟。虽是羊肉，却不见一点儿腥膻气，热腾腾几筷子下了肚，可谓齿颊留香。往往过不了一会儿，我们几个小孩儿就把筷子撂到一边，直接上手，大快朵颐，吃得脸红耳热，额前沁汗，要惹得大人们极宠爱地嗔怪："瞧这几个小狼崽子！"

现在想来，尤其让我沉醉的，是那份被肉香点染了的团团圆圆的热闹氛围。男男女女，老老少少，碗里有香喷喷手把肉，杯中有茶也有酒。席间，好嗓子的二舅总要高高举起杯来，朗声唱一首荡气回肠的《祝酒歌》，那悠扬似要飞掠草海的调子，那大口吃肉畅快饮酒的豪情，那同亲朋好友酣聚、吐衷肠诉真心的温存，仿佛是镌刻在蒙古族骨子里的，那么丰厚、悠长、古老，那么无法被轻易抹去。

那会儿，我不仅爱吃手把肉，更爱跟在长辈旁边，亦步亦趋，见证佳肴诞生。羊肉是锡林郭勒盟的，水净草丰，所以没有膻腥，先要长长地泡冷水杀血气，再整块过开水焯烫，接着曝大火，虽不过短短几秒，却是红光迸溅热力升腾，把整个厨房映得亮堂堂。再来就是绵延数小时的文火慢炖，妈妈说，这一炖，羊肉的香气便全能细细地被煨个通透，最后一收汤，就能上桌了。我看得新奇，不知道花椒大料和清水惊艳碰撞的魔法，更不知道团圆浓情是无以言说却有点睛之力的秘密作料，不知道味觉记忆不仅仅进驻口舌胃腹，还要化暖流入心，更不知道，十几年后的大洋彼岸，一道手把肉成了透明风筝线，牵羁游子无垠的思乡情。

于是毕业典礼之后，我请这几年来关系最亲厚的朋友们来公寓小聚。来自世界各地的年轻生命行动之间浮动迥异文化的光影，同行这些日子，最终竟也亲似一家。大家用惯了刀叉，看见这么大这么整带骨的肉，起初还很无所适从。没吃几口，一个个便都成了童年时的我，边口齿不清地向我感叹"这是魔法吗！"边吃得红光满面。我笑了，用英语带着些郑重地向他们解释："手把肉是蒙古族最喜爱的一道菜，用来招待最尊贵的客人。"朋友们张大了他们含光的眼，脸上神采灿烂的幸福似曾相识。

　　像春天一样苏醒了，我舌尖的记忆。

　　这味道，关于家，关于爱，关于团圆。

成为更好的自己

开学以来，我的压力是山大的。

腿伤未愈，面前却已是万仞征程。

因为无法正常参加锻炼，从第一堂体育课起，我就给自己铐上了沉重的枷锁。翻来覆去地想着，文化课一定要考高分儿，只有这样才能弥补体育上的缺陷与不足。

但我却没有意识到，这样极致强烈的渴求已经悄然化作一块巨石，沉甸甸地压在我胸口，让我呼吸困难、举步维艰。

很快，在各科考试都陆续开始之后，我发现，从前引以为傲的考场心态已是全线崩盘，考到最后甚至会指节发冷，感觉脑海一片空白。我的数学和物理成绩就在平均线上下半死不活地晃荡，任凭我怎么精思苦学，就是无法再进步半分。

越考不好就越想证明自己，越着急就越紧张焦虑，越担心就越忙中生乱，这几乎成了一个恶性循环。

终于，我痛定思痛，发现对分数的患得患失就是一系列问题的罪魁祸首。很显然，心态调整是势在必行了。

我决定全方位地提升自己。

考试前，我会深呼吸，让自己凝神静心。越到大考，越要告诉自己：别紧张，没什么大不了，认真准备，好好发挥，一定不会有问题的。

考场上呢，就尽量做到细致周到地审题、解题。把握节奏，不慌不忙，把胡思乱想的时间用来心无旁骛地努力思考，会做的尽量不出错。

拿到成绩，我不再和身旁的同学们做比较，而开始认真分析题目本身，好好总结错因，根据失分点找到发挥失误之处和已有的知识缺漏，如此这般，一路积累，一路修补。

后来，有些改变就真的潜移默化地发生了。

我的上进心仍在，但脸皮变厚了，对很多小起伏小波动都能一笑置之。我对自己的高标准严要求仍在，但对分数的期望值却降低了，看到点进步就特别开心，觉得又能充满斗志与动力地去迎接下一个挑战了。

就这样，怀揣着这种心态，我不断地往更高处攀登。虽然时而进程缓慢，时而步履蹒跚，但我始终充满希冀，始终笃定热诚。

因为我相信，这世上，没有比通过踏踏实实的努力实现自己的梦想，更让人骄傲与欣慰的事了。

说实在话，这个转变的过程远比我说的要更艰难、更漫长，其中也会夹杂着很多的彷徨、动摇乃至情绪的反复。但只要有勇气，有信念，有敢于面对困难的决心，在座的每一位同学，都一定可以做到。

最后，祝福那些已经非常优秀的同学们砥砺进境、精益求精，百尺竿头更进一步。而那些对自己的成绩仍旧不甚满意的同学们呢，也要信念坚定，稳步向前，早日谱写出属于自己的励志故事。

终有一日，当我们站在彼端，回望那条洒满欢笑与泪水的漫长来路的时候，我们会发现，在翻山越岭、风雨兼程的途中，在征服困顿、超越自我的途中，在冲破长夜、拥抱晨曦的途中，我们见证了青春最美的模样，更收获了一颗足以淡然面对一切起伏跌宕的强大的心。

那时候。

我们就都成了更好的自己。

"善行银行"难以存取善良

如今，随着素质教育的概念被越来越多地提及，对学生道德品质、人文素养的培养与衡量成了校方格外重视的教育议题。更多人开始致力于打破"唯分数论"，鼓励多角度、多维度的人才培养，让当今学子除却关注自己的学业，更能成长为怀善念善心、温润厚德的现代君子。这样的理念固然是值得大力发扬与推崇的，但一些鼓励学生行善的方式却远远难称合宜。一所中学近日开办的"善行银行"，便可谓一个"好心办坏事"的典型例子。

"善行银行"将同学们的善行义举折算成分数，作为学生操行评定的依据，并可用于校内消费，这样的举措有两处"硬伤"。

首先，对善行的"量化"，缺乏合理的规范与标准。事实上，这并非学校所能左右的，这样一条界线明晰的准绳，本身便不存在。正所谓"勿以恶小而为之，勿以善小而不为"，然而，善行虽无大小，积分却有高低。当每个由莹亮真心驱动的善举被无情肢解塞入冰冷的评分标准，烙印上高与低、优与劣的属性标签，"善"于细处萌芽，小处开花，春风化雨润物无声之美将被置于何处？鼓励学生自最细枝末节处植善因得善果、做眼中心底都有善的大写"人"的初衷还是否如初？不只如此，校外的善举是否作数，操行评分的多少能否真正反映一个人的德行品格，还是将大家抛入了又一个分数至上的怪圈，与本心背道而驰，实需再思、深思。

其次，对善举的"物化"，让灿烂纯挚的善心黯淡蒙尘。善，作为一个同爱与美一样的抽象概念，被保藏在我们的灵魂深处，是天然的、纯真的，来自一个生命对外界种种的无限爱护与深情，让最平凡的人也可具备美如神灵的品格。善举值得被回馈和歌颂。但当精神上独一无二的满足变为单薄浅俗的物质回报，背后驱动的雪白良念很难不被移易而浸染目的性与功利主义的浊色。当随手拾起教室里的一片垃圾不再是班级环境维护意识的体现，而成了一根免费雪糕的凭证；当为山区学子们捐赠的书籍不再出于关怀和共情，而只是为获得一张更体面亮眼的操行评定书，价值观还未成型的孩子们已然扭曲了对善的认识，扭曲了行善的初衷。更重要的是，当踏出校门迈进社会，当善行没有了即时丰厚的回馈，反而会面对重重阻力，甚至于冰冷的误解，学生们还是否会"但行好事，莫问前程"，一心向善，笃志明德？事实上，在这种培养模式下，他们更可能缩回自己的小世界，做回那个"精致的利己主义者"。这无疑是很可悲可叹的。

诚然，对于将学生的德育善养纳入评价体系，"善行银行"做出了全新的尝试。但同时，它也为我们画出了红线、敲响了警钟，想要实现在有效勉励青年人行善的同时不过分功利、损耗善念，对学生心灵与人格的发展真正起到促进作用，助力全面发展与成长，我们还有很长的路要走。

我心中的英雄

参加试飞员选拔时的情景历历在目。挤挤簇簇的人流中，一大半儿的年轻人心里都烙着一个金灿灿的名字——李中华，当然也包括我。作为共和国的功勋试飞员，他微笑着的英气脸庞总会和战机疾飞的剪影一同登报。"首飞成功""航空事业新成就"……昂扬字句频传捷报，每每让我心潮澎湃。当穿云破空，捍卫祖国青穹的梦想生根发芽的时候，李中华，也便成了我心中的英雄。

时光飞逝，我如愿成为试飞大队光荣的一员，李中华作为大队长，带领我们参与了歼-10战机研发工作。突破仿制壁垒，弥合代际鸿沟，歼-10的降生标定了我国自主研发战机的起点，注定意义深远，也可称困阻重重。"我们每个人都要全力以赴，敢于尝试，不断摸索，为国铸剑，决不懈怠！"每当遇到难关的我被疲惫与挫败感拖滞脚步，李队长的铿锵话语总会激励我，向前，再向前一点。

第一架歼-10样机沐浴着无数度日夜的心血，从梦想冲进了现实，但对于它，对于每位研发者，对于李队长，还有最后一重试炼未被完成。

极限试飞。

低空俯冲，超越声速，在 1450 千米每时的超高速飞行状态下稳定保持 20 秒，暴露潜在问题，由肉到骨地摸透、检定、测验一架战机的各项性能。这是一位试飞员的终极任务，却也是一支以命相搏的刃尖之舞，一场对风险和孤独的交付。放眼世界，机毁人亡的惨剧发生过 50 余起，还没有一种机型，能在实验过程中做到零失误、零牺牲。

"队长！"试飞前最后一次例会结束，我叫住了他，却只是失语，喉间干涩。他望着我，半晌，伸出手，重重地拍了拍我的肩，笑容如旧，目光却似韧铁，坚毅而平和。"这是成为一名试飞员必经的抉择。"他轻声说，"在那片蓝天上，我和这方热土，才是离得最近的。"

试飞那日，他的话仍在我心间回旋。

"一切就绪，申请起飞！"坐在监控室里，我看着那架轮廓挺拔的战机在指令下缓缓起动，而后划出一个平滑的上扬曲线，一飞冲天。加速，俯冲……我的目光紧随云间那粒孤影，默念烂熟于心的每个步骤。歼 -10 有如一枚破空而去的子弹，笔直有力，永不回头。风被切割开来，耳麦里的噪声在累叠，逼近声速，逼近极限。

1100 千米每时，我的手心沁出薄汗。队长已经飞到救生伞的弹射包线之外，意外下的逃生不再可能。

"倏——"1230 千米每时，歼 -10 的世界陷入了绝对静默——它飞到了声音的前面。很快，超音速气流产生的白雾便将机身整个挟裹。

"报告，油箱出现渗漏。"1350 千米每时，一道平静的口令将所有人的心揪到了喉咙口。不能再继续了！我双拳紧

握，心跳如擂鼓。"是否终止试飞？"指挥员同样汗湿两鬓。

"继续。"李队长的声音斩钉截铁。显示屏上的数字仍在不断地走高，仿佛顾不上怕，也忘记了退缩。

"1429——1442——1450！"我站起身来，所有人都不约而同地站起身来，共同地，静默地，沸腾地，进行最后的倒数。那一刻，我仿佛终于有所领悟。英雄并非不顾生死，只是他们的信念太过炽热。不让战友多年的心血付诸东流，完成中国航空史上零的突破，这样的坚守，让队长甘于同死神交颈，拼尽全力，义无反顾。

李中华，他与歼-10，已然合二为一了。

试飞成功时的欢呼声势如海，我满含热泪，眺望着歼-10行将凯旋的方向。这是英雄的意义，我想，他把源源不断的力量播种到人们心中，助我们发现自我、超越自我。循着心中英雄的足迹，我也将努力成长，成为一名甘为祖国领空安定付出一切的试飞员，一位永不畏惧、永不退却的守护者。

冲向蓝天，冲进远空，无畏的。

印象·景德镇

秋高气爽的好时节，我与同学们在欢声笑语中踏上了一段难忘的美妙旅程。一路上令人心旷神怡的美景自是不必多言，或深刻或有趣的事物也是数不胜数。而给我最大心灵触动的地方，却是那个静谧安逸的小城——景德镇。

在古窑，导游为我们细致地讲解了瓷器的发展历程以及极为繁复的 72 道制作工序。说着，她便引领我们来到了瓷碗的生产线旁，在这里，每一个关键步骤都得到了淋漓尽致的展现。我们亲眼见证了工匠一双生花妙手把柔软的朱红色陶土打造成轮廓平滑的陶碗，观看了大师凭借丰富的经验将初坯打磨成光滑细腻、薄如蝉翼的工艺品。而一个看似微不足道的小步骤，却给我留下了难以磨灭的深刻印象。

负责磨利碗底的老师傅是一位已经年逾古稀的老人，工艺极为古朴。他首先举起事先置于一旁的结实木棒，双手紧握，带动面前的轳辘飞速旋转，然后拿起一只倒扣的陶碗，将它小心翼翼地架在轳辘上。接着，他以左手拇指轻扣住碗底，右手持一把锋利的刻刀缓缓打磨，很快，一个规整漂亮的圆

弧形外轮廓就形成了。小刀向内移动几许，随着不断沿碗壁掉落的陶土渣，原本粗糙坑洼的碗底真正蜕变成了薄厚适中、轮廓优美的底座。最后，以汲饱水的毛刷轻扫上浆，一件平滑润泽、轻盈典雅的完整瓷碗便呈现在大家眼前了。

　　一整套行云流水的动作不过三四分钟，令人们啧啧称奇。"爷爷，您多大岁数了？""您从小就制瓷吗？"大家不禁七嘴八舌地询问起来。爷爷停下手中的活儿，一脸慈爱地望着我们，逐一进行解答。他身材干瘦，工作了几十年的大手骨节分明，极是粗粝。爷爷的头发已然花白，沟壑丛生的脸庞之上却嵌着一双异于常人的清亮眼眸，深潭一般纯澈澄明、谦和平静，闪烁着灼耀的光芒。就连他的声音都是那样从容、平和，具有沉静人心的磅礴力量。

　　不禁默然，多少个春去秋来，多少次时序更替，才能打磨出一颗这样沉静、平和的心？不只这一位老人，景德镇千千万万的制瓷工匠，心甘情愿一辈子只负责一道工序。易逝韶华让他们的技艺从生疏青涩变得炉火纯青，却未能动摇他们对制瓷的热忱与赤诚。他们运用自己的心血与智慧去打制瓷器，更以一颗纯洁无瑕、沉静清和的心灵去感受瓷器。是他们的不懈努力，让陶瓷成为万众瞩目的中国精灵。

　　在景德镇短暂的停留，给予了我极大的震撼与感动。我想，制瓷工匠们专心致志的神情和严肃虔诚的态度将就此烙印在我心中，成为那最为亮丽的一道风景。

"赶考精神"铸辉煌

人，在什么时候最紧张，要上好发条绷紧弦，咬定青山不放松？在赶考路上。人，在什么时候最充实，要把握点滴光阴，不断丰盈自己，锤炼出一副钢铁似肌骨，准备好面对历练与挑战，接受考验与检阅？答案仍是在赶考路上。学子赶考酬壮志，国家赶考谋复兴，时代风云变幻，历史大浪淘沙，而"赶考精神"仍是铸就辉煌的不二法门。

"赶考精神"是什么？它是一种目标感，一种使命感，一种责任感。因为清醒知道面前静待的考验，所以马不停蹄，惜时如金，勉力奋搏，超越自己；因为志在"拿下"这场考验，所以壮志满怀，雄心勃勃，始终葆有强大内驱力，昂扬的斗志与信心。

赶考精神，助个体取得非凡成就。古时科举，万千苦读数十载的寒门子弟将"赶考精神"进行到底，终于突破门第局限，一展惊才绝艳，踏上仕途，为国效力。今日之高考亦然，青年人心怀"赶考精神"，勤学精思，伏案饱读圣贤书，举目纵览天下事，只待鲤鱼龙门跃，伸手摘星，

实现梦想，不负青春好时年。不仅在学习上，科研领域亦如此，是什么让一代代核工业人扎根大漠，埋名隐姓，甚至割断与亲友、爱人的联系？是赶考精神。在军事装备的角力中，他们心怀让一穷二白的中国从此挺直脊梁的赶考精神，排除万难，潜心研究，终于以一朵朵爆响于青穹的"蘑菇云"交上了他们的满分答卷。钱学森、邓稼先……这些赶考路上奋不顾身的奋斗者，成为共和国永远的功臣。

赶考精神，更是一个国家迎来繁昌之局面，一个民族走上复兴之通途的有力助推。刚刚过去的中华人民共和国70周年华诞，雄赳赳气昂昂驶过长安街的东风导弹，英姿飒爽，步履如一的受阅官兵，昭示大国利刃，仍如新发于硎。这是过往70年赶考的辉煌成就，足慰先烈之英灵。亦让世人一睹东方雄狮的无限伟力。然而，正如习总书记所说，接续奋斗，才能创造奇迹。这条赶考之途，征程尚远。供给侧改革，高质量发展，从中国制造走向中国"智造"，三大攻坚战捷报频传，反腐雷霆万钧，机构改革不断深化、持续……面对百年未有之大变局的新挑战、新局面，今日之中国仍奔跑在赶考路上，贯彻着赶考精神，唯有如此，方能与霸权主义、强权政治抗争到底，让古老文明之新声永远嘹亮。让中华民族永不再受近代之屈辱，而屹立在世界民族之林。

作为新时代青年，如今的我们重任在肩。面对无限的机遇，站在前所未有的广阔平台，我们更应不断用知识武装自己，有朝一日成为国家发展之先锋，时代进步之砥柱。心怀"赶考精神"，我们必将抛去"佛系""丧"文化的借口空壳，脚踏实地，努力奋斗。

赶考路上，谱写锦绣华章！

高三宣言

　　高三，是千舟竞发、百舸争流，更是一场与惰性和惯性的角力，一次结柔肠、砺傲骨的试炼，一条助力拔节、为更浩远未来预备的征程。鉴己，爱人，知世，12度春秋如今看此一载，18班学子，必要深铭精思、笃行不怠。

　　一曰鉴己。心如明镜，时时省顾，方可明德砺行，达于至境。于身，坚持锻炼，以强健之体魄护持清明之神思，生命能量蓬涌不竭。于心，勤学不倦，积土成山，汇流为渊，内养德行，外纵视野。锐亦勇，历登攀追觅之苦；静且专，撷寸寸精进之欢。梦如朗星皓月，清辉持照，高华灿烂，遥耀征途，映彻永夜；志似精钢韧铁，百折不摧，可当万难，岿立于风雨跌宕，破路自泥涂荒滩。一言蔽之，明礼进德，笃学修业，"收拾身心，自作主宰"，进学一程踏石留印，自我修炼，以达人格之完善。

　　二曰爱人。跋涉虽险，扶携深情亦足暖人心怀。对同窗，不吝十指交扣，并肩奋进，彼此鼓舞，让斗志星火燎原，希冀开花落果，山重水复时半句良言如金玉，步履胶着处一段目光似炬火，皆可振士气、长精神，铸焕然通途。对师长，全

情信任，放心依托，怀一脉感念，蒙教诲、学真知，成长日新，斩浪劈波。愈忙碌，愈要打通共情经络，体度人情、打磨真心，懂得感念、永葆赤诚，珍存欢喜、握定幸福，不允肺腑堕成顽石，而始终柔软、鲜活、滚热，一颗心，诗意烂漫，沐浴深情，光色温柔。

三曰知世。立身达己之毅力难得，更宝贵的，是不止步于自我得失，不固囿于个人天地的知世达人之胸襟。风声雨声入耳：花开叶落，虫鸣鸟唱，绮丽造物，幻妙自然，不与这大千世界断联，自可心澄念明、敬惜时岁，身在宇下，意骋千里之外。家事国事关心：抚摩史册，承文化气脉；放眼时局，察家国命运，永怀肩担道义之使命、立国兴邦之激情，乃至于为人类文明与福祉助力——有了如是的眼界与情怀，必将不惮前驱，斗志昂扬，仗义而行，触碰至纯至善的无我之境。

雏鸟浴火成凤，幼鲤腾跃为龙，必要经试炼，方可告功成。愿经年回望，我们都能襟怀坦荡，无所愧悔，感到欢喜，感到骄傲，感到值得与怀恋，深觉这青春幕幕灿烂，不负山长水远、万险千难，作成人生长途中，百年流金一段诗篇。

鲁迅精神激励我前行

当我真正立身在这个恬雅幽静的院落门前时，我才恍然惊觉自己对鲁迅认识的片面与匮乏。长久以来，我念诵他饱含着深沉思考与激昂情感的陆离的语句，却鲜少主动去思索那字里行间隐邃的内涵与悠长的深意；我知晓他跌宕起伏、波澜汹涌的生平，却不曾用心体会他被称为"民族魂"的真正原因。

第一次，我与这位遥不可及的伟人距离如此之近，定下心神，我举步前行。

新年的鲁迅纪念馆一如既往地庄严安谧，我徜徉在微光下的长廊间，目光逐个扫过玻璃后载满岁月风尘的古旧书卷与黑白相片，仿佛撕开了遥远时代的一角，能透过那浮光掠影去窥探伟人短暂而隽永的生命。

童年在百草园与自然为伴的无忧无虑；少年丧父独挡风浪备尝世态炎凉的无奈与坚毅；青年赴日毅然弃医从文的雷厉风行与对家国之忧心；中年历经困顿先生依旧文坛不屈呐喊的信念和勇气……单薄而支离的只言片语在这展厅中得以

汇聚，鲜活而生动地映射出他清隽瘦削的身影，在苦难与烈火中淬炼砥砺的灵魂与那颗始终沸腾着满腔热血的赤灼的心。是啊，流年匆促，面容英气的青年渐渐蓄起浓黑扎硬的胡须，寒冽的脸庞变得愈发棱角分明，但那燃烧着勇士斗志的炽烈目光却始终如一，仿佛穿透了岁月，裹挟着全部热度汹涌落入我的心底。

但伟人，也终有老骥伏枥之日。

偌大展厅的最后，是令人心碎的倒计时。

我放慢了脚步，凝视照片中逝世前 11 天的鲁迅矍铄却消瘦的侧影，细细察看他逝世前 3 天方才动笔的中道而止的文章与他在前 1 天写予挚友内山力透纸背的书信。最终，在 1936 年 10 月 19 日上午，鲁迅合上了他时刻充溢着忧思的眼睛，陷入了安然的长眠与无边的死寂。

那种身临其境之感重又铺天盖地而来，看到病床之上陨落的燃星，纵使已然近百年流逝，我的心，仍有憾痛骤袭。

迈着有些沉凝的步伐走出纪念馆，大片挺拔清俊的翠竹蓦地映入眼帘。轻轻推开那半掩的质朴木扉，便看到了鲁迅曾居住过的淡雅院落。那两棵他亲手植下的白丁香已是盘根虬结长枝交蔽，依稀可见枝头燕雀微展羽翼玎琤欢鸣。那红漆素瓦的小房默然矗立在时代洪流里，原来那个笔锋似火的战士的住地，竟是这般别样地安谧。

正出神，忽听得屋后传来孩子稚嫩清甜的声音，循声而去，一个五六岁的男孩正边踮着脚尖努力向陈设简朴的书房内张望，边聆听父亲讲述着鲁迅幼时故事。凛冬的寒风吹红了他柔嫩的脸庞，却无法改变那童真的面孔之上饱含着敬重的专注神情。那一刻，我的心重重一凛。

很多画面忽然在我的脑海中闪现。

那是照片中，鲁迅逝世后那挤满街巷自发为他送行的人们闪动着泪光的眼睛；那是展厅里，专程来探访鲁迅的满面尘霜的老人与未谙世事的稚子。那如出一辙的认真而庄重的神情，"死者倘不埋在活人心中，那就真真死掉了"。直到那时，我才真正参透了这句话的含义。

是啊，我们不会忘记，他如何向浑噩人民疾呼呐喊，怎样为惶惑家国呕心沥血；我们不会忘记，他以笔为焰燃破重重雾霭，在黑暗囚笼中呼唤千万国民恍然觉醒、前赴后继。作为真正的民族之魂，他不曾，也不会离去，因为他的精神将始终植根在我们心底，激励无数中华儿女奋力拼搏，勇敢前行。

走出故居，冬风冰冷如往昔，我像在与挚友作别一般回眸微笑，胸臆间，早已有不知名的火焰烈烈燃起，金黄明亮，生生不息。

心之所向的蒙古高原

我的家乡，在千里外的内蒙古。

按说，在如今被漫漫公路交错相连的城市间，我的家乡并不算太过遥远。回乡时，我会被行囊沉重目光热切的熙攘人流裹挟着，在小小的车厢里那窄窄的铺位间安置好，聆听夜色里有时自门外缥缈而来的笑闹声与铁轨恒定而不羁的咯噔响。于曦色昏沉时睁开蒙眬的睡眼，一撩布帘，灯火璀璨的繁华楼厦已然变为苍凉遒劲的嶙峋山脉，而后映出广袤无垠的草海与珠玉般嵌缀其间的骏马与羊群。

千里之地，恍若隔世。

赏过不夜都城华光四溢的璨灯与霓虹，便更牵恋故乡深远浩渺星辰灿烂的夜空。看遍世间淡妆浓抹的万般潋滟，却更思念母亲不施粉黛的淳朴容颜。

家乡的味道深浓入骨、镌入血脉。丰美的牛羊肉在快而粗豪的唇齿嚼磨间挥发出绵柔笃厚的香气，淋了鲜香酱汁的筋道酿皮拌以清新的时蔬纵情宴饮着味蕾。表皮金澄焦脆的豆沙年糕绵软沙糯齿颊生甜，木碗里色泽温润细腻的奶茶醇浓馥郁唇舌留香。

不是琼筵珍馐，亦非山珍海味，这些来自广袤自然的饭食却蕴含着一种粗犷而苍凉的豪情。它于千百年前在荒漠天地间奔突征战铁骑御风的蒙古人血液中沸腾鼓荡，又穿越岁月峥嵘刀光剑影镌刻进后人奔腾不息的血脉。每当尝到那浓香沁骨的羊肉，苏醒的热血中就仿佛又响起浓黑夜色里苍狼空寂喑哑的嗥叫与铁蹄细密磅礴的唤音，映出英武剽悍的战士们烈酒粗肉笑意爽朗的身影。

家乡的胜景巍然岿然、铭刻心间。草原黄昏时，瑰美夕辉随潋滟赤霞将高远碧空染得金红，无垠草海辉映着明艳浓郁的黄昏霞色，在微寒的柔风中摇曳翻腾。远方清亮莹润如软缎的溪流盛着灼耀云影潺潺而去，亦载去了青嫩鲜草的芬芳与斑斓野花的甜香。氤氲在昏沉雾霭中的黛色峰峦逶迤连绵，巍峨轮廓被夕阳金灼的余晖染得一片辉煌。

不同于南方素墙黛瓦葡萄水绿的温婉，亦不是京城绯院金宫琉璃生辉的雍容，草原，丰美华茂、苍凉寥空。它仿佛一位极尽慈怜的母亲竭力哺育着怀抱中休养生息的万千生灵，更护佑着随苍狼白鹿同生、以骏马孤鹰为伴的蒙古人。同时，它始终保留着最本真的品性与模样。与浩渺苍穹锦绣山河无言对望，同苍茫星河潋滟日月默然起落，它寂望百年风华，安于四季枯荣。年年岁岁，不知它铭记着多少牧羊人被风雨锻造得黝黑的面孔，吟唱着多少或欢快或忧愁的歌，只知那严冬枯摧荒芜的残黄，永远会在春风浮掠过的星点绿意里，涅槃重生。

家乡的歌舞荡气回肠、奔放纵情。或低沉醇厚或高亢嘹亮的长调荡漾在辽远天地间，马头琴细腻悠长的音律如天际流云般纯净优柔。一袭金红相织缀云嵌锦的蒙古袍勾勒出蒙

古姑娘翩若惊鸿的热情身影，皮革长靴与宽檐高帽彰显出英武男儿热血澎湃的赤诚本性。以自由为魂的民族把酒当歌，在茫荡草海里乐音缥缈舞姿轻盈。

那铭心刻骨纯净无杂的爱，在随万里劲风扶摇直上的歌声里，在如蛟龙凤跃灵动热情的舞姿里，在马头琴悠悠袅袅绵长温润的乐音里。满含深情的美丽字句，溢满了远行游子心中绵密而深切的乡愁，凝蕴着马背上成长的蒙古人对母亲满心深挚的眷恋与赞颂。

我，深爱着我的家乡。

云影浮掠、苍穹晴远；草海翻腾、长河滚滚，自第一次朗声啼哭，就注定铭刻心间。赤忱本性、热诚豪情；浩瀚胸怀、辽远心境，不论岁月轻逝几何，都必将深镂骨血。这腾格里护佑着的人间净土，这血脉之源、心魂之根，这浩渺人世间苍茫岿然的蒙古高原，是我永恒牵念的故乡，我深挚眷恋的天堂。

漫漫人生，一场逆旅，半阕清梦。我穿越岁月的沧桑风尘，向遥远的执念不断追溯。我知晓，不论我翱翔在多么高远的苍穹，不论我行走于如何繁华的远城，都终究，是他乡客。千帆过尽，日薄凉暮，那热浪炙烤的黄昏里光芒遍洒的蒙古高原，才是故土，才是归途。

我的"争"

"没什么不可以,我一定要尽快重返校园。"

紧攥着那张写有"卧床全休一个月"的病情诊断,我高昂起头凝望妈妈满是忧虑的面庞,语气里是毋庸置疑的坚决,眼神中有永不服输的倔强。

那是我右小腿骨折手术后的第3天。

之后,我很快出院回到家,我的膝盖僵硬得无法自由屈伸,骨髓深处隐约的灼痛让我时常汗湿鬓角,但只要感觉有了些精神,我便一定会在床上支起一块小桌板,放好电脑,竭尽所能聚精会神地观看同学帮我录制的课程。不到肩胛与腰脊在长时间僵坐下泛起酸痛,不到麻胀感一路攀上我的眼角眉梢,我便一刻也不停歇。

因为我知道,在大家都拼尽全力向前奔跑的大潮里,已经1周多未曾坐进课堂的我如果想要迎头赶上,就必须加倍努力地迈动我的脚步。

时光飞逝,距离手术已有近两周的时间了。

大概永远也忘不了那个阳光明丽的清晨,我套上T恤衫,

指尖有些颤抖地、艰难地一点点穿上那条雪白的校裤。收拾停当，我紧紧抱着自己的书包坐上轮椅，有力而激越的心跳几欲击碎胸腔——我终于又看到了，看到了那些朝气蓬勃青春飞扬的身影，穿着亮丽的校服从四面八方拥入校门；看到了那一幢幢巍然屹然的教学楼，矗立在喧哗喧闹的匆匆流年中，用母亲般温柔而沉静的目光含笑地凝望我。

仿佛远行的游子回到家乡的怀抱，有那么一瞬间，我的眼被沉甸甸的泪水烧灼得生疼。

在同学们的陪伴下，我被推进教室，我把伤腿垫在一个小凳子上，略微倾侧着身子坐在课桌前，不断有老师和同学走进教室，都不约而同地用惊喜而诧异的目光迎接我。"你怎么这么快就来上学了呀，卓宜？"他们有些心疼地问。我灿烂地冲他们微笑，摇摇头说："我不想落下太多课。"

我开始用自己的方式追赶大家遥遥在前的身影。课上，我目不转睛地注视着黑板，紧跟老师的授课思路；课后，我积极与各科老师联系，及时请他们为我答疑解惑，大家出去上室外课的时候，我便在空荡安静寥无人声的教室里整理笔记，争分夺秒地完成题目，我逼迫自己不断向前，我鞭策自己不屈从于痛楚，我一遍遍地挑战着自己的极限，奋战，直到最后一刻。

终于，我从开始的只能坚持上一两节课，到最后能从容度过整个上午，这个过程并不容易，但我能清楚地感受到自己的点滴进步。

很多人问我为什么要这么拼。

我回答，因为我想"争"。

我与疼痛抗争，它让我难以自抑地流泪，我就要露出含着泪却依旧灿烂的笑容；我与疲倦抗争，它让我无时无刻不昏昏欲睡，我就要打起精神上好自己的每一节课；我与虚弱抗争，它把我禁锢在病床之上，我就要回到自己深挚牵念着的集体；我与苦难抗争，它想由内而外地击垮我，我就要高昂着头颅去面对这风风雨雨，以坚强的心灵，以不屈的意志，以无畏的信念，以闪光的梦。

我争，因为我想无憾当下，无悔今生；我争，所以我将磨砺出最丰实的羽翼，任风雨飘摇，心如磐石，岿然不动。

我知道，哪怕命运再不可逆转，它也并非无法战胜。

前两天，我终于成功地上完了全天的课程，很长一段时间以来，我第一次在校园里看到黄昏薄暮，忽然间，我听到身旁同学一声轻唤，回眸处，金耀余晖铺满整片穹隆，风雨洗刷过的天空，绽出一道绚丽彩虹。

高雅艺术"变形记"

2018年元旦，一部名为《如果国宝会说话》的纪录片走进人们的视野，迅速获得了大量好评。不同于传统纪录片的长篇累牍，《国宝》四五分钟成集，似是为这些历史遗珠写就的一阕小传，墨短言简，却回味隽永，如诗如歌。这些国家宝藏的传奇故事，以及它们背后看似繁复、庞杂，过于遥远而显得触不可及的中国传统文化艺术，在匠心独运的娓娓讲述中焕发了新生。不少网友表示"这才是中国应该有的节目"，直呼要去博物馆一睹它们的真容。

通过《国宝》，蒙尘的传统文化艺术得到传播，这无疑让不少怀隐忧者获得了一定信心与慰藉。然而，在此之前，文化素养缺失被视作社会迅猛变革的最大恶果，以终极性的精神探求与有深度的艺术尝试为特征的"高雅艺术"与大众更是难以相容。

原因是显见的。快节奏、高强度的工作生活模式，使得时间与精力成了当代人的两大奢侈品。相比于接受高雅艺术绵长、静雅、丰厚的浸润，将自己代入沉邃和郑重的学习式氛围，去自主探索，发动共情触角感知，更多人会选择无须任何附加条件、相对散漫通俗的娱乐形式，通过密度高而层次低的刺激放松紧绷神经。这也正是为什么，套路单一的网络小说往往比珠玉玲珑的古典诗词更有市场，大开大合的动作电影总能比一场交响音乐会或芭蕾舞剧收获更多观众。再进一步，渗透各个维度的功利主义同样难辞其咎。高雅艺术带给人的大多是一种审美体验，效益难被量化，提升不立竿见影。这样一来，人们不免更加吝于在它身上有所花费。天长日久，人们的爱美、审美之心皱缩，高雅艺术也愈发显得不近人情，一个属于错过的恶性循环，就此产生了。

美育的重要性不言自明，然而社会风气和心理，恐怕是一时难以移易的。难道说，缓慢衰亡，已成了高雅艺术的必达宿命吗？当然不。对此，《国宝》已然呈上了一份简明可行的解决方案——让高雅艺术更接地气。

可以说，许多高雅艺术正在走下神坛，通过拆解种种严苛条件，适应人们的生活节奏，与普通人的生活对接。就体量而言，以小见大，充分利用碎片化时间。如《国宝》，以几分钟为单位的凝练片段连缀成一整幅恢宏瑰丽的艺术创造画卷，让人们可以随时随地"充电"。就形式而言，丰富多彩，最大化调动受众积极性。如《中国诗词大会》，通过紧凑富悬念的氛围、别出心裁的赛制吸引目光，知人论世、寓教于乐，让晦涩诗句不知不觉流入观众心中。就传播媒介而言，紧合潮流，降低硬件"门槛"。如风靡朋友圈的"薄荷阅读"，把沉甸甸的大部头经典凝于一方屏幕，随身携带悦享；又如手机游戏《别踩白块儿》，让人们无须劳神，便可于指尖跃动中体验古典音乐的曼妙魅力。这都是高雅艺术在现今时代背景下，依托现代科技所做出的全新尝试。

高雅艺术接地气，绝不是在自降身价，而是展开怀抱，带着岁月风华，带着厚意丰蕴，带着层层深如潮水的力量和莹亮不改的精髓内核，走向生命海洋，走进万户千家。这正是把寓于平实外壳的高雅艺术与庸俗甚至低俗者区别开来的地方——它引发的震颤，来自思、情和心，经得起不断的回溯、叩问和追觅。

　　相信，终有一日，高雅艺术将焕发出前所未见的灿烂光彩，被更多人邀请进自己的生活，来雕琢灵魂、丰盈生命。

我努力读懂母亲

7年前的一个午后，我的幼儿园举行毕业汇报演出，小小的我来到台上，边用稚嫩清脆的声音演绎着一首儿歌，边在观众席熙攘拥挤的人群中搜寻着那个熟稔于心的身影。最终，我还是没能找到她，眼眶一阵酸楚，我知道，她又食言了。我心心念念的妈妈，还是没能如约而至，见证我人生中第一个意义重大的时刻。

那是2008年5月12日，满心失落的我不知道，就在几小时之前，一场惊心动魄的大地震席卷了山清水秀的四川，而本应由西藏飞北京的妈妈接到命令，第一时间，赶赴了抗震救灾的最前线。

"爸爸，为什么妈妈今天没有回来呀？"回到家，我闷闷不乐地蜷在沙发上，眉梢眼角都染了深浓的沮丧与落寞。爸爸坐到我身边，抚着我的乌发，语气柔和却又庄重："宝贝，四川发生了特大地震，在这场灾难中，很多人失去了亲人和家园，作为一名军人，妈妈必须去帮助他们。"说到这儿，爸爸顿了顿，我看到他的眼中，流溢着那么灿烂的光芒和深

挚的动容："军人是以服从命令为天职的，这是妈妈的责任。"

爸爸的话在我幼小的心灵中鼓荡着，萦绕着，我竭尽全力去理解，去思考，对妈妈的埋怨好像在不知不觉间消融了，但责任与天职这样的词，于我还是太过复杂，太过沉重。

我开始无比关注灾区的新闻，不仅因为我最思念的妈妈在那里，还因为我相信，它们能让我懂得妈妈肩负的使命。

是的，当我看到残垣断壁间铁流般坚定而耀眼的军人的身影，他们马不停蹄地搜寻着生的消息，他们拼尽全力缔造着一个又一个奇迹。我蓦地明白了，能托举起那蒙受苦难人们生的希望的，只有军人钢铁一样坚实有力的双臂。而妈妈，就是其中一员，她一定在救援队伍的某处，传递着那永不泯灭的希望与光明。

于是，我不再任性地缠着爸爸给妈妈打电话，不再因心中灼烫的思念而放声哭泣，幼小的我，以一个孩子全部的庄重与虔诚努力祈祷，愿漫天星光将我的祝愿送往遥远的灾区，亦送向那个我深挚牵念着的亲爱的妈妈。

1个月后的一天，家门打开，走进来的是晒得很黑、面容憔悴、满身疲惫，却有着最亲切最温暖笑颜的妈妈。"妈妈！"我欢喜地唤一声，不顾一切地冲向母亲。"宝贝儿，妈妈好想你啊！"妈妈笑着眼中却有泪光闪烁，她用纤瘦的手臂紧紧搂住我，很久很久都不松开……

您终于回来了，妈妈，而我无比庆幸，我似乎可以读懂您了。

7个春夏飞逝而过，如今的我，已经是一名中学生了。7年来，妈妈从未在清晨目送我走进校门，也很少能在节假日牵着我的手漫步在游人熙攘的长街，甚至因为现役军人的身份，都不能伴我踏上遥远异国的土地去领略那非凡的灿景。

但我不曾抱怨，因为我渐渐知道了，作为军人的妈妈有她必须要尽的职责。她一袭干练军装的纤瘦身影，奔波在祖国万里边关，新疆红旗拉甫、内蒙古算井子、西藏兰巴拉……那些坚守在祖国边疆默默奉献的边防官兵，在她的笔下化出最刚毅与坚定的剪影。

而每当妈妈风尘仆仆地归来，她定会尽可能多地给予我陪伴，和我倾心交谈。那无隙无瑕至深至纯的爱，坚定有力、厚笃无言。

终于，在穿透岁月的一次次思索中，我愈发深入地读懂了妈妈。作为一名军人，奉献是她的承诺，服从是她的天职；面对挑战时的舍小家顾大家是她的责任，接到任务时的风雨兼程是她的使命。而作为一名母亲，她或许不能每时每刻都陪伴在我身旁，但她的牵挂，她的深爱，却陪伴着我漫漫成长路的每一步，从未缺席。

别样的新年

北国寒凝凛冽的严冬，在飞机巨大的轰鸣声之中渐渐地远去了。窗外纯白柔软的云朵被灼耀的阳光染上温暖明亮的灿金色，我紧握着身旁奶奶沟壑丛生的双手，心中的憧憬与期许糅合了满满的欣悦，仿佛即将流溢而出。我想，这不仅是为了邂逅那片天海之边的仙境桃源，更因为那两个略显沧桑的身影，为了那份牵挂已久的心心念念。

步出舱门，一股灼人的暖浪裹挟着海洋湿润清新的气息从四面八方袭来，让人难以相信此时祖国北方正是大雪纷飞的寒冬腊月。我只着一件轻薄柔软的格子单衣，挽着身旁略显疲惫的爷爷奶奶，身后的行李箱折射出璀璨的流光。机场的出口近在咫尺，而我目光如炬望眼欲穿，因为我确信，在长路尽头，一定有两位老人在坚定不移地守候，用同样焦灼的目光搜寻着那个让他们惦念经年的至亲血肉。

"星蛋！"萦绕心间的呼唤穿越重重人海划过耳畔，熟稔于心的身影在不经意间撞入眼帘，心底积蓄已久的牵念在一瞬间喷薄而出，化为一片柔暖灿烂的如花笑颜。"亲家，辛苦你们啦！"姥姥的笑容慈爱良善中蕴含着由心而发的欣喜，而爷爷奶奶旅途劳顿的疲惫倦怠也就此一扫而空，取而代之的是亲人重逢的激动与感念。

"可想死我们喽！"姥姥轻抚着我的发，慈爱的眉目间是清和疏朗的笑意。"来来，姥爷帮你拿着。"姥爷粗糙的手掌拍拍我的背，毫不迟疑地接过我手中的行李箱。"不用，姥爷，我自己来！"我急急推阻，凝望着姥爷略显佝偻的腰脊，不舍与心痛在心中氤氲开来。"行啦，小宝蛋，跟姥爷还客气啥。"他佯装嗔怪，执意帮忙，眉宇间却是满溢的悦然与疼惜。

就这样，我们一家人来到了祖国的温暖南国——海南欢度新年。我相信，这个不同寻常的春节会令我们终生难忘。

没有凛冽刺骨的寒风从空旷的街道呼啸而过，没有厚重笨拙的保暖棉服为我们抵御严寒，北国冰冷的寒冬腊月，却在海南化为一片柔暖和煦的春光烂漫。灿烂的阳光仿若曼舞轻纱释放着柔和的暖意，为浩瀚苍穹之下的万物镀上玫瑰色的金边。流翠如玉的棕榈树挺拔秀丽，举目遥望更是满眼令人心醉的葱茏翠绿。清新的空气氤氲着沧海包容浩博的温润气息，深吸一口便能将心魂洗礼滤涤。这个新年，满是盎然春意。

响彻云霄的礼炮声从除夕夜的前几日便开始不眠不休地轰响，大年三十的夜晚更是盛至巅峰。金虹落华从震耳欲聋的爆破声中迸溅而出，璀璨夺目的缤纷焰火将原本寂寥黯淡的夜空点缀得华美辉煌，呼之欲出的新年气氛在烟花的照耀下变得愈发浓郁而热烈。这个新年，更加赤忱热情。

许久未见的表妹蓄起了柔美的乌发，精致的五官褪去了些许青嫩的稚意；舅舅依旧一身温润柔和的书卷气，匆匆流

年却更给予了他厚重的情怀与广博的胸襟。阿姨的容颜一如既往地明艳动人，眉眼间却多了岁月磨砺出的波澜不惊；姨夫粗犷豪放更甚初见，斑驳的素白却已悄然爬上他的双鬓。终于得以相见啊，我在苍茫岁月里牵念着的身影。这个新年，充满团聚的温情。

从孩提时代起，我与表妹最心心念念难以忘怀的，莫过于丰肴满桌的年夜饭中那一盘盘热气蒸腾的饺子。洁白丰润的小饺子盛在纤尘不染的搪瓷盘中，散发着醉人的香气。蘸些醋，迫不及待地放入口中轻咬一口，筋道的肉馅那醇厚浓郁的香气在陈醋的调和下显得愈发鲜美，搭配金黄澄澈的诱人汤汁，在舌尖缱绻辗转，将饺子的美味发挥到极致。但更令人欣喜若狂的，便是在唇齿间的一片温软之中寻到一个看似不合时宜的硬物，那是一枚小巧玲珑的硬币。每当我们幸运地咬到硬币，总是会恣意纵情地欢呼雀跃，任那无比纯粹的喜悦在心间蔓延。这无关于大人们"财运亨通"的祝愿，而是独属于孩童稚嫩纯净的美好享受。

世事变迁、岁月更迭，我与表妹对年夜饺子的热忱却没有随时间的流逝而发生丝毫改变。夜色迷蒙之时，一家人欢声笑语地围坐在木色润泽的圆桌前，我们急不可耐地夹起盘中精致的饺子，满心期许与感念。这时，彼端的姥姥也夹起一颗饺子，微微蹙起舒润的弯眉，细细端详。不出片刻，她仿若初涉世事的孩童般清亮的眼瞳迸射出惊喜的光芒，却又敛了神色，将白白胖胖的饺子夹进我的碗中。我眉眼弯弯向姥姥道谢，唇齿间突兀的凝滞却让我有了片刻愣怔。"吃到钢镚咯！"我仿若稚气未脱的孩童般肆意欢笑，眸光无意间落在姥姥圆润柔软的脸庞之上，那慈和柔蔼的笑意却让我心中一凛。原来，我与表妹的幸运，源于长辈们纯粹无瑕的爱。

这个新年，沐浴着浓浓爱意。

　　"家"是每一位中华儿女心中隽永不变的情结与执念，而新年让所有远行的游子得以重归故土，与亲人欢聚团圆。感谢海南，让我在异乡南国也能感受到家的柔暖温馨，让我得以领略前所未见的热带风情，更给予了我一个永生难忘的、别样的新年。

学海拾贝

我看到了别样的青春

8月初，当我与父母辗转数千公里飞抵乌鲁木齐，带着满身风尘走进新疆边防总队的时候，已是下午5点了，但离新疆的日暮还很远。

推开会议室的门，静候其中的女兵姐姐利落地起身，抬臂向我们行了一个军礼。阳光从窗口漫散进来，一身挺括军装的她英姿飒爽，精干的短发、凛凛的眉眼，由内而外焕发出的抖擞英气，让每个人在她面前都不由得要暗暗挺一挺脊背，拿出自己最肃整的样子，折叠好任何旁逸斜出的懒散。

坐定后，姐姐向我们简单介绍了自己的情况：大学生入警，从凛寒的北国辗转来到祖国暗流涌动的西北边陲。两周前完成军演任务回到总队，已经马不停蹄地开始了新一轮训练。她说起话来能依稀辨出些东北口音，语气就和部队里许许多多军人一样，不加矫饰、明晰简厉。

当一个关键词不期然划过耳畔，我愣怔了片刻，有些愕然地抬起眼——"雪鹰"女子特战队。此前，它于我，一直是隔着半块荧幕的极邈远虚浮的概念，是触不可及、平行纵错的另外一重世界，我实在没想到，在这个平淡无奇的暮夏午后，一些永远难以磨灭的震撼将汹汹袭来，让我领略那些别样青春迸射出的无限光彩。

"噢，这有一段我们那会儿训练时候的资料，可以放放看。"看着满怀期待的我，她不由得笑了。

很快，不甚清晰的画面就伴着喑哑的嘶啦声在屏幕上浮现出来。

片子不长，背景在戈壁风沙的肆虐下显得灰蒙沉黯。画面里，一个又一个身着作训服的纤韧身影闪电般厉厉地疾速奔袭，一声令下便俯身仆地匍匐前进。上铐时，利落的一记提腕扭身便可把暴徒压制膝下；索降时，轻盈而有力的身形正如雪鹰展翼，天降神兵，力逾千钧。空洞的枪声和坚定的步履，眉间的伤痕和紧握的双拳，墨黑的夜色和它无法淹没的辉光熠熠的眼睛，呼啸着冲掀帐篷的风和它难以动摇的炽热的心——那撼人肺腑的一幕幕，让我近乎忘记了呼吸。

画面凝止的一刻，我依旧听得见心脏怦怦地猛击胸腔的声音。

"训练还是挺苦的。戈壁上风大，能整个地把铁皮屋子掀起来，一般来说，不到晚上 12 点吃不上晚饭。"

可是，那么痛苦而艰难的回忆，从她口中说出来的时候，却平静得不像是自己的故事。好像，在她身上，过往不是难于碰触的新鲜伤痕，亦非要时时执起擦拭的勋章，它最大的也是唯一的意义只是存在，成为她年轻生命中的一部分，仅此而已。"哭过吗？""只在弄伤了别人的时候哭。""崩溃的时候怎么办？""一跺脚就过去了。"言简意赅字字刚劲，又淡然得让人不敢相信。但当你真正望进那双坚定闪光的眼睛，便会知道，这一切，都是真实。

花一样的年纪，她剪去长发，在风尘中摸爬滚打，在几个月的时间里破茧成蝶，把每分疼痛化作上行的力量，奋搏不休。当我看到那一尘不染的女兵宿舍，看到照片上的姐姐们一身军绿，阳光而飒爽地笑着的模样，只觉一股热流汹汹扑入心胸，耳边萦回的语声清朗郑重："难，但值得。"

但，何止是她一个呢。

为了心中的梦与信仰，千万年轻人离开故土，将自己原本安适的生活交付给颠沛与烽火，在遍尝煎熬苦痛的险途中拔节成长，打磨真正属于青年的不屈锐意，砥砺进境、百炼傲骨。我想，真正打动我的，不只是他们踏上从戎之路时的义无反顾，更是在此后每个因思念或痛楚辗转无眠的夜里，依旧忠于自己本心的坚韧孤勇。同样的年纪，有些人在前进、拼搏、追觅，也有些人在拖沓、迷茫、挥霍，而他们，这些年轻而缄默的国之重器，真正肩负着家国安危的坚定的捍卫者，早已站定在边境线上，时刻准备着扼住恶魔的咽喉。这样的青春，是别样的波澜壮阔，带给人无限震撼与动容。

他们眼里，有足以将黑夜驱逐出境的万顷光热；他们心中，洋洋洒洒铺开一整张浩阔版图。

雄鸡一唱，天下白。

一轮烈烈如燃的朝阳，从远方升起来了。

星空寻"根"

2248 年，天空城

不知不觉，入驻天空城已两年有余了。这颗巨大、透明、莹亮的人造星球，是无数科学家精心嵌置在穹宇之中的一枚注脚，安浸在邻近恒星的合引力场之中，远离星际碎片搬运和高能电子流。恰到好处的人造重力场，过度平滑的工学仿光，一些四季常绿的太空培育花草，舒适的家居和符合每项大大小小营养指标的配额餐，使这里真正成了天文学研究者的桃花源，磁悬浮汽车与迷你飞船日夜穿梭，无数荧屏不知疲倦地刷新、跳动，我们站得更高了，望得更远了，它们无声地说。

然而，我却并不那么喜欢它。

我仍记得为期5个月的探索远征刚开始的时候。飞船升空，天空城快速驶向我的视野之际，那么亮，那么透明，透明有如一抔土壤，可以孕育鲜活的、温暖的根系。

寂寞是可以整个吞吃一个人的心魂的，我想，无意识地摩挲着木制相框里女儿甜甜的笑脸。软而泛黄的日历已然翻到最末——它们是我身边为数不多的母星痕迹。与我同行的

资深引航员罗夫正认真地书写着什么。我看过那本飞行日志，里面陈列着一切人类可以想见的描述"黑暗"的方法，那都是罗夫的手笔，是他与舱外无边无垠无望的虚空经年对峙的证明。

"怎么了，露？"他忽然转过脸，微微笑着，神情让我想起自己的父亲，"你的神色比窗外的永夜还要落寞。"

"不，不，没什么。"我抬手将垂下的发缕拢到耳后，顿了顿，却又不由自主地开了口，"我是说，罗夫，你有时候会不会感到，我们像是这茫茫宇宙间的浮萍？漫无目地漂泊着，远离家人、好友，远离故乡、祖国，甚至是那片故事起点的蔚蓝……你知道，它们就像……就像我的根一样，给我生命，给我灵犀，而离开它们越久、越远，我就越觉得像一片落叶，像一个迷路了的孩子。"

我的声音沉下去，被一种骨骼深处迸出来的酸楚浸湿。

"噢，露，我明白。"他开了口，眼睛碧蓝有如一汪湖水，"但你没有丢失自己的根，你随身携带着它们。你的眉眼里藏着父母的影子，笑声中涌动着曾拥抱你的深情厚谊的伟力，漂亮的肤色牵羁着故土，整个人，都承托着那颗神奇美丽的蓝色星球。况且，我们还分享着另一个更加庞大深厚的根系。"

"另一个？"

"是的。"他笑着站起身，目光里闪烁着几许狡黠。

"你该从那些厚重的史书里读到过的。人类是如何从莽莽苍苍的深绿之中，从冰川与大漠之中，从石与火中，一步步前进一步步崛起，建立国度，发展文明，成为地球无出其右的有灵之物。"他的声音扬起来，沧桑的脸庞笼罩着一层奇异的光彩，"从最开始起，就有一股力量在催策我们去追觅，去叩问，去触碰虚无，向我们身旁的一切伸出手。"

"这种力量远远高于单纯的求生，它流淌在每一个人类的血脉之中，事实上，正是它，定义了人类。"

　　我良久无言，只觉心下轰然，有什么划过脑海，又把我的心牢牢握住。

　　"新年快乐，露。"离开前，他拍拍我的肩膀，轻声说。

　　我终于明白了。

　　站起身来，我行至舷窗旁边，伸出五指，贴紧面前无言的冰冷。

　　曾经，我们从群星之中寻找出路，是为了在奄奄一息的地球上苟延残喘的人们能够重获新生。而当家园被重建，我们在群星之中遨游漫溯，是为了觅得回音，从外星智慧生命身上获得来自无垠宇宙的一份认同。此刻，我们拥抱群星，一切的一切，只为满足那永不止息、永不满足、永不黯淡的探索本能。

　　从远古到今天，人类的根从来便不只扎向脚下的大地。

　　它们还延展，无尽地延展，向头顶充满谜与奇迹的星空。

　　"引航员，呼叫引航员！"恍惚间，耳畔传来地面塔台的传讯，四下里望不见罗夫的影子，我深深呼吸，开口回应："开拓者号收到，我是探索者露娜。"

　　"航线上疑似发现超新星，请立即准备设备，随时摄录勘探！"

　　"收到，收到！"我的声音在颤抖，视野尽头，依稀有久违的光。

　　我们去寻根了。

假如时光可以倒流

七月执拗地望着那张小小的黑白相片。

相框里面容安详的老人，再不能用那双活泼明亮的眼睛和七月对望了。她带着温柔的笑容离开这个世界，却也一并带走了七月的笑脸。一季了，七月沉溺在汹涌的回忆里，她的热泪融化了凛冬的白雪，春风中解冻的软泉也无法洗去她的伤痛。

直到那一天。那个黄昏残阳似血，艳霞染红了东方的天空。一颗流星带着闪亮的光尾，从七月的余光里飞速划过。

刹那间，她仿佛感知到了某种微妙的律动——宇宙发出的一声喟叹，巨大缓滞的岁月之河向后翻卷的细浪，一个神灵恩赐于她的短暂回眸。七月瞪大了双眼：窗外，分明勃发了绿芽的长枝此刻光秃一片，裹着厚厚棉衣与围巾的路人行色匆匆。

蓦地，她听见开水的咕嘟、铁铲的翻炒，以及那首久违的、温软不成调的老歌。

七月跌跌撞撞地跑出屋门。

面前，那个小个子的老奶奶正在灶台旁忙活。

金色暖烘烘的灯光倾洒下来，划过她银丝梳作的可爱发髻和沾着烟火香气的粗布衣衫。她最拿手的炖肉熟了，馥郁惹人馋的肉香顺着虚掩的门缝儿飘溢开，是与记忆中别无二致的美好温度。

她的眼睛骤然模糊了。她拼了命推开门，把面前人用力拥入怀中。心跳，有力的心跳声响彻耳鼓，鲜活而真实的奶奶就在怀中，一切沉重的思念与爱都翻涌上来，她终于忍不住放声大哭。奶奶手忙脚乱地拍抚她，安慰她，用有些慌乱的声音唤她的名字。七月只是一味抱着她，不放手。

她只盼岁月定格此刻。

吃完晚饭，七月和奶奶一同出门，像小时候一样，躺在摇椅上看漫天群群簇簇的晶亮星空。她转头看奶奶，那双苍老却含笑的眼睛里辉映着灿烂星光，夜色落入她脸上的每一条细小皱纹，显得无限温柔。

"我走之后，囡囡要听话。"

七月愣住了，某种钝而酸楚的痛重又在她心底涨潮。她紧抿双唇，红着眼眶，固执地保持沉默。

"傻孩子。"奶奶笑了，抬手抚顺她头顶软发，声音悠远如同梦呓，却字字敲在她心头，"只要还有一点点遥远回忆鲜活在你心里，只要还有一小段陈旧的岁月还被你珍藏着，奶奶就不会离开。奶奶想看着自己的心肝宝贝儿，努力成长，好好活着。"

七月抬起头。

泪光中，她看见奶奶的身影变得很淡、很亮，化成无数碎金般的轻盈光点。那光亮逐渐汇聚成溢彩生辉的一轮灼日，超越了星辉，明亮过月华，将她头顶紫红色的天空映得宛如

白昼。

七月睁开双眼。

正是破晓时分，一轮巨大的红日正从楼厦的棱线间升起。赤色的光线辉映着木质相框，老人的笑容明亮仿如新生。

那或许是个梦。

但七月宁愿相信，是某种牵挂与爱扭曲了时空，让祖孙二人撕开两个世界的水远山重，于那个星辉斑斓的夜晚重聚，相拥。

她笃定，不管未来有多远，总有双眼将含笑相望，总有份爱，将守护她成长的每一步。

"奶奶。"轻唤一声，七月擦干泪水。不再彷徨，不再孤独。

我的英雄梦

面前，曾挺拔林立的楼厦已坍陷为一方残垣；耳际，生命探测仪的嘀嘟声清晰细密。我最后一次深深垂眸于胸前"汶川地震救援队"这7个金黄色的大字，握紧双拳，目光坚定。

"我下定决心了，队长，只要我一息尚存，就决不会放弃，这一回，请让我做你们的眼睛。"

俯下身，我系紧腰上的安全绳，跪伏在地，艰难地挤蹭进直插入地面的梁柱所形成的窄隙。队员们热切而焦灼的目光逐渐被远抛脑后。每挪动一下，都有沙砾与玻璃碎碴剐磨着我的膝头与掌心，浑浊的白尘鼓荡着扑面而来，灌入口鼻，令人难以呼吸。

但我一刻也不能停下。

"小李，情况怎么样？要抓紧啊！"时间一分一秒地过去，我的视野中却仍旧是一片荒凉死寂。队长急切的话音夹杂着电流的嘶嘶声响彻耳鼓，压在我心头，重逾万钧。

"咚——咚——"恍惚间，某种绵长而清脆的金属敲击声从远处颤巍巍地传来，在钢筋与混凝土构筑的壁垒间缥缈

萦回。

我猛地昂起头颅，眼中光芒赤熠。

那是受困者。

那是求救的声音！

一瞬间，我的四肢百骸仿佛被注入了一股全新的活力，不顾一切地向那声音来源之处匍匐而去。疼痛开始消弭，在这崩裂的天与地之间，唯余我、受困者和彼此间那透明却坚韧无比的维系。

撑住，撑住……我一定会找到你。

转过一个拐角，又跨过几处塌陷，一个蜷缩在角落里的稚小身影终于撞入我的眼帘。

那个满脸血污与尘灰，虚乏得无力张开双眼的小姑娘，穿着已辨不清颜色的衣裙，沉缓而努力地摆动手腕，叩击着塌陷处一根裂痕遍布的铜管，向这世界传达着她最后的希冀与求生的渴欲。

狂喜之下，我手脚并用地来到她身侧，轻触她的脸颊，声音低柔地唤她转醒。她艰难地张开睫羽，一丝微光飞快流转过她清亮却倦怠的眼睛，那干裂的唇无声翕动，像是在向我表达着谢意。

"找到了，队长，找到了！"我一面把她拥进怀中，一面近乎哽咽地大声向外界传达着喜讯。在废墟里，在漫天茫茫风尘里，我终于寻到了这个行将迷途的小生命。

蓦地，我感觉空气在细微地战栗。

在反应过来那是什么之后，我用尽全身力气将孩子护在身下。刚刚归于静止的一切重又濒临塌毁，我却只是一味张开双臂把她拥得更紧。

大地的又一次震怒，你不必再独身面对，若这场崩摧已成定局，只愿我的脊梁能支撑你年轻的生命……

再找回意识时，我正安稳地躺在病床上，窗外阳光晴好。模糊的视线逐渐对焦，面前，是那个孩子与她的父亲母亲。"你，你是位英雄……多亏了你，我女儿才……"眼眶通红的女人凝望着我，没说几句便再度哽咽，而我只是含着笑，紧紧握住她的手。

这是我应当履行的责任。

那掩藏在废墟下的，是一条年轻鲜活的生命，是一个幸福和美的家庭，是一双未及欣赏万般绮艳美景的眼，是一颗还未感受人间喜乐悲欢的心。我愿意冲锋在前，愿意永不言弃，愿意冒最大的风险不停寻觅，只为捍卫她拥抱这世界的权利，只为换取哪怕最渺茫的一线生机。

如今，那孩子鲜活明媚的脸庞告诉我，这一切都值得了。

最后的最后，我看着电视屏幕上焕发新生的汶川，扬起动容的笑意。

英雄不死，长梦熠熠；桃李春风，青山有幸！

写给家乡的孩子

致家乡的孩子：

梦中最遥远深挚的牵念，总是家乡的一方秀水青山，与那不知名姓的你们。

不曾忘，幼年的我，偶然看到一幅希望工程的宣传照片，照片中孩子那若清潭般光芒潋滟的双眼，紧凝着斑驳的黑板，庄重肃谨的神情深深震撼着我的心，让我在之后每每想起总是久久惊叹于她对知识的珍惜与渴望。

今天，在盛夏时节的首都北京，作为中国人民大学附属中学的学生，得知学校有这样的活动，可以让我们把自己喜欢的书籍汇聚在一起，送给远方家乡的孩子们，我们心中的雀跃与欢欣无以言表。捕捉着每一道浮光掠影，守候着每一次朝夕更替，你们是否也与我一样好奇，那无数次用双足丈量的漫漫长路之外，会有怎样的山川壮丽、风光旖旎？

而这所有答案，都凝注在这薄如蝉翼的书页里。那萦绕鼻翼间的淡雅墨香，承载着婉转悠扬的莺啼、白露凉润的松林、远隔重洋的异域与这大千世界的无数奥秘。浩如烟海的知识在文字之上寻到载体，它们记述着，记述着东升西落的灿阳，亘古闪耀的明星，每一次毫秒之间的心跳与呼吸。

所以，在书籍的瀚海中悠然畅游吧，你们不必远足跋涉，就可领略这广袤尘世间的万般繁华；不必亲临其境，就能见证历史兴亡、世易时移。书，丰盈着我们的生命。

家乡的孩子们，这些书籍中凝聚着我们的祝福，我们的期待，我们的问候。唯愿书籍能助你们展开瑰丽华美的想象之翼，唯愿你们在书页中寻得心灵的无上欢愉。虽然不能亲手将它们郑重地放入你们的掌心，但我相信，微风会携着我们满心真挚的祝愿，跨越万水千山拥抱你们如夏花一般盛放的美好笑颜。让这厚厚的书籍，将我们年轻而鲜活的心紧紧联结。

未来就在指尖，只等你们将它缓缓开启。

一日感怀

我对附中的感情，是复杂而又纯粹的。那是莘莘学子的心心念念，更是小学5年未曾改变的向往与企盼。最终进入附中，也是圆了心中那个稚嫩却坚韧的梦，所以，在这里度过的每一天，我都怀着无比的珍惜与感念。

清晨的公交车上，建筑物的影像从窗上浮掠而过，倏忽远去。天色还未大亮，浓郁的蓝色之中却孕育着明亮的晨曦之光，一抹蔷薇色的云霞嵌在遥远的天际，清丽明艳。近了，近了，跳下车，我迫不及待地加入进校的队伍。远远望去，浩浩荡荡的队列如同一条红白色流动的河，轻盈欢悦的脚步踏着那条早已熟稔于心的柏油路，越过一幢幢磅礴的深红色楼宇，终是在晓雾笼罩的临建楼旁停住，拾级而上，想象着教室里热闹空前的景象，我的唇边总会漾开一抹笑容。

时光飞逝，第四节课接近尾声，灼耀的阳光不加掩敛地洒进教室，明亮而坦荡。铃声响起，大家听到了信号一般，不约而同地抓起饭卡，跃出教室，动作不大迅捷的我离开时，教室中往往已然空空如也。穿过暖意融融的长廊，饭菜醇厚诱人的香气便遥遥传来。买好饭，就与挚友在熙熙攘攘的食堂中坐定，边享受种类丰富、咸淡适中的美味菜肴，边与大家有说有笑地谈天畅聊，上午四节课的所有疲劳倦怠便一扫而空。

也爱在中午时分买了水果，携好友在中心花园旁的长椅上稍坐，轻拂的微风融了阳光的温度与气息，掠过我们的发梢，繁茂的草木也随风微晃，阳光宛如曼舞轻纱，点点洒落在叶片上，又透过斑驳树影滑落至肩头，<u>丝丝缕缕</u>，光影浮动，同在舌尖蔓延缱绻的清甜一道，说不出地悠闲惬意。

放学后，在校园中留得久了些，便看那沁着寒意的萧瑟秋风吹动，原本明亮的天色刹那间变得深邃昏沉，远处澄净的窗被白炽灯照得极亮，人影依稀可辨，树影摇动的中心花园被精心点缀的小灯罩上一层素柔的清辉，仿佛一个梦幻神秘的小小世界。来时的柏油路人影寥寥，静默矗立的街灯散出黄晕的光，静谧而沉凝。步出校门前，总会回过头向后再望一眼，郑重地道一声："明天见！"

我热爱附中，我感念附中，因为她以博大包容的胸襟将我们接纳，以她的渊博与智慧把我们培育，那温柔而坚实的臂膀，把每一个人的梦想高高托举，那温暖而强烈的归属感，令我深深眷恋。

我刻苦努力，我勇往直前，因为我不愿辜负那份经受住岁月的守候，不愿辜负心底纯澈无瑕的热爱与眷恋，更不愿辜负那个早早镌刻在脑海里的名字——人大附中。毕竟啊，附中，我是那样幸运，在这人生中最为美好的青春年华里，能够有你相伴。

选择

　　古往今来，人生漫漫，每个人都在自己的生活中跌撞摸索，探寻着属于自己的人生道路。正因为生命与无数可能相伴，我们往往要遭遇许多曲折与岔口。在这大大小小的选择之中，有些就藏匿在琐碎日子的隐隙，我们早已习以为常；而有些却具万钧之力，折射人格光辉，决定命运走向。每个选择背后所承载与依托的情志，值得我们细省深思。

　　有些选择，反映出我们的素质素养。放学路口，对面仍是红灯，即使没有车流疾驶，你是会选择坚守在白线以内，还是心一横加入"中国式过马路"的大军？短短几秒，小小几步，却是规则意识的最佳试金石。路遇倒地的老人，你是会选择勇敢担当、搀扶送医还是事不关己、漠然离去？一念之间，承载着处世的德行道义、为人的正直善心。

　　有些选择，寄寓着人们的价值追求。被香港大学高额奖学金录取的文科状元刘丁宁毅然选择回乡复读，只为圆心中那盏熠熠生辉的北大国学梦。哈佛学子秦玥飞放弃世人艳羡的"大好前程"重归故土，用先进的知识技术带领乡亲脱贫致富。他们的选择看似不合常理，实则处处观照内心，致力价值实现，由心中梦引航而拒绝为外物他言移易驻足。反观当今许多青年，谨小慎微、一味从众，为了看似光鲜的专业、职业，把真正的心之所向抛于脑后，屈从于现实，看似衣食无忧，实则灵魂漂泊心无定所。这告诉我们，明智的选择来源于"反求诸己"——自己的路要自己定夺，听从内心呼唤，坚守热望与追求。

更有些选择，牵系着真正的家国大义。古有文天祥朗吟"人生自古谁无死，留取丹心照汗青"，宁为民族抛洒一腔热血而绝不苟活于世。今有无数先烈在抗战中坚守信仰，严刑拷打之下选择对党和民族的绝对忠诚，面对重重诱惑选择高昂他们不屈的头颅，前赴后继，向死而生。放眼世界，马丁·路德·金在缄默的白色恐怖中选择了勇敢发声，让自由平等的乐音凿透困阻，响彻黑人同胞的心胸。昂山素季为了反抗缅甸的极权政治，救民众于水火之中，甘愿选择与被放逐的家人诀别，死守阵地，在十余年的软禁之下依旧顽强抗争。他们的选择，已然超越了个人利益，击碎了时代禁锢，用真正的大爱大义与家国情怀，在史书上留下了一笔重墨。

选择，要权衡，更需取舍。取远见而舍短视，取本心而舍杂思，取大义而舍小利，取正道而舍邪恶。我们都应在选择中成长，在选择中明道，在选择中不断奋进、无悔前行，在选择中锻造心魂，不负青春年华，有朝一日成为弄潮时代的中流砥柱。

愿经年回首，我们都能与过往含笑相对：我们的选择，无愧于行，无悔于心，无负于时代与家国。

琴趣

人们都说，学琴的过程枯乏、艰苦。但于我而言，学琴之路所带来的愉悦与满足，却是很多事物都无法比拟的。

年少的我每周最期盼的时光，莫过于周六午后的钢琴课。

小小的我与老师并肩坐在柔软的琴凳上，黑白键上的浮光金耀柔朗。老师抬起手，指尖翩跹间，一首畅润琤琤的乐曲轻淌而出，徐缓萦荡在耳畔，带给我无上的享受。

一曲终了，怀着满心沉甸甸的期冀，我也小心地将十指轻扣在那琴键之上。

指尖轻动，开始时的音符总是像学步的娃娃一般蹒跚生涩，断断续续的音律远未成章，我却不曾感到挫败萎馁——我所真正享受的，并非欣赏已然盛极的花儿，而是看着那青稚的幼芽在自己的努力下成长得挺秀玉立，一朝初绽，浮彩满堂。

于是，我竭尽全力刻苦练习。同一段乐章在我指尖辗转胶着百转千回，由零零碎碎到行云流水。不断学习的过程浸透汗意，却足以衍生出超越自我的力量。而进步所带来的喜悦在我心底潜滋暗长，渐渐将那温暖的甜蜜渗透整个胸腔。

最终，带着热爱，带着虔敬，带着无数次练习打磨出的精熟与自信，我凝神静思，再度提腕，抚琴。

从初始的柔缓低回，到后来的昂扬顿挫，随着那熟稔于心的曲调倾泻而出，那在岁月尘嚣里夙兴夜寐的，掩于音律背后的深情，终于在我指尖焕发新生。

彼时的我，指节微僵，腕骨隐痛，唇角，却扬起了一抹最自豪与灿烂的笑容。因为通过不懈的努力与精勤的学习，我终于有幸，迎来了花开时那最绮艳秀美的一刻。

我以学琴为乐。我骄傲于丰硕的成果，但更享受学习的过程。那在不断砥砺进境时所感受到的，踏踏实实的点滴喜悦，总是让我备感幸福，更指引着我，在音乐世界里永远做一个心怀敬意的学徒，向更深更远处遨游、漫溯。

子曰："知之者不如好之者，好之者不如乐之者。"怀着这颗乐于学习的心，我将永不停步。

幼时记趣

我与书和汉字，似乎是有千丝万缕的联系与缘分的。

翻阅幼时的相册，泛黄的照片上胖嘟嘟的我一脸严肃，端端正正地坐在沙发上，小小的手指拈着薄如蝉翼的书页，仿佛沉浸在了阅读的乐趣之中。事实上，那时的我连话都说不清楚，又怎么可能认识"汉字"这种美丽而复杂的字符呢？可偏偏，我从不妄撕哪怕是薄薄一页纸，只要家中有人在阅读，我一定会凑过去，专注而静默地陪伴他，这仿佛成了幼小的我最大的乐趣与享受。

从牙牙学语到流畅清晰地表达自己感受，妈妈说，我要比同龄人超前许多完成了这个过程。于是，我拥有了人生第一本书——《儿歌三百首》，现在看来那样稚嫩简单的话语，却为懵懂年幼的我打开了第一扇文学的大门。阳光温暖的午后，热浪炙烤的黄昏，我都愿意把它翻开摊在腿上，用自己的小手指煞有介事地指着一个个字符，严肃认真地朗读出来。而奶奶也一脸慈爱地坐在我旁边，帮我弄懂生字，纠正错音，祖孙二人在阳光下的依偎，成了我记忆中最为美好的画面。

认的字多了，看到汉字我就大声念出来，有些生字不太会，我便连蒙带猜，不惧犯错。其间也闹过不少笑话，一次我看着食品包装袋上的"绿色食品"四字，皱眉思索一会儿，信心十足地念道"绿色拿唱"，之后对满屋的笑声很是不解。还有每张纸币上印刷的"中国人民银行"，也曾被我误读为"中国人民很行"。当然了，每次欢笑过后，亲人们总会耐心地为我纠正，知道真相后的我也会乐上好一会儿，而那些正确的读音也就此深深地烙印在了我的脑海里。

读书识字之初的时光，是我最为纯粹稚嫩，也是让我最难以忘怀的岁月。还记得本应调皮好动的我静静聆听奶奶讲的故事，仍感恩妈妈不厌其烦地帮助我纠正错误，解决问题，我的亲人们帮我培养起对文学的兴趣，我的童年因此增添了许多幸福与快乐。

每当回想起那个尚在蹒跚学步，却试图以稚嫩的声音把每一个汉字念得字正腔圆的我，那个坚定不移地付出努力，最终学有所成，取得进步的我，那个拥有一片无瑕初心，怀揣着对文字的渴望与热忱行走漫漫人生路的我，心中便会溢满无限的温暖与感动。突然，那个一脸稚气笑容的小女孩出现在我的心海，轻轻牵住我的手，在她的指引下，前路，变得如此光明。

你好，春天

不得不说，春天的日暮有一种奇异的治愈力。

春天，世界的每一寸乍时鲜活起来，甜蜜的光和影温温柔柔地点染天、树、山和水。枝头缀满毛茸茸嫩绿的叶芽，开着剔透玲珑、肌骨盈润的花儿。天碧透，水粼粼，日色金耀，风里暖暖裹着清鲜气。整个城市如一片在温水里舒展开的茶，浅碧行将转为深翠。好像，在叶下街头步履和缓地走一走，肺腑间就会长满清朗无限的生机和希望似的。

我喜欢晚秋披着车流和灯火归家的一路，一种微妙的置身闹市，温暖与清寂交颈相栖的感受同灵魂共振，让我觉得像一只有所依宿的归鸟。而现在，我发现自己对加长版白昼也寄托一份同样真挚的眷恋，甘愿敞开心扉迎接春天极富侵略性和蓬勃感染力的足音，领取一份它慷慨赠予这人世的年轻暖意，来抚慰被匿没在日常生活里的小碎玻璃片割划出的细小伤痕。

你瞧降落在楼厦怀抱间的落日，连昏暮都灿烂得宛如新生。熔金似的光辉从城市巨大裸露的骨骼和被岁月亲吻过的巷道间倾泻下来，于是冷硬被涂抹上温柔，苍老被希望拥入怀中。四野如蒙福佑。高高挺直的玉兰树用她每一朵风致楚楚的雪色花苞摇曳着那捧金，远处看，那被鎏金的笔毫描摹了轮廓的美丽的树像被流年宽宥的旧画一角，甘愿用它向有限的永恒窥探的美，为匆匆交转的人类记忆作注。

春天是短暂的，稍纵即逝，瞬息生灭。但我却真实地认为，它比铁骑强权的冬和浓情恣意的夏美得更加无畏。它用直沁心骨的温柔让初醒的万物相信崭新的期盼和不灭的灿烂，让我相信，我可以放心地同它十指交扣，以自以为是的颂歌向它寄放无从抒发的深情。

很美的，春天。

诗
与
远
方

　　题记：若说新疆是祖国西北方一只羽翼丰毅的神鸟，常人终生也不过一两回得见它俊秀旖旎的风姿，那么我希望自己的文章成为它万千尾羽中的一根，每每触碰，都能忆起它修韧浩阔的双翼，与流光溢彩的眼眸。

帕米尔高原铭刻深情之一

　　第一眼见到他们的感觉，是挺拔。

　　7名身着训练服的士官，腰背笔直，英姿飒爽，有钢铁一样坚毅、烈火一样明亮的目光。在他们面前，会不自觉地想要端正坐直，摈弃一切旁逸斜出的、不抖擞的样子。

　　从未想过会得到如此隆重的接待，但在这7个青松一般的身影来到我们面前的时候，我明了，接下来短暂的时光，会让我终生难忘。

#1 守业

　　炊事班班长拥有很灿烂的笑脸，眉目英气，朴实而不善言谈。着实，着实没想到，这个看起来很糙硬的汉子，会做一手精致美味的西式甜点。他的大手之下，诞生过一盘一盘金澄澄喷香的蛋挞，像刚从商店明亮橱窗里取出来一般的模样精巧的点心，甚至还有听着就让人垂涎欲滴的很多层的奶油生日蛋糕。

　　噢，原来，这个看上去有点腼腆的炊事班班长，拥有着

一个大厨的手艺和灵魂。

可这不是他必须做的——只要做好基本的后勤保障，就没人能说他怠慢失职。但他实现了突破。一颗乐于探索又充满爱的心引领着他，把这个小小岗位的界线无限拓宽，在这个有点荒凉、有点孤独的城市燃起一朵甜蜜的火花，在与亲人挚友相离别的漫长岁月里，温暖无数边防官兵的生命。

从他这里，又引出了另一位曾在自己的领域做出巨大贡献的军人。不具备专业知识的他，硬是自己摸索出在茫茫戈壁上种植果蔬的方法，把风沙亲吻的荒漠变成了瓜果飘香的绿洲。十几年的岁月里，他坚守着自己的一方土地，与这些沉默的生命朝夕相伴。表彰他，他来领奖；邀请他，他去介绍经验。但繁华过后，鲜花、掌声和荣光过后，他仍会回归祖国的西北边陲，为了能让高原的官兵吃到同内陆一样的，最新鲜的水果、蔬菜，付出一如往昔的艰辛努力。

他们都是平凡的战士，没人能从汹涌的人潮里一眼辨出他们的面庞。他们都是不凡的英雄，那些群群簇簇的星星之火终将汇为绮艳辉煌的初日之光，为这片热土带来亘古不灭的黎明。

#2 雪鹰

7 个士官里，有一朵军中绿花。

她有一头精干抖擞的短发，大大的眼睛乌黑明亮，容色清丽又飒爽。我暗暗幻想过她长发飘飘薄施脂粉的模样，好看，但总觉得，不如此刻淡而通直的样子来得合宜。

她简单地向我们介绍，自己是大学生入伍，完成一年学业后入警，两周前，从女子特战队转回总队。她的故乡是黑龙江哈尔滨，说话的时候能依稀辨出爽利的东北口音，语气铿锵有力，有着属于男孩子的洒脱英气。

一开始说起女子特战队的时候，在座的我们都没什么概念。

但后来，当姐姐说起中吉联合军演，说起"雪鹰"女子特战队的特殊地位，我才意识到面前年方 20 的姐姐可能经受过多少常人难以想象的锤炼。将近午夜才能吃到的晚饭，能吹翻帐篷掀起铁皮的呼啸风沙；倒功，上铐，索降，伤痕和枪。从未见识过的生活在她的叙述中轰轰烈烈地铺展开来。布满硝烟与搏斗的遥远世界，因为她的存在而被掀开扉页，在这个午后，与我们相连。

可是，那么痛苦而艰难的回忆，从她口中说出来的时候，却平静得不像是自己的故事。在她身上，过往不是难于碰触的新鲜伤痕，亦非要时时执起擦拭的勋章，它最大的也是唯一的意义只是存在，成为她年轻生命中的一部分，仅此而已。"哭过吗？""弄伤了别人的时候哭。""崩溃的时候怎么办？""一跺脚就过去了。"言简意赅字字刚劲，又平淡得让人不敢相信。但当你真正望进那双坚定闪光的眼睛，便会知道，这一切，都是真实。

后来我们去参观女兵宿舍。

如果我的卧室是抽象画，这间屋子就诠释着极简主义。四对单人床均匀摆置在房间两侧，雪白褥单没有皱痕。军被被叠作方方整整的豆腐块贴在床头，正中央摆着军帽，警徽闪闪发亮。军装放在床尾。每张床下都放置着 3 双鞋，列队一般摆成一排，从门口望过去，四张小床，每双鞋所在的位置都是正正一条直线。

当我看到其他女兵的时候，我好像忽然就明白了。

挺拔的姑娘，并不魁梧，在我看来，却不能用"纤细"

一类的词去形容。不论何时何地，站立或坐，永远腰背笔直，永远高昂头颅。属于军人的精神与筋骨明明白白刻进了她们的身姿与容色，秀丽的眉眼和真挚的笑容背后，流转着不容轻看的锋芒烈火。在我眼中，她们的军装比再多精致的衣裙都明艳，她们的素面比任何描画的眉眼更美丽。

所以，军营真的会泯灭人的个性吗？

现在的我，大概会坚定地摇头。那些曾经觉得过于苛刻的条条框框实际上并不会限制发展空间，相反，它们迫使每个个体将在日常生活中无处寻觅的、更强大的自己发掘出来。人性中软懦浮躁的一面在苦难中被磨洗褪去，而剩下的是什么呢？是坚韧、英毅、睿智与清明。

是强者。

#3 警史

很难想象，崛起中的中国，在太平盛世的表面之下，涌动着怎样错杂不息的暗流。边境线上，无数个蠢蠢欲动的身影蛰伏待机，无数双不怀好意的眼睛日夜张望，渴盼一个时机伸出黑暗的大手，搅弄风云，在动荡的政局中攫取权与利。

警史馆的展柜之后，时光呼啸着自过去奔向今天。旧照模糊，仿佛仍缭绕着当时的血腥气息，历历记录着暴徒难以洗刷的罪恶。

印象最深的，是2009年的"7·5"动乱。阿姨边讲，我的脑海中边浮现出跳跃不停的画面。是车辆被叫停，茫然无知的司机在顷刻间被暴虐的棍棒与砖头夺去性命，焚烧汽车的冲天火光劈开夜色；是骤失亲人的孩童放声啼哭，却被森寒的凉刃割开喉管，殷红鲜血浸染灌木的翠叶葱茏。是满城混沌，是人间蒸发，是横亘在人们心中的天堑与鸿沟。

人们常说，没有信仰很可怕。但有时，病态的信仰是一切恶的源头。你永远不知道，一场崭新的风暴是否正在酝酿，"圣战"的烽火会在何时燃起，沾满鲜血的刀刃又会对多少无辜的生命大肆收割。我常想，那些被"真主"指引而不顾一切审判"异教徒"的年轻人是否知道，相比于虔诚的信仰和"净化"这个世界的"宏愿"，时局不安、政权颠覆所带来的巨大利益，才是煽动他们走上战场的野心家的终极驱动。

于是，新疆边防被赋予了无限沉重的职责：作为国之利剑，第一时间扼住恶魔的咽喉。

这也正是为什么，每一位新疆官兵都在毫不松懈地接受严酷的训练。他们所面临的，是荷枪实弹的硬仗，是生死一线的较量。一声令下，他们便要前赴后继，以自己的血肉之躯铸成钢铁洪流，与恶势力奋勇抗争。

新疆的反恐，广东的缉私，云南的缉毒。投身于自己庸庸碌碌的生活中的时候，为许多微不足道的琐事费心劳神的时候，总是很难想象，有人正准备逆仓皇万众涉足混沌，以一颗赤子之心，捍卫脚下的热土。生命太脆弱了，也太短促，它是否存续，只在于血液能否继续奔流、心脏是否仍在跳动。可是生命能迸发出最雄丽的火焰，它能否绵延，还在于它的重量，它的温度，它存在与逝去的理由。

警史馆的一个角落，安放着十数个铜塑，它们旁边的展板之上，几十张照片，颜色鲜活。那些军人年轻英毅，意气风发，却过早地把生命遗失在了硝烟之中。以目光勾勒他们面庞的轮廓，只觉文字太过单薄。但我相信，他们都未曾走远，而是化为了边境线上空隽永耀的红星，在黑暗与凛冬到来的时候，以不灭的光芒，辉映他们所深爱着的壮阔山河。

留言时，我和杨杨踌躇再三，终是提笔而书。她写"向

英雄们致敬"，我写"青山有幸埋忠骨"。是的，他们倒在过去，但无论岁月风尘如何鼓荡，都无法掩去他们的名姓，都无法模糊他们的脸容。

一首《留金》，每次听到都有万千感动。

"历纷飞炮火，不过生与殁。

无碍将赤心灼灼，呈奉与家国。"

帕米尔高原铭刻深情之二

#216 国道乌鲁木齐—布尔津

这里的天空才叫苍穹。

视野中没有直刺入虚无的摩天大厦。白日隐没在云海之中，云絮的罅隙间透出澄淡的苍蓝。近处，苍凉广漠的土地裸露在外，低疏的林丛渲染着无关葱翠的焦黄绿色。极目远眺，巨大连绵的山脉横亘在视野尽头，刀削斧刻般遒劲的纹理，如同什么远古巨兽的脊骨。

这里，云栖息在山顶，大地和天空之间是凝固的排浪。我们在荒芜的边界疾驰，在万顷天光之下，驶向不知名的远方。

新疆，我最无垠的孤独。

刚才下车拍了拍照。

两旁都是黄沙和低矮成簇的墨绿色植物，一条笔直的公路从远方一直延伸到天的尽头。我们下车，沿着沙丘向上攀登，举目尽是荒芜。孑立风中的时候，像是电影里车子抛了锚的旅客。

人总是在这样的地方、这样的时候，迸发一些有关尽头

和终极的胡思乱想。因为，在与这样广袤沉默且永恒的土地依偎着的时候，我们的生命就很自然地成了浮光掠影，成了沧海一粟——同茫茫戈壁、浩浩烟海相比，人类太微渺了。

又转念一想，在人类登场之前，整个地球大抵都覆没于这样的荒芜。几千年几万年几亿年之后，我们成为这个星球上独一无二的智慧生物，城镇蔓延攀长，填满和吞噬着从前的空白，让人几乎忆不起这片土地最本真袒露着的样子。那么，在很久、很久以后，如今目力所及的荒芜之中，是否也会生长出高楼大厦，被彻夜不眠的灯火燃得彤彤亮呢？

如果是这样，我们该欢喜还是遗憾？

我们静默地观望着远方的一场雨。深浓的蓝色把天与地交融在一起，找不到云和山脉的边界。很神奇，动态的雨，无数细小降落的水丝，在镜头拉远之后化作了如静止的一片，质地像是透过云层的阳光的光束，却有着阴影的灰郁色泽。

就在这天地相接的阔大背景前方，清晰横亘着一条浓墨勾勒的细带，那是渺渺山脉。而在那山脉之前，一粒货车徐缓驶过，车后风尘滚滚起落。在这天光云影之下，远山林丛之前，它显得万分玲珑，却赋予了这静景足以点睛的动态亮色。

纵深感，对于远方和边际的描摹，在这片无遮无拦的荒漠被诠释得淋漓尽致。大抵，那个货车司机永远不会知道，自己向目的地疾驶的轮廓，曾恰在彼时彼刻与天地相合，成为谁眼中不遇的风景。

新疆的云太美了。

一团一团，乖巧可爱地低低浮在半空，看起来蓬蓬松软，如果放一朵入口就会边融化边拉扯出丝丝缕缕的甜，能揉在掌心便变成一个小软棉花球儿。说不定，要是轻轻把它剖开，会流出雪色甜腻的奶油。又可能，每朵云都包裹着千万颗钻石般流光璀璨的星星，当它们散去，星辰便群群簇簇嵌满了夜空。

此刻，阳光洒落遍野，大地被光明与阴影割裂开来。用延时摄影，大概可以拍出广袤连绵的丘陵之上晦明变幻、云影翩跹的壮丽画面。

我伸出手，从苍蓝的天空之上摘下一团雪色，把它轻轻放在心里，和那些长不大的年轻幻想一起。

不知道该写"下午"7点半，还是晚上7点半。

北京的此刻会是怎样的呢？窗外的天空应已是昏昏沉沉的黑蓝色，楼厦的窗格亮起星星点点的暖黄灯火。吃完了晚饭，老人们三三两两地聚在楼底，摇着蒲扇，拖拖沓沓地拉着家常，一直到夜色彻彻底底压下来才踱着步子回去。

在新疆呢？7点半，阳光才开始铺天盖地地倾洒，蒸腾热度，天光明亮有如正午。满目可称秀丽的杨树闪烁着浓翠的碧叶，清潭嵌在树下，粼粼晕漾着潋滟波光。让人觉得，差不多这个时候，才应该迟迟从一个多梦的午觉中欠身起来，开始下半天的生活。

什么，你说晚上？

远着呢！

太美了。

连绵的群山之上停泊着同样连绵的云，而此刻的它们有着大理石浮雕般净脆的轮廓，饱满而显得质地坚硬。再向上，大片有如凝固排浪的云墙是蓝调的暗色，有如从大地尽头升起一般，环绕着身边处处被暮色笼罩的绿洲与平原。

此前的火烧云都不是火烧云。

在厚厚云层与云层的叠隙之间，仿佛就正燃烧着一场熊熊烈烈的天火。饱满的浓郁的即将喷薄而出的光流在苍穹尽

头左冲右突，滟滟的光有如岩浆，裹挟着金橙与玫红最赤灼
的色泽翻滚涌动。人世晦暗，四野昏沉，只有天的尽头火红
一片，晕染着最辉煌灿烂的一场日落。

或许，那片光明，通往一个满是金碧辉煌殿宇的国度。
或许，穿过霞色，便可拥抱一个比太阳更炽热夺目的小小星球。

霞色的对面，一轮明月于朗空静悬，高华明丽皎皎清清，
与焚燃般的落日遥相对望。火球堕下山脊之时，边陲的荒漠
终于沐浴在月盘的清辉之下，准备在迟至的薄暮中进入安眠。

小城的灯火依稀在远方亮起。

布尔津，终于见到你了，终于。

布尔津

对这个小城很有好感。

先记录一个小确幸吧。来的路上例行安检，全副武装的
年轻战士戴着口罩，只露出一双轮廓英气的明亮眼睛。开始
以为乘客们都要下车，便推门欲行，他摇头说不必。坐回来
的时候很自然地冲他扬起嘴角，他大约看见了，一怔。接着，
如同慢镜头一般，他唯一裸露在外的好看的眼睛，满月般清
亮却同样肃穆的眼睛，一点点弯起来，盈满了温温软软的笑意。

我心中怦然。

那一刻，他好像不再是肩负重任的战士了，而是怀爱的
普通人，小心而满足地回馈着善意，传递着让时而冰冷枯燥
的世界重新燃起花火的美好与温暖。

那样的笑容啊。

昨天到得很晚，暮色沉下来。星点灯火从视野边际亮起，
羁旅之人对一个温暖房间的思念就如同一簇火苗般燃起来了。
行驶在布尔津街头，街灯温柔，精致可爱的建筑物让人想起

俄罗斯，或者欧洲。啊，镶嵌在荒漠中的一颗明珠，如果能留久一些，一定要亲自在那醉人的微凉夜风中漫步，好好与它温存。

今天大早出城，满目遍野的翠绿。耳机里旋律轻快，从身旁明净车窗中浮掠过的尽是盈盈勃发的生机。万顷深碧浅翠的草和芦苇大片大片在风中浅曳，掂着细碎日华翻动柔波。间或，能看到沿着丰美绒草蜿蜒而去的清滩，闪动着水晶般澄亮的色泽，很是清秀。远方，一笔丹青晕过蒙雾中的淡蓝山脉，白光流动的灼日高悬在大地上方，一切都明丽晴朗。

转过一个弯，一片由蓝宝石着色的静湖映入眼帘，光辉温软。千千万万白色的风车在湖畔轻轻缓缓地转动，有如什么宗教圣境。

与世无争。

方才路过一大片向日葵。由阳光点染的金黄灼灼耀目，轰轰烈烈铺展数里，远看便是一片焦灼金海。走近了，向日葵直挺的翠茎比我们高出几许，手掌大张开才将将能盖住覆绒的叶。硕大圆润的花盘沉甸甸几欲垂坠，花瓣儿密实压叠着，翻卷如同凝固的火焰。馥郁的金黄盛开在瓦蓝的穹顶之下，遥相辉映，无限热烈。

我们已驶远了。

山行

我们在重叠无尽的山脉中穿行。

裸露在外的山的骨骼被风沙雕蚀出十分峻厉的轮廓，灰岩间杂草丛生。公路自山峰和山峰之间蛇形蜿蜒而来，完整勾勒出山脊的弧度。

这是父亲的坚实而苍凉的臂膀，鹰在云顶翱翔。

下了山，便是全然另一幅图景了——喀纳斯度假景区。绒绒软软的草茵上立着精致的欧式小房子，砖红的尖顶和嫩绿淡粉的墙，活脱脱是童话故事里印出来的。

右手边是一个巨大的集市。许多眼窝深陷、鼻梁高挺的哈萨克族妇人裹着花头巾，着一袭印制花纹的粗布裙，叫卖盒子里新鲜的瓜、桃和海棠果，以及各色飘香的果干。其他商品包括装在塑胶袋里的大块奶片和奶条，颜色明艳的哈萨克衣饰，以及暖和的裘皮、狼牙等动物制品，嘈嘈杂杂一片，别有一番意趣。

一睁眼，我们又上山了。

这里连山都是绿色的。

绒绒茵茵的草芽密密实实地覆在山上，犹如一层细织密缀的薄毯。大部分是微枯的黄绿色，有几片挥毫晕染的青青嫩嫩的新绿，显出一种生机勃发的灿烂。你无法想象这绿的广袤。山峰有多高，这绿就汹汹地攀长多高；山脉有多远，这绿就恣肆地延展多远。几十里的公路在这深翠浅碧中辗转，千万顷的丘陵与平原被这浓浓浅浅的绿洇染。野望四合，绿无处不在，像望不到边际的瀚海。

此时，草叶中卧着的碎石反倒成了配角。

大部分山峰之上还遍野匝匝地生长着青树。长青的松树色泽更深沉一些，剑锋般挤挤簇簇，形成高大郁郁的密林，晦阴和盈盈的光在挺俊的枝干间交杂涌动。想在那无边无垠的林间建一幢红顶木屋：春日风涌，沉默已久的树便簌簌吟啸；暮夏阴凉，日华细细碎碎融进林间清溪，令人心神怡爽。到了秋天，霞色糅入碧叶，漫山流火；冬季，不化的白雪盖在树顶，同栖息在山巅的大团流云相应。

多美啊。

山与山间有河谷，清河有如冷玉带。哈萨克族的毡包是撒落绿毯上的珍珠，牛羊漫步，发出悠长声唤。临行前，品尝了哈萨克族妇人自己熬制的酸奶，和目光明亮、笑容憨厚的住民合影留念。有点后悔，没有用虽生疏但确可称真挚的哈语向他们简单问候。

居住在这儿的人，大抵都有与这山和天同样广阔的胸怀吧。

风车

每次凝望着这些风车的时候，我心中总是会涌起一种诡谲的悸动。

它们那么尖锐而巨大，刀锋一般尖窄的扇叶好像马上就要把薄薄的天空撕开一道裂口。但它们又那么恒定且温柔，缓慢、坚定、沉沉地旋转，仿佛任何外力都无法迫使它们停住。

但它们总让我觉得像什么庞然的计时器，或者知晓一切黑暗与光明的秘密却缄默不言的守望者。它们背负着唯一的终极使命，以近乎冰冷的笃定不停转动，待到终有一天静止下来，时间将就此不再流逝，众生万物的活动如被凝冻般停滞，短暂死寂之后，在血色的光辉里，这个星球将迎来它浩大而致命的终结。

我也无法理解，这样洁白沉默的风车，为什么会带给我近乎宗教性质的邪恶幻想。

五彩滩

视野中，巨大的石脉沉默横陈，水和风沙把它们雕蚀出惊心的纹理。没有峻厉棱角，也没有尖锐边界，就是这样如同凝固波纹的圆润的轮廓，足以昭示自然界最包容流动的两

诗与远方

种介质所能展现出的无限伟力。岁月尽数失落在那深深浅浅的沟壑之中，我想，如果能躺在那如染朱砂的石岩之上侧耳聆听，一定能辨出流年涌动的声音。

再把视线拉远，比所立之处低出一层的碧树蓊郁流翠，向四面八方铺展开去。远方连绵的群山是大地的终极界线，有如一笔丹青带过的靛色细带，最浅处几欲与远空相接。流火熔金的灼日正在西沉，明耀的光线点染万物，人们焦急地寻找最佳位置，要采撷一抹放进定格。

渐渐地，当赤色日轮没入山峦低浅的棱线之下，霞气与云岚开始缓缓升起。由淡水粉着色，比天空本色更浅更纯的青蓝与一层瑰丽和暖的紫粉交叠融糅，晕渲出我所见过的最流丽似幻的暮霭，安静笼罩在山川四周。一不小心掉入调色盘的流云染了满身斑斓，盛装点缀着一天中最安宁与灿烂的时辰。

"黄昏时的五彩滩，是最美的。"

最后，我们两两站在观景台的石凳上，拍摄剪影。远方，穹顶已沉入深昏的苍蓝，最后一抹夕晖共霞色涂绘群峰的轮廓。暮色中有风在翻涌，桥静默，风车转动，飞鸟相与振翅，万顷林木籁籁而歌。

世界执笔为我们描摹。

或许很久以后，夕阳、山峦、风车与树都不会再忆起今日。我们的身影将化为一粒折射微光的尘，同逝去的年华一起飘入石滩的脉络。

但我会记得，我会始终记得。

有那么一刻，我曾看到永恒。

帕米尔高原铭刻深情之三

走进禾木

序曲

沿着公路摇晃了不知多久，车上的人睡了一大半。

刚才的景色同河谷相仿，都有同样的森林。用"山林"一词，总有种莫名的粗野苍凉感，而这儿的景色却让我想起彩云之南，或者宣传片里的北欧，是近乎浪漫的秀丽，丝毫没有作为祖国西北边陲的自觉。但确乎如此，层层重重的松林间，一定栖息着啜饮清露的神明，会化作一阵染有松香的山风，花上一天的时间浮掠过连绵崇山的轮廓，巡视自己的领土。

并且呢，邂逅了一条翡翠色的长河。真的是非常纯正的，不透明的冷调翡翠色，沿着山的纹路奔流而下，像是融化了的玉石，灵秀极了。

后来，在昏昏沉沉从几个破碎的睡梦中醒来之后，松林消失了，变为大片大片小小的白色野花，像是星辰的光辉溅落下来闪烁在草叶之间一般，玲珑可爱。就在野花映入眼帘

不久，车停下来，我们又换乘公交车，在美丽峰站下车，到达了现在的天牧山庄。

四处，遍野都是小木屋，大概是当地人自己用木条木板叮叮当当盖起来的。平时是自己的住所，旅游旺季就是小农庄。刚刚才获悉，它们都要在几日之内被拆去。这就是为人的矛盾所在了——若是无知者去看它，大概觉得这屋舍参差错落，显得有些简陋。但我去看它，只觉这是即将失落且不会再有的风景，可爱的小木房古朴稚拙，院落里生长着高高蓬勃的粉与白色的花儿，牛儿四散漫步，颇有原始村落的淳实民风。

在发展的浪潮即将吞没禾木村之前，好好珍惜吧。

小姑娘和小山羊

去吃晚饭的院儿里拴着一只雪白的小羊羔，顶着两只淡灰色的短短的小犄角，小口啃着地上的草芽。

吃完饭，不知谁拿来了一把冬不拉，我们拿着去外面拍照——对弦乐器一窍不通的我连怎么好好抱着它都不知道。后来，一个七八岁的哈萨克族小姑娘过来，用挺流利的汉文问我会不会弹奏它。我摇头，反问她，姑娘爽朗而自信地肯定了下来。

小姑娘个儿不高，深棕色的头发扎在脑后，结着彩色发绳。虽说戴着眼镜，那双琥珀般的眼睛还是灿烂澄澈，明亮有如山间清湖。她穿着一件套头衫，帽子红彤彤的，堆在颈间活像新生戴得不甚整齐的红领巾，让人觉得她比实际年龄还小。但跟我们交谈的时候她倒一点也不怯生，耐心地帮我们纠正抱冬不拉的姿势，合影时笑得文静腼腆，努力地略略踮起脚，想显得更高一些。

我们最后决定和小羊羔照两张照片，给了她 10 块钱。她娴熟地拢住小羊羔的四蹄，把它轻松腾抱起来，轻声为我们讲解怀抱它的办法。在她怀里乖巧有如毛绒玩具的小羊羔在我和杨杨手中像个小混世魔王一般踢蹬折腾，轻轻啃啮我们的衣衫和手腕。拍不成功，小姑娘就又不厌其烦地把它抱起来，再度递给我们。好不容易拍完，她再把它拴好，用我们听不懂的婉转的哈萨克语和母亲说着什么，平和懂事的神色自然真挚，让我心下一动。

最后，我也没能知晓她的名姓。

但我很喜欢她，非常喜欢。

不知道是不是因为新近钟情于哈萨克歌手，还是沿路所遇的人儿都怀揣真诚的心和挚淳的灵魂，我对哈萨克族萌生了很自然柔软的情绪，且有心无意地抱有了什么善意的偏袒和绵绵的亲昵。总觉得，和骏马苍鹰为伴的民族，落拓草原、遥望穹顶的民族，不管是蒙古族也好，哈萨克族也好，都有着同样博大的胸怀与自由的心魂。

栈道

我们晚上 8 点出发去捕捉日落。

前些时辰来过，"翡翠河"的水比想象中的更加冷冽湍急。河畔碧树摇曳，两旁山峦连绵，十分迷人。因时间还早，煦日仍灼灼当空，便决定回去稍事休整，晚些时候再出门。

推门而出，此时的阳光明显柔和了许多。我和杨杨并肩而前，村中蜿蜒的小路上，游人与居民络绎不绝，牛犊的轻唤在屋舍间萦荡。风鼓荡起衣衫，又把我们的歌声传得很远。

远方广袤无际的峰峦染碧叠翠，在日晖云影中勾勒出明与暗的边界。文学和艺术大抵相通，但此刻的我还是奢望自己能拥有更深厚的美术功底，这样，就能准确绘出山顶雪色

的云团和它巨大的晦暗投影，再用绿彩糅合一点明亮的金色，以描摹出被将暮未暮的余晖所笼罩的远山。

向前，跨过木桥，走进重重密密的翠林。巨大的鹅卵石铺就不算陡峭的层层梯级，奠基我自骨折一年多来的第一次登山。此刻的栈道被日落前的阴影覆没，山风清凉，路旁尽是些不知名的盈盈绿草，足下萦绕着昆虫清脆的嗡鸣。还是许久未活动过了，攀登了一会儿便觉呼吸不畅，双腿发酸，但还是决心要不断向上，努力追光。

再向上，石阶变成了木制栈道。站在一定的高度歇口气，离阴影和光明的交界线愈来愈近了。回眸处，横亘在视野中的碧绿山脊被镀上一层柔和的夕晖，一名骑手和两匹骏马的剪影自林丛中缓步而出。他们身后，扬腾的风尘同薄笼的雾霭交织在一起，在金暖的光辉里显得沧桑而灿烂。由于逆光，他们的轮廓沉默寂寥，却有如走在一个与我们无关的世界，悠悠惬惬，流年踏碎。

光，一点一点自山脊上升起，夕阳渐渐映入视野，金光四散，教人不敢逼视。

最后，终于还是铆着劲儿登上了平台。视野尽头，刚刚的村落暖华烁烁。数十成百的小小木屋群群簇簇，在山峦的怀抱中显得格外和暖。忽然感慨，曾在疏落木屋的路巷间远望山脉的轮廓，也曾于苍山的纹理间极眺禾木的全貌：村落与山的大与小，我都亲自见证过了。

日晖一点点敛去，不同于昨日的轰轰烈烈，今天的夕阳迫近西山，沉沦得十分安宁。

光线变得柔和而静美。

偶遇

刚一上山，便被一个瘦瘦小小抱冬不拉的女孩儿缠住了，拍照，一张10元。妈妈婉言拒绝后，我没太挂心，继续向前。

结果，正是我们拍照的时候，另一个小姑娘跑过来，央我合影，说还差10元就能挣100元钱了。心下一软，准备接过冬不拉的一刻，恰巧被开始的小商人看见。局面僵持，两人争抢着递来冬不拉，我向后来者伸出手，第一个小姑娘的容色一下子变得阴沉，甚至没有了撒娇的意味，而是那种鲜少在孩子脸上看到的有些怨怼的神情。

无奈之下，我挨个和她们合了影。照了照片，两个孩子立即又恢复到了平素阳光可爱得很满足的状态，我也便舒心了一些。但紧接着，第一个女孩忽然清清脆脆地张口问我："姐姐，可以把书包上的熊送我吗？"见我为难，她继续发问："你的墨镜多少钱？你带口香糖了吗？"

我有些无措，更多的是没有预料，她不但没有说一句感谢的话，反而理直气壮地开口，试图攫取更多。最后，我留下了自己的熊和墨镜，而且把包里仅剩的一块儿水果糖送给了她，但那种"做了好事"的喜悦与满足之情，被一种沉重莫名的心绪牵扯与掩盖掉了。

下山时，我与爸爸说了这件事，他对我说了很多，其中一句话让我记忆犹新："善行不求回报。度自己，度众生。"

忽然有些感触。

其实善的本质，大概在于理解——在无关乎原则的前提之下，对众生万物的差异，表示理解。理解身份地位的差异，理解思想观念的差异，理解精神境界的差异，自己坚守原则，笃志正道，同时接受并包容他人各异的处世哲学。这就包括，在自己决定行善的时候，不对对方抱有同等的期待，不要求

诗与远方

这个世界在自己的理想轨迹上运行——这本就是无法达到的事情。

反观两个孩子，终日抱着冬不拉在山腰的平台之上游荡，若是不放厚脸皮拉下姿态，逐个游客去争取与请求，又怎么会有收入？我与她们合影的理由，在于用自己微薄的力量给予她们一些帮助，又为何要在乎她们不以真挚的谢意来偿还呢？

毕竟，谁也没有说赠人玫瑰，对方便要还以玫瑰，只是自己因行善举而得到精神上的满足，手有余香罢了。

禾木派出所

是什么感觉呢？

从 10 月的暮秋，到 5 月的晚春，7 个月封山断路，7 个月与世隔绝。电是奢侈品，绿色蔬菜是受到一致珍视的宝藏，所有物资都被整齐码放在一间空宿舍里，提供战士们这 200 余天里的最基本消耗。在这段日子里，驻扎在边陲的十几名官兵除却皑皑白雪之外别无所伴，与世外的唯一联系，在于每天傍晚用同一个老旧电台发出的"都还在，平安"。

日子一页一页地过去，大家的生活是扫雪，检查隘口有没有车辙和足印，大部分岁月和窗外亘古不化的寒雪一样，单调而空白。

那他们存在的意义在于什么？有人可能会问。

禾木村，是国务院唯一下了正式禁酒令的地方。因为在大雪封山之后，居住在这里的蒙古族图瓦人只能以酒精排遣寂寞。男男女女嗜酒如命，老人小孩同座酩酊，随之而来的不仅有生理性的伤害，更有酒精催化下道德理性的缺失——尽管概率很小，尽管频率很低，但只要发案，必为大案。

这时候，这个小小派出所就成了唯一的、公理与正义的依托。

为了哪怕是百分之一的风险，总有那么些人把青春奉献给这一片雪白，心甘情愿与彻骨孤寂为伴。这些人无关乎轰轰烈烈，相反，他们的生活沉默得过分，但他们，同所有英雄一样让人敬佩。

出来时又聆听了一位维吾尔族老人的故事，这位老人践行自己对祖国无限热爱的方式，是连续 46 年在边境线上升起五星红旗。我能想象他来到北京，并从护卫队手中接过那面曾在天安门广场上空飘扬的国旗时，心中喷薄翻涌的感动与感慨——在最孤寂之处坚守信仰，是足以净化生命的自我修行。

说来也怪，不管是在仰望城市喧哗不暗的夜空时也好，还是在醉心于郊区灼灼其华的星河时也好，我都从来没有寻到过北斗七星。但今晚，从派出所的大门踏出的一刻，我却直截了当地一眼辨认出了它的轮廓。那 7 颗明亮的星星组成一柄巨大清晰的司南，安静、幽远，却以明月都无法掩去的光辉向仰望天空的人指路照明，好像毫不怨怪匆匆忙忙的人们时常遗忘它们的存在，也不在意所处的夜空是喧闹还是沉默、晴朗抑或荫翳。

它们，如他们一样，以孤独却坚定的姿态久久凝望。

这足以让人安心。

晨雨

清晨被轰隆隆的雷声震醒，窗外雨声淅沥，时疾时徐。

见识过最浓郁的油彩也绘不出的辉煌霞色，却还未看到过雨中朦朦胧胧的西北边陲。走出房间，小雨清冽温柔，远方苍山的轮廓缭绕在浅浅雾霭之中，青松的轮廓是浓浓淡淡

的青蓝色，流云停泊于昨日游人如织的栈道，层叠萦回。视野中尽是温温凉凉的山水，似是在高饱和的画面之上调了一笔流清，浓墨便变淡晕散，抹出一片蓬莱仙山。

在雨中戴上兜帽，小小的青燕在雨水中灵活翻飞，于一旁农舍的檐边乖巧地停作一排。稍有响动，一群群墨色小生灵便乍时飞散，烁烁争鸣，铺弥漫天。昨晚灯火中如织的游人大抵还未苏醒，牛儿马儿在街头踏踏，颇有"游人去，禽鸟乐"的野趣。

现在，我们重又行驶在蜿蜒的山路上，云影交叠，似潋滟的鱼鳞，有光在其中涌动。

快雨时晴。

帕米尔高原铭刻深情之四

走进喀纳斯

序曲

新疆的景处处相似却又处处不同，看不够的。

一路翠林蓊郁，我们在极度高大的松林间蜿蜒而行，几处名景已在路上浮掠而过。想必是疲倦的原因，昨日并未太多感受到山川的博大壮美。可是此时，坐在第1排，绿从四面八方生动有力地奔涌而来，不是人在绿野间，是绿野轰轰烈烈地前来拥抱你。

大背景是浮动的山脉：在与苍穹一样浩瀚绵延的峰峦之中，人与星星点点的野花一样，都是不足道的毫末与微芥——就连宽阔的公路，从远处看，都是山脊上一条曲折且极度细窄的灰带。山前，是大片葱郁的平原。立秋初至，遍野高高的麦草已渐渐褪去满身青嫩，而开始显现出色泽熟馥柔和的金黄与枯红，白碎的玲珑花儿缀放其间。

那条翡翠色的河，正是地理书上代表性的外流河——额

尔齐斯河的分支。它真如一条冷冷翠翠的玉带，川流不息，滋润着河畔摇曳的绿树与清野的花草，沿路溅起雪色的水沫浮波。

凝望着这山与水，始终钟情于碧海青天的我忽然踌躇，还可否迟迟地，对这旖旎风光低眉喃喃一句，"性本爱丘山"？

雨与喀纳斯河

雨忽然就下起来了。

开始还很温温软软的，牛毛一般柔而细密。待我看到径直切开远处天空的一道悍厉紫光之后，心中暗叫不好。

在码头前排好队，云沉沉压下来，雨便下得来势汹汹了。大雨密密层层地从四面八方砸落，沉甸甸的水滴摔碎在睫前又洇湿了颊边，与劲风一起，迫得人难以呼吸。不过一会儿，我绸布质地的衣服便被斑斑驳驳地打湿，与两臂直接相贴的衣料变得沉重湿冷，风一吹，水汽裹着浓重寒意直逼骨髓。人们瑟缩在伞底，单薄的伞篷和它们的主人一同力不从心地战栗。我手中的伞摇摇晃晃，弯柄到龙骨处处拉扯挣力，真好像要在这肆虐的风雨中崩摧成碎片似的。

队伍每前进一分，游人便发出一片细切的或焦灼或慰藉的轻叹。急迫于从骤雨中脱身的人们鱼贯交杂嘈嘈切切，从每个可能的罅隙拥进木屋。正当我们准备顺着人流通过安检时，一双黝黑的大手直接挡住了通路："你这个票不是这个码头！是那边！"无奈，一行 6 人在屋檐下等啊，盼啊，人影稀落了之后，雨也迟迟歇了。

在疏疏落落的微雨中飞快地穿越林中栈道，几乎是在到达双湖码头的一刻，急雨便又夹着冰雹赶了上来。视野之中，天河倾覆，密密沉沉的雨丝在天与地、山与湖间织起密不透风的帘幕。碎珠玉似的冰粒儿琤琤琮琮地清冷冷撒下来，点上肌肤能激起细微疼痛。手中的船票早已湿软得不成样子，只得压下帽檐，耐心等待长龙一样的队伍缓缓向前移动。

快要上船时，灼日终于自云隙里探出头。人们如蒙大赦，欢喜地张开双臂，渴盼这温度能快些蒸干自己湿冷的衣物和灵魂。

历尽千难万险，在宽阔碧绿的喀纳斯河上摇晃着的时候，新生的光让浓蒙的灰云涌动起鲜亮的暖辉，雾霭中沉默的青山从外轮廓开始燃烧，孕育水怪的静湖波光潋滟、雍容浪漫。突然觉得，在合适的光线之下拍照能更明艳的原因，大抵不仅在于光能勾勒身姿、点染眉眼，而是因为有一缕光曾在特定那刻照入我们的内核，给予它更清亮的一点生机。

噢，再给我多一些温暖吧。

图瓦家访

"脱鞋，右脚进。"

有些低矮逼仄的木房子，壁上挂着成吉思汗像、蒙古族传统衣饰和野物的袭皮。三面摆了长桌，人们在软垫上或跪或坐，面前是奶豆腐、葡萄干和果子等充满草原气息的吃食，让我心中亲切。在享受了些美食，饮尽一碗喷香的奶茶和一盏回甘的奶酒之后，身上也终于暖和了很多。

乐队让我记忆犹新。

坐在角落，看不清乐手们的正脸，乐器大抵有吉他、马头琴和两套鼓。他们都很年轻，潇洒随性，眼睛明亮澄透，像是木盅里澄亮的酒液。几乎是一开口，神色显得浮躁的人们便安静了下来。

他们的音色像汩汩流过草原的溪，清凌凌地映着天光云

影，又因溪畔栖息的苍鹰骏马，而显出些浩阔而明烈的深情。呼麦响起，我有片刻失神——那悠长深沉的呼麦声有如什么原始而殷切的呼唤，同如碧苍穹一起，同敖包骏马一起，同峻岭崇山一起，同我听不懂却满心眷恋的乡音一起，从渺茫的远古传向遥远得望不到边界的未来，从异域的山川飘入思乡情切的游子的心。

我的额吉，我的母亲，养育我牵羁我滋润我的高原，在绵醇的吉他、苍凉的马头琴和时疾时徐的隆隆鼓声里，焕发出灿烂而鲜活的生机。

后来，穿红衣服、梳脏辫儿的胖胖鼓手为我们示范了呼麦声音的三种：低音、高音和哨音。搭配简单和弦，他本人就有如一件令人惊叹的乐器，发出深郁、磁润乃至通透亢亮的振动与共鸣。而我想，一个优秀歌手的强大之处，就在于可以把深挚情感融进完满流利的发声机制，让有缘人恰巧被那种奇妙的共感捕捉和击中。

最后，他介绍了自己的乐队——旱獭。满心希望这样用心且富有真情的乐队能拥有稳定且扎实的听众群体，支持他们在梦想的路上，越走越远，愈飞愈高。

临行时，人们起身出门，乐手也转身欲行。我花了片刻，在原地隔着人声向他轻轻鼓掌，他一怔，随后对我微微颔首，双掌合十。

三湾
额尔齐斯河环绕山峰所形成的几处景观，不再多花笔墨了。

月亮湾也好，卧龙湾也好，水流都极和缓。浓郁的翠色乍看好似静止，让人觉得，掬一捧上来，泠泠河水便能在掌心化为凉润翡玉。水流完美地勾勒出峰峦边界，灵秀非常。

走栈道，狭长蜿蜒的小道幽幽漫漫地没入又升出山林的浓绿，别是一番风景。路旁直刺入苍穹的青松孤绝，而同样的林木在水边，却因群群簇簇而显得乖巧起来，如同艳艳于湖湾风光的安静的倾慕者。

回眸处，夕晖金暖，人在青山，千顷绿野沉默，万片松林曳曳。

生命灿烂。

"初日照高林。"

云气浮在山间，缓缓柔柔地萦回在树顶——不知是自苍穹飘落，恋恋地屈身俯就，还是从湖中升起，把一抹泠泠翠碧托向远空。也只有身在此景中，共万物一同蒙朝阳沐浴，看天地一片生机勃发的柔煦金暖，才能读懂这句诗的万千意境。

清晨的喀纳斯美极了。

观鱼亭

四面青山叠翠，八方绿野葱葱，碧湖如冷翡若凉绸，被轻舟织出细亮漾漾的纹路。穹峁高淡，流云萦回，湖山绵延数十里，洪荒延展千万顷，在日晖下晦明闪烁。

这里，从路旁玲珑茂郁的野花到远方横亘在雾霭中的灵秀的山峦，无不写意着一种恰如其分的美。光影，色彩，大大小小的布局，近近远远的构图：为星球雕刻纹路的神明大笔落拓，于是山川河流浮掠成隽永诗歌。

人间至美。

然而，久久，这个希求以文字触碰世界的我艰难搜刮，只觉脑中章辞雕琢刻意、破碎单薄，描摹不出这风光百分之一的美与灵动。随络绎游人时歇时停，拾级而上时，满目都

是甜蜜的痛苦——甜蜜于可亲览喀纳斯的奇绝胜景，又痛苦于双眼所见无法尽然落诸笔端，功底仍远远不够深厚。然而再一转念，能够置身于这样的胜景之中，已然是人生至幸：念不得万家忧乐，总能览四面河山。又何必为无力感牵绊脚踝，以致难以全心赏景呢？

大概，我们都有局限，也将终其一生为突破局限而勉力奋争。但总有些山河能够让人暂时忘却一切，一心只在画中游。

愿江山入梦。

中哈边界

大峡谷

中国与哈国漫长边境线的一段，是一座壮阔的峡谷。暮秋未至，雄虬的峰峦还没有斑斓辉煌的着色，而是展现出莽莽苍苍的灰黄，像是在为又一次身披华装酝酿。山下，有与此前相仿的林丛与河流，视线顺着绿的脉络缓收，就能看到共山脉一同绵延的清晰铁丝网。

我们站在一端，另一面山水依旧，却已是截然不同的国界。心中夙兴夜寐的深情亟待言说。

山间草原

几经辗转，还是憾未得见中哈五号界碑。但从淳朴安宁的白哈巴村出来的路上，偶遇了一片浩阔碧绿的草原。

与内蒙古不同，新疆地形的最大特点便是复杂与完整。远望，大片蓊郁丰美的翠色草场铺展延伸，而后不期然地没入密密层层的松林，当然，这一切都是沿着苍山的轮廓与脉络生长的。这样一来，景致既不落于单调，又不会因难于涉足而无人赏问，展现出一种恰适迷人的平衡。

我们在青翠草海中流连徜徉，足下土地坚实，浅草绒绒软软。无限山峦的怀抱之中，几群毛色润亮的牛儿在远远的树下吃草、漫步，时光和它们温敦的步子一样悠惬缓慢。

后来，哈萨克族姑娘牵来了两匹马。新疆的马儿无一不修长健美，奔跑时肌骨畅润流动起来，矫健非常。我跨上一匹棕马的脊背，抚摸它的后颈和两肋，它只是温静地立着，显得沧桑优柔。这美丽的有灵之物啊，有一双那么动人的眼睛——疏长睫羽掩敛着的棕亮眼眸，辉映着这茵茵绿意折射的细碎光辉，流华浮动，清明驯顺，好似蕴藏着许多无声的故事。

朴实而明睿，纯粹而丰宁，有独一专注的静力，更具广阔澎湃的热情——在这氤氲着草木清香的温暖浮风吹拂里，在有如翠色玉浆的清冷河水的滋润下，生命绽放，壮美如斯。

再度上路，我们马不停蹄地疾驶。相同又不同的胜景浮掠过车窗——它们已迎来送往过太多行将或已然被惊艳的游人。不论来自何方，曾置身于何等繁华与寂静之中；也不论将去向何处，拥有什么样的命轨与前程，有一点是确定的：只要曾踏上这片土地，每个人的灵魂都必将被一片永远鲜活明亮的绿意浸染。它属于祖国西北方的明珠——新疆，属于亘古闪耀的喀纳斯。

帕米尔高原铭刻深情之五

#1 克拉玛依

魔鬼城。

第一眼，我以为你是饱受岁月洗礼的石岩，走近看才知道，你是沙与土辉煌的雕工——这矗立在戈壁荒漠中的失落的城，由风沙一手缔造，又将被埋葬在风沙之中，以永恒的孤寂与荒凉，为魔鬼提供居所。

以你为纲的电影中，衣袂飘飞的女子一骑杀来，如花美眷渡嚣嚣红尘；千军万马踏漫天黄沙而去，铁蹄之下风尘乍起。盖世武才于一脉荒芜间笃意角逐，千万顷生灵绝迹，天地间唯余你我，杀意铮铮，悲凉壮阔。

你太荒凉，也太广漠，这是你名姓的来由。

可，这真的贴切吗？千千万万采油机日夜不休，无价的液体黄金从你的怀抱向世界流通。瑰丽通透的玉石在你掌心安睡，风华无二的绝美让所有人赞叹心折。这个星球最古老的生命曾漫游过你的肌肤，但最惊心的灾难未能撕裂你的骨骼，你明明该是被上帝亲吻过的热土，却只在灼灼烈日下一味缄默，接受逸兴遄飞的人们，为了读懂你而进行的无尽揣度。

但，我还是那么想问问你，有没有亡灵栖息在你赤烫的臂弯之中，有没有灯火让你享受片刻欢腾？风带来的，究竟是残酷的刑罚还是欢畅的宴聚，是凄绝的哭号还是淋漓的欢歌？

魔鬼啊，你是否真的有责于这人世间的万般苦厄，还是无奈地成为无法摆脱深重罪孽的人们唯一可以归咎的依托？

巨大的、永不能闭合的你的眼睛，以没人能读懂的姿态从高处俯瞰人世。

你不言说。

#2 去往伊犁

天际，云端。

巨大薄阔的雨云几乎沉沉占据了视野中 1/4 的大片天空，灿阳隐没在背后，金耀光束从罅隙中迸射而出，把云的边界晕染得极度透亮。

还是初次见到这样的情景，千千万万小云团在墨云的周围挤挤簇簇，如同被什么力场吸引一般呈现与光束同向的角度。阴影与光明的协调交织，使它们具有了一种被浓郁油彩堆叠过的饱满蓬勃的质感。而这样特殊的构图，让它们看起来像是急迫于汇入更浩阔的云的洪流，抑或是在如行星一般环绕着灼日，做最终的朝圣。

苍山被云霭笼罩。天与地由两种质地相似却毫不相同的介质相连——雨与光。一面，与阴影同色的雨丝织起帘幕，四野昏沉空蒙；另一面，日华自四面八方倾泻而下，苍蓝色的山川几欲腾起滚滚光浪，如蒙福佑。

绿洲和飒飒的杨树之上，是画家笔下环绕众神的云与日。

割裂，却又奇妙地调谐。

#3 赛里木湖

远远望去，赛里木湖是一条碧蓝的带。

染料，如长青染料般的质地，没有油彩那么亮滑，而是一种干燥浓郁的，比天空更深邃的蔚蓝。在视野边际，沉默地横亘着。

沿远而长的木质栈道一路走过，它的浩阔才真正在眼前铺展开来。它不是温温莹莹的一汪潭，而是一片向四面八方铺扩开去的海，远远近近地闪动着深深浅浅的波纹，辉映浅色如洗的远空，亲吻四方环萦的苍山。

在堤畔，可以一睹它清明澈透的实质。细细的软潮徐缓地扑涌上来，日光折碎在水底，如鱼鳞的波纹潋滟烁烁。密密铺排的碎石一览无余，在水波的刷洗下散发着珠玉般流丽的辉光。坐下身来，耳边萦回的尽是柔柔脆脆的水声，不时浮掠过裹着清新湿意的风，整个灵魂所挟的蒸腾的燥气便尽然被安宁地拂去了。

远方笼罩着云霭，云霭之下是横虬的山峦。山脊苍莽的灰黄依稀可辨，峦巅一抹净澈，是由团团郁郁的云着色的、亘古不化的白雪。总觉得某一刻，庄周笔下的鲲会蓦然自无垠的蔚蓝中腾起，激荡千万层漱玉似的雪浪，然后乘风直上，自峰峦云日间向无尽虚空逶迤而去。

镶嵌在这个星球上的瑰丽的宝石啊，上帝是否用你酿酒，分予骄傲的众神？

很快，我们要离开了。

站在最远处恋恋回眸，水鸟飞去了，山川与蓝得艳艳的湖在静默中流动。就好像，在这个唯有变化永恒的世界中，在尘嚣翻滚不息的岁月里，它们隽永。

我留住它了吗?

答案是肯定的——尽管我的生命渺小而短暂,尽管所踏出的每一步都在离它更远。

因为我能听到,在我心中最柔软那处,水声淡淡翻涌,山峦在日辉中生长,水鸟的长唤萦回不去,于温软荡拂的清风里飘飞翩跹。

那里盛满赛里木湖的蔚蓝。

#4 沙尘

穹顶是一片不怀好意的乌灰。

车子行驶了 10 分钟,道路两旁是广袤无际的玉米田。能没过头顶的亿万株玉米穗向视野边际无限延伸,乍望去,满目尽是秋日暖馥的青黄。

但今天,它们并不昭示丰收的喜悦。

狂风在呼啸。这风早已不是赛里木湖畔温温淡淡的软抚,而是无情逡巡自己领土的大西北暴君的铁蹄。大片玉米田翻滚起风暴中洋面般的层层波澜,未及转黄的杨树在晦暗中颓垂瑟瑟。死去的叶被风高高托起又砸碎在地面,田野和山脉肃穆,静等着一场避无可避的暴雨的来临。

沙扬起来了。滚滚重重的沙从树隙间汹涌而过,扶摇直上,把本应清朗温和的秋日黄昏搅杂得一片混沌。重云之下,沙暴泛着冷色的灰白,从最黑暗的角落席卷而来,誓要攫住一切有灵之物脆弱易碎的咽喉。

噢,你,一直用丰美的温柔的风光款待着游人们的你,终于在今日,露出了自己狰狞铁血的脸容。

好似一场浩劫的前奏。

#5 那拉提

小城的夜晚灿烂鲜活

从酒店大厅拐出来，四面八方全是喷香喷香的烤肉味儿。连成一片的简陋小摊拴着耀眼的灯泡儿，烧炭取火，摊位前倒吊着油亮的生羊，发黑的铁丝网上摆着一串一串烤得微焦的肉串儿——肉是鲜鲜割下来的。照看生意的维吾尔族女人围了花头巾，穿着传统布裙，皮肤黝黑的男人头顶倒扣着嵌花儿的"多帕"，用流利铿锵的维语和热情的汉文招呼客人。

大街小巷烟熏火燎

拐出巷子，两排绵延低矮的建筑便映入眼帘。小楼出乎意料地精致，像是刚漆过，外壁绯红灰白的颜色干干净净。四处高高低低悬挂着宾馆、酒店各色的霓虹灯宣传牌儿，沿街超市卖酒、特产和诸类薰衣草制品。暮色里的街头热闹着，人声像放在烤架上的肉一样沸灼得吱吱啦啦，小孩、青年和老人，无一不安宁快乐，无一不神采飞扬，无一不透透彻彻地明了自己的来处与归途，因而显出一种格外让人亲切的简单的幸福。

后来，选定了最热闹的饭店吃东西。看店的维吾尔族青年生得俊朗，浓眉邃眼轮廓英毅，典型的异域漂亮轮廓。小姑娘也是，一颦一笑尽是流动的风景，每次走过都掀起一拨感慨的暗叹。烤肉丰韧滋香，嫩得流油，嚼起来无尽满足。还有土豆片和葫芦瓜，覆了一层焦皮的极鲜的烤鱼，教人吃得过瘾极了。

小哥儿会做生意得很哪

每次我们焦焦灼灼地催，他就柔缓地拉长了声音，像是无奈地哄小孩子："别那么着急嘛！""我也没办法的呀！"好不容易上了一盘葫芦瓜，他还不满地挑眉："老说饿死了饿死了，你吃这个能吃饱我看看？"临行前要结账，他让我们稍坐，阿姨笑说再不来就要走了。他带笑的声音立刻从花帘后面飘出来，带着明明白白的少年气："不结账，看你们能不能活着出去。"半晌又怕我们紧张似的糯糯添一句"开玩笑的"，惹了满堂笑声。

结账的时候，小哥大略点数，然后豪爽地抹去了所有零头——12块变成10块，38块变成35块，视菜单如无物。我们疑惑发问，他便一笔带过地含混过去，对自己的一点儿亏短丝毫不在意似的。出门时，我们道谢，并挥手向他告别，他一一应下，容色坦荡温柔。恰逢归来的老店长与我们照面，也进行了亲切热情的问候。

走到外面，人影已疏落了，灯火暗下来，夜风很凉，我的胃里心里却都像燃着红泥小火炉一般，熨熨帖帖、暖暖烘烘的。

我想，每个人的灵魂都有那么一角，在向往着一座安稳小城热闹的暮色——那嚣嚣喧哗的街头巷尾所涌动着的，真切可触的深情，让我们感觉活着。不仅如此，这样的地方总孕育着真诚有趣的生命，等待我们在茫茫人生中与之邂逅。尽管无法久久驻足，彼此命轨交会时所迸发出的灿烂光彩，已足以点缀余生。

忽然想起，几个时辰之前，我和杨杨携着手，边散漫地迈步边哼唱着："陪我在那拉提街头走一走，直到所有的灯都熄灭了也不停留。"

那时，黄昏的街头人流川涌，暮色把每一张年轻或沧桑的脸庞都渲染得极度温柔。小狗向远方跑去了，细雨积作的浅洼里，摇晃着一座城的灯。

帕米尔高原铭刻深情之六

那拉提草原

山林

云从四面八方的穹顶铺卷下来。

厚厚铺开的云层翻滚着湿沉的雨意和暗涌的光。三面环绕的苍山轮廓流丽，绿意茵绒，峰峦的纹理间落满滚滚如燃的云岚。近观，密直的沉墨色针松在天光下丛丛而立，面前的满目苍莽在大片烟云间隐现不定，恍然有如仙境。

松林缭软雾，人世凝清光。

草场

笔直的公路两旁尽是青郁的草场，高高绒绒的草儿几欲没膝。千万顷绿野如衾远的海，向远方青峦无限延伸。碧草就着岁月恣肆翻长，葱葱地沾着清露。群群簇簇的细碎白花儿是摇晃在草间的星子，曳曳烁烁，遍野流辉。

哈萨克少年御风马背，年轻的眉目辉光熠熠。翻卷的草浪之中，乌棕色的骏马四蹄如飞，长鬃猎猎，精韧肌骨舒收流动，大地共蹄声浩浩震颤。自由，自由的力量，同无限碧绿的生机在这浩渺天地间横流。

大巴载着一车艳羡疾驰而过。

少年面前，一整片草原徐徐铺开。

世外毡包

蜿蜒过一条漫长的山道，我们到达山巅。

视野中除了温脉的山峦，便是错落雪白的毡包——哈萨克牧民生活于此。走进毡包，四壁垂挂着手绣的帷被，宽大绒厚的嵌花地毯上横陈一张长木桌，桌上高高低低的玻璃盏里摆着各色山果蜜饯、奶制品和香酥的小点心。我们跪坐下来，尽兴品尝本地人自制的吃食。喝着浓滚的奶茶，吃着焦香的羊肉，一路驶来僵寒的肌骨终于活适起来。

这儿离我心中保藏的灿烂的哈萨克如此之近。

哈萨克族孩子在绿野间嬉闹，像山间的幼马一样活泼好动，丝毫没有城里幼童忸怩的骄矜气。男人们有着黝黑的皮肤和英毅的轮廓——小伙子意气风发，老人们硬朗矍铄，一身的精健肌理，大抵是常年与风雨日晒为伴的结果。女人们呢，围着头巾，身穿花裙，明邃如画的眉眼间是拂云流水一般的温柔。

苍山草原间孕育着的美丽灵魂，比青松更坚韧，比穹隆更寥廓。

与大城市里的川涌繁华、灯红酒绿相比，他们的生活太过简单纯粹了。我时而疑惑，终日在这山峦怀抱中守望，是否会感到枯乏与寂寞，但又觉得，将世人汲汲戚戚的名、利、虚荣与物欲强加于这天地间最自由的生命，是一种全无必要的亵渎。

下山时，我的头脑因饱足而昏沉起来，视野边际掠过矫健灵动的马儿和毛色旖旎的牛群的身姿。风吹过来，四野弥漫着温淡清新的草香。我模模糊糊地想，或许待我们回到人间，会发现隐没在山峦间的来路已然无处可寻，这一切，不过一场似真如幻的大梦。

遥远云层里，日光即将喷薄而出。

森林公园

人少的地方多易于呈现本质的美。

平坦的小路，两旁是葱郁挺隽的松，茸茸的低矮灌木覆盖着林间湿软的土地。雪白细碎的野花撒落在草叶之间，偶能看到丛丛如凡·高笔下的向日葵一般开得热烈的小黄花，以及合宜点缀在裙摆上的明丽又纤薄的兰。

我们步子散漫，放纵呼吸着雨后林间清新的湿气。很静，被雨水冲刷得鲜亮的红瓢虫停在草尖儿，橘色虎斑蝶扑扇着美丽的纤翼闪烁进野花深处。高高密密的林木在呼吸，风掠过的时候，它们共同唱起一首古老的歌。

走着，走着，雪白的团团郁郁的云散去了，天空露出本质的蔚蓝。有光透过枝蔓的罅隙洒下来，在不知名的浓绿之上晕散一片金亮。午后，灼日终于迟迟拨云散雾出现在那拉提上空，不再吝于以自己的暖辉普照大地。

我的心同所有感官一起满足而舒淡地张开了。

去往巴音布鲁克

雾

像什么呢？像上帝的巨手往浸饱了沸水的云里撒了一把干冰，雾像从火山口迸出的岩浆一样喷薄而下，把整个世界笼罩在一片虚空之中。

雾太重太浓了。开始，它先是在山脊奔流涌动，为山脉披上一层浅苍白色的柔纱。接着，它是浮动的纱带，把峰峦的一部分掩敛在自己怀中。很快，它便有如熊熊大火腾起的浓烟一般翻滚、聚合，以可怕的速度凝结成浓白的不透明的介质，从天地四方汹汹而来，把远远近近的山脉尽数吞没。极目而眺，人世有如被包裹在鸿蒙初开前的混沌之中，四野雾绕，八方乌白，冰雨从每个可能的方向厉色而落。

有一刻，我们面前的路都被吞噬了。蒙蒙雾气在风中狂乱地涌动，前车的昏灯像海夜里奄奄摇曳的渔火，对面大车破雾而出的轮廓鬼魅般沉默而幽幽。一切昏暗，一切朦胧，雾好似悄然无声的幽灵大军，以不可拒绝的来势攻城略地，利用未知布设白色恐怖。

看似柔软易散，实则狡狯而致命的战士。它们既没有森寒的铠甲，也没有尖锐的锋刃，但却摸准了人类刻在骨子里的对于"看清""看透"的焦灼渴欲，于是决意把那份所谓的"一览无余"揉皱捏碎——到头来，杀死我们的，是我们自己的不安全感。

我不觉得这是云山雾罩的仙境了。

这才是魔鬼城。

帕米尔高原铭刻深情之七

巴音布鲁克草原

雪山

我们只在清晨瞥见了雪山的掠影。

阳光的照映之下，山峦显得格外挺俊丰柔。绒绒茵茵的绿意晕渲着大片金亮暖晖，而流丽纹理的背阴处，是需浓抹重涂的沉沉阴影。光影交辉，使横亘在我们面前的山脉具备了极度立体的质感。

不期然地，向上蔓长的绿意淡下来，取而代之的是以干燥浓郁的染料涂绘作的雪白。无论灿阳怎样炽热，炎夏如何流火，云雾沉涌的山巅都雪色亘古，那是无可撼动的凛冬的王座。那片苍而粹的白啊，白得辉光潋滟；从混沌中降生又将绵延向遥远终极的寒啊，寒得莹莹赤灼——只可远观，无缘涉足。

随后，只一顿饭的工夫，云岚便涌下来，掩敛了雪山的峰巅。古老的王朝缓缓闭合门扉，不再向年轻的朝圣者们展现自己历历千年的浩阔与美艳。怅然眺望那流翠的山脊，我们都有片刻恍惚。

方才所见，是否只是流动着光的，雪白的云？

天鹅湖

四方丘陵起伏和缓，在天光云影之下有如一匹巨大的绸练，翻滚着流丽的皱褶，矫揉粹亮的鲜绿与初秋的熟黄，向遥远如画的雪山铺涌而去。云很低，在金亮的辉光里团团郁郁，穹自云隙间细碎地露出瓦蓝。

路过一个绵润的小丘时，邂逅了一只小小毛茸茸的旱獭。绒绒的绿意间，它呆呆立着，好像在痴望面前阔大的天光草色，一动不动。它身后，光在流转，云团缓缓垂落到丘陵之下——天地在流动中静止。

小与大的，生命的和谐。

蜿蜿蜒蜒的清溪掠过草原，汇入不远处一抹清潭。远远地，野鸭和鸥是撒落水面的珍珠，天鹅泊在浅岸，似迷途的两团雪云。走近看，野鸭的羽镶满精致棕纹，灰白的小鸥有橘色鲜亮的喙。潭面映了云的白和远空的湛蓝，在美丽的水鸟安然浮过时漾起层层翩翩的纹。

天鹅，人间极致优雅高贵的生灵。用它纤直的乌足独立着，柔亮的羽白得像覆了一层薄雪，修柔的颈项后弯时勾勒出让人心折的弧度，看上去优美易碎。游动时，雪翼划散清波，不知身在潭里还是天上，水中抑或云中。

临行时，群鸥自水面振翅而飞，回眸望去，潭面辉映出无数修长羽翼的倒影。水鸟长声的脆鸣在天地间萦回，高华明丽。

一时艳艳愣怔。

它们是这世界最美的创造，是令人醉心的风景本身。

观景台

不站在这儿，便无法理解何为"天地悠悠"。

极目远眺，一线窄峦环萦四方，穹隆的最远端与皑皑雪峰相接——天上流云泊落山顶，山间雪气升上碧空。视线缓收，八面青峰如聚，汹涌凝澜直指天际，纹壑翻滚，晦明流动。再近来，如近岸的海潮收缓一般，山峦化为浩浩无垠的一马平川。千万顷叠翠草原与远空同阔，目力所及皆是草海起伏，似彩墨淋漓洇洒，深深浅浅，浩渺大地尽着色。

名"九曲十八弯"的溪流是错落流过草原的瑰丽玉带，水色如银练一般莹莹粼粼。天光与云栖居水底，同四周的碧绿暖黄相融相映。溪宽而澄朗，每个回弯都流丽畅润，近观俯瞰，都是一样的艳艳明丽。

是了，巴音布鲁克的景色就是如此。

鲜有风光比它更广阔浩瀚，却亦少见美景比它更灵秀斐然。每座青峦，每条河流，每片绿野，无不落拓着优柔丰美的诗意；而千万座青峦，千万条河流，千万片绿野，翻滚交叠，绵延无限，便写意成天地间壮阔无二的大美画卷。最巨细靡遗的相机拍不下它的丰神俊秀，最泉涌生花的妙笔写不出它的雄丽气魄，教人只恨不能化作一阵风，花上一整个日夜沿土地的轮廓浮掠而过，只为亲吻它的每道纹路、描摹它的每寸骨骼。

此刻，我凝望这人间至境。

悠悠天地向我涌来，我弥散进如画河山。

何来怆然？

去往和静

玛尼堆

新疆的山路实行区域测速，限制很严。

坐在车里缓缓地颠簸摇晃着，四野裸露的山峦从视野边际很慢地流动过去，车里热气蒸腾，容易让人被温温的倦意捕获。

刚才，趁着停下车略作等候的工夫，我们走向了不远处矗立着的一个玛尼堆。玛尼堆最中心是密实粗厚的一捆焦色枯枝，周围堆着拳头大小灰色粗粝的碎石。两旁隔着一段距离，各立着一柄笃重的黄铜三叉戟。数十股透明韧绳两头绑缚在草堆与戟叉上，绳上的五色经幡密密叠叠地在风中翻卷鼓荡，如万千鲜明而怀希冀的帜。

走近才明了，每一面经幡都并非空白。那些印制整齐的藏文飘摇萦荡，不知是记载着古老美丽的咒文，还是寄托着一些我读不懂，但却极度真切的遥远祝福。苍穹一片广袤蔚蓝，流金白日熠熠生辉，我们沿着玛尼堆转过一圈又一圈，四面八方传来经幡昭彰时的轰响。

像即将远飞的鸟群拍翼鼓风。

脑海里自然地浮现出《冈仁波齐》里，去往拉萨朝圣的藏族老少。在青天之下，同样猎猎作响的玛尼堆旁，他们的笑容沉淀着一路风雪灼日的浮光掠影，却纯净有如纳木错终年碧蓝的湖水——有正性的信仰的力量，是巨大的吧。

我继续走着，却不知该祈祷些什么，心中破碎地掠过他们在笔直的国道上一步一叩的身姿，身后的山峦从冰封的雪白蜕变为鲜亮的翠。

他们与天堂的距离，大抵比我更近。

帕米尔高原铭刻深情之八

去往吐鲁番

不毛之地。

满目炭色的沙与灰红的土绵延不绝，裸露高耸的石峰被风与岁月斩削出粗硬狰狞的纹路。羸弱的绿意缀在胡乱垒于路边的石砾间，却显不出丝毫勃发的生机，反而把苍野的荒芜衬托得越发峻冷。

这儿好像被上帝遗忘的角落，在雕刻出山脉轮廓之后草草竣工，任何形式的生命都残忍地拒绝驻留，让大地黯然承受百年孤独。

天显得淡远而苍白，找不到飞鸟的掠迹。

穿越辉煌繁华的伊甸园，我们终于走进了废墟。

吐鲁番

坎儿井

吐鲁番的最大特点是炎热——走在路上，只觉烈日炙烤，四面绿意寥寥，马路上几乎要腾起热浪。

但走进"坎儿井乐园"，这样的燥灼便立刻被舒缓了下来。静美的院落里，高大明亮的梧桐树在日辉下烁烁，精致的维吾尔族民居被漆作奶糖一般柔和甜蜜的颜色。再向内行，几处幽长的葡萄架是安静的廊，无数葳蕤卷曲的青藤攀长在上面，宽大的翠叶密密层层地垂下来，叶片粼光间有初熟的绿葡萄，流润得如一串珠玉。

坎儿井的水流给予了它们蓬勃的生机。

今天才真正弄懂了坎儿井的工作原理。修挖坎儿井的前提条件是地势落差。工人经过精密计算，从距农田数十几百公里的山地打通竖井、修造暗渠，让地下含水层的清水进入渠道。随后，继续向前以较含水层走势和缓的角度开挖水渠，直到渠口在邻近田地的某处达至地面，接明渠，引出一个蓄水池，用以大面积灌溉农田。

走下博物馆的旋梯，坎儿井原貌便出现在了眼前。沁凉的地道十分轩敞，隐隐能听到泠泠淙淙的水声。垂眸处，脚下正奔流过清溪般的流水。那凛冽的水流在黑暗中潺潺淌过，一流便是 400 年风华悠悠，一流便是数十里山河日月。

如同万里长城捍卫了一个民族的希望，京杭运河连接起几代王朝的荣光，在坎儿井的贯通之下，濒临衰萎的吐鲁番大地恍若新生地勃发、生长。远方雨水流淌进门前的田野，高山融雪滋润了干涸的平原，被热浪炙烤着的人们如蒙福佑，在这一度无限贫瘠的土地上安居乐业、代代繁衍。

古代人民以无限智慧对抗干旱，也终于，得胜凯旋。

走出甬道，浓绿叶隙里流下的日色暖融融的，好像为修筑坎儿井付出全部心力的无名英雄感慨怀爱的目光。远处，眉眼如画的维吾尔族姑娘笑了，葡萄干的甜香浅浅幽幽，溢满了整个回廊。

交河故城

在观景台上遥眺对面的岩壁之上的故城。那些苍老的建筑已被风沙雕蚀成面目全非的灰黄的林，渺小得像是被哪个粗心的孩子遗忘在海滩上的沙堡，沉默地经受着历史浪潮残酷不息的冲涌。

而只有踏上那条蜿蜒过千年的古道，才能真正感到两旁石土之城的无限巍峨。遍布粗粝刻痕的古屋的骨骼颓立在苍天之下，极目野望，尽是如历浩劫、风烟滚滚的苍莽残垣。昔日的窗洞失却了生命的气息，有如无数黑暗空茫的眼，最后一丝光折碎，最后一滴泪干涸，回应岁月的只是沉默，长久的、无悲无喜的沉默。

可是恍然间，一切都不是如此了。

将薄西山的落日沿着弧形轨迹落回地平线，呼啸千年的风倒退到它最初的起源，被吹散到山河各处的尘与土汇聚为盛大的洪流，滚滚涌向孤矗的废墟之间——只消片刻，自方才的满目荒凉之中，生长出了巍然屹立在历史巅峰的交河都城：黎明辉光缓缓升起，楼阁殿宇耀耀而腾，人们共日色一同醒来，灾难与苦厄与他们无关。

但从那一刻起，历史的车轮便已开始运转。

谁能想到，2000多年后的如今，被战火扼住咽喉的失落的城，会以如此面目出现在世人眼前。曾经人声鼎沸、繁华群簇的建筑群落，此刻仿佛拖着残躯的士兵，在嚣嚣风尘之中努力列队，却只能写意出更深更浓的悲穆与落寞。它败了，输得体无完肤——在与时光的负隅顽抗之中，不可能出现胜者。

但它真的败了吗？

2000多年后的如今，依旧会有人以悲悯怀爱的目光凝望它残破衰颓的身躯，依旧会有人虔诚地抚摸它寂寞矗立的骸骨；依旧会有人溯岁月风尘去探求它所孕育的智慧，依旧会有人为它昔日的坚强与博大赞叹颔首。哪怕有一天，这苍凉的废墟被彻底夷为平地，交河故城，这个厚重而美丽的名字，将依旧被传说，被念诵，被每一位朝圣者双手合十地铭记——于是，它永远不会真正死去。

落日即将西沉，沧桑的石壁被涂抹上如流金的灿烂辉光。我们惊讶地发现，一丛浓茂似灌木的植物就生长在城楼断壁的脚下。风吹过，它郁郁交叠的枝便曳动起来，无数小小圆圆的叶片染着浓翠。碧叶之间，几朵玲珑纤薄的花儿开了，是风致嫣然的粉白色。

有蝴蝶轻轻停在上面。

重返乌鲁木齐

不知道什么时候，广播有了信号。

FM103.9 恰好在放一首轻快的 rap，年轻的 rapper 来自新疆。漂亮的吉他和弦里，高楼大厦从视野边际生长起来，浓绿的树丛点缀其间。由两排高高路灯看守的公路宽阔笔直，飞快川涌过各色汽车。头顶，弧度优美的高架桥彼此交错，割裂了天空和远山的轮廓。

仿佛一低眉又一抬眼，我们便从远古的荒野驶进了新纪元的大门。

若是让我从一个摇摇晃晃的睡梦中醒来，不看深绿色路牌上绘符一般美丽的维吾尔语，我大概会昏沉地想，这里是我没到过的北京的一角。大城市就是如此，随便自目力所及处取一个定格，只要不择什么地标性建筑，便无人能分你我。

大车里空了一半，杨杨一家今日回京。

凝望窗外城市的模样，心中很亲切，又有些恍惚。亲切

于，这繁华的街道让我忆起北京，忆起新漆红的楼和小区外终日流动的光的河，忆起沉在琉璃瓦鳞隙里的剔透的暮色——不禁失笑，扬言从未把京城视作家乡的我，假以时日，也开始有些挂念那座眉目流丽的老城了。恍惚于，被埋没在现代气息里之后，属于自然和旷野的记忆在以惊人的速度淡去。此前那些雄奇的山和明润的水像破晓时的梦，在黎明照进意识后开始塌陷和破碎，只余一些荒而乱的浮影，教人无迹可寻。

我总可以留下些什么的吧。

帕米尔高原铭刻深情之九

天山天池

天池

天池是山峦环抱间的一汪蓝。

池水与远空同色——不若叠青堆翠的东小天池光彩绮丽,却颇具一种极净纯的美。远远望去,碧水似流动的蓝琉璃一般清润冷郁,风拂过,池面便泛起层层翩翩的深软波纹,碎光潋滟烁烁。

与长白山笼罩云纱的寒池相比,新疆的这片天池显得格外疏朗清美,真如青峦环萦之中的一碧宝石,钟灵毓秀、风致盈盈。红檐金廊的龙舟徐徐浮过,若再笼几绡芬氲暖烟,飘几度玎玎仙乐,可真是神女们沐浴宴聚的凡间瑶台了。

这儿当真是西北边陲?

看着这满目清池蔚蓝、林木葱郁,每个人都不禁要扪心而问。大概,唯一能表明我们并非置身秀丽江南的佐证,只余穹顶之下影影绰绰的远方了。

彼处,几脉苍山相对出,云泊峰顶一抔雪。

#林

天池边林丛极葱郁的。

满目新绿，半人高漫枝的绿植翠碧油亮。绒叶间，垂坠着一簇簇玛瑙珠儿般玲珑红亮的甜果，错落着风致楚楚、极可人的五瓣花，还有满布纤韧芒刺的丛丛紫蕨藜。四面蜂蝶闪烁，生机勃勃。

山峦上的松有极富诗意的名字——雪顶云杉。松木粗厚，剑刃一般数十米直刺穹隆，披挂一身郁郁如流的深翠，四野密嵌成林。林间大片凉翳，枝隙间蒙光处丛生着细茎长叶的灌木和湿湿软软的绒草，蓬厚的泥土间落满暗色松塔。深吸口气，沁凉的空气流满肺腑，是林间特有的清新温柔。

走过一个林间长凳时，偶遇了很朗润的光。流金一般的日色沿山的脊骨淌下来，自柔绿的草叶间细碎溅落，簇簇金堇狭细的瓣儿被涂抹得耀眼，翠茎交错处巴掌大的精致蛛网流光溢彩。坐在木凳上，人们的眉眼显得格外柔和。

长凳不远处，是一棵死去的云杉。它粗而虬结的根盘绕着自土壤中裸露出来，最细末处也足抵婴儿小臂。光褐的树干横亘在蓊郁林丛之间，如一道荒芜的坝，在四野青美的生机之中显得苍凉而孤独，但于青天流光之下，又显出一份令人敬畏的悲雄的美——它倒下了，却以自己不会朽腐的躯干为我们写意出真切的森林的模样，生与死轮回运转又彼此相依，每一片沉寂之下，都可能孕育着崭新的几欲喷薄的绿意。

广袤而富于变化的事物，如森林，如瀚海，总能给人以清鲜与崭新的思考。

#飞龙潭

水从幽深的林隙间奔涌而下，在石层的差势间形成了雄丽的山间瀑布。

澈透、泛着长青深绿的池水自石间急转冲荡，水流雄湍急阔、排玉漱雪，激起千万层汹汹滚滚的浮浪，大有"急湍甚箭，猛浪若奔"之气概，水声浩浩振清坤。空中浮漫起的湿气如烟似雾，轻软地拂面而来，在日华辉映下折出绰约的虹影。

陡陡缓缓十数层弯绕飞落之后，汹涌浩阔的雪流轰鸣着堕入下游碧潭，潭水在冲击之下翻滚出玉一般冷润的翠色。近岸，涌动的涛澜终是柔了、静了，因而显出明澈的本质，沙底细密铺排的圆润卵石历历可数。

稍憩片刻，身旁，光碎落在碧水细柔的鳞纹里，潭边的风清新而裹挟冷意。一程跌宕轰烈之后，飞瀑终于止息下来，迎来了一个安宁与平静的终极。

黑龙于此栖。

江布拉克

我愿永远待在这儿的。

满目连绵的丘陵。

秋日的峦啊，覆满绒绒厚厚、糅翠浮金的毯。密簇着的丰熟麦穗翻滚蔓延，贴着山丘流润似柔波的宽厚的脊，汇作一片起伏无垠的海。无数道彼此平行的收割痕迹长而温畅，从凹峡生长出来，浮蔓过一整个温峦，又极缓地落到山底，在错落的山陵间勾勒出编织般的几何美感。

金色，丰润、温暖与耀眼的金色。是剪一段日华淋漓泼洒，以雨水搅拌着岁月浇灌，四野便生长出千万里绵延不断的秋天。

再向上走，能看到大片高粱一般淡红的野草，茎细高，

蔓生出小小旖旎的干穗，秀拔明丽的白花儿星点错落其中。风吹过，漫山遍野像是浮起萦萦蒙蒙的雾，一层层地曳曳荡荡，飘摇温柔。

再深远处，野草被打成一捆捆的以预备牲畜过冬。空气中飘浮着清新潮湿的香气，那是草地沿着经脉被细细剖开、鲜嫩的翠叶被轧榨而微发酵蒸腾出的气息。在这样的空气里漫步的时候，好像真有一片草原温温徐徐地自心中生长起来——想必，那些眸色清润的牛羊在漫山流雪中咀嚼着这样的牧草时，肺腑中也将弥漫一整个秋天的温煦与馥郁吧。

长久以来的碎梦，是去瀚海最深处做一尾鱼，与无人可知的暗邃秘密为伴——然而今天，此刻，这样的幻想不期然地动摇了。

如果可以，我想化作与麦田为伴的什么。

不做一棵麦穗，因为它太短暂单薄——淹没在无垠翻卷的金黄里，前后不过几颗麦粒、一度春秋。不做一只飞鸟，因为它太漂泊无定——麦田只能是它翼下一抹青黄，云层之上，是它终生寂寂、无所依托。不做一个农人，因为他太郁郁劳碌——岁月流落进他脸上纹壑，一方壮美是他坚牢枷锁，无情岁月如流，记载他无限颠沛操磨。

而要做一棵树——一棵不高但郁郁，迎风与阳光生长的树。

簌出新芽时麦苗青嫩萌勃，一树碧玉时田野葱冷染翠，叶脉浸彩时漫山金浪翻滚，赤对寒风时沃土白雪尽覆。足下，麦穗盈盈地生而覆灭；头顶，飞鸟稍作停留又振翅远走；身旁，年轻农人念着未竟的理想黯然老去。而我以如一的姿态茕茕孑立，看世事更迭、四时胜景，枝丫间天光起落、岁月枯荣。

我缄默，却能铭记匆匆流年里每个染满麦香的故事，历数这块土地的每道筋脉与骨骼。我坚守，却因满腔从一而终的美丽深情，而能获得永恒的、亘古的自由。

　　我多愿永远待在这儿啊。

江西行游记

李坑篇

作为本家的发祥地之一，我定是用了全部心神去感受的。一进门，便是两塘枯萎的荷花，秋风萧瑟之中的破败却孕育着来年的勃勃生机。沿途一块连一块秀雅的田垄种植着不少蔬菜。偶有素静的浅粉色小花点缀于如茵青草之中，青嫩得紧。伴随着青石板路两旁的山泉水纯净而清冽，微漾的水波倒映出两岸秀美的景色。到了略宽敞些的地方，还停泊着几个竹筏，安静地浮于水面之上，有沉静人心的魔力。

婺源的树也同样挺拔秀丽，唯有随处可见的樟树粗犷磅礴些，却偏偏带着毫不掩敛的清香之气，远远走过便能嗅到这沁人心脾的气味，为香樟木平添无限温柔。

后来再向前走，徽派建筑渐渐多了起来，黑白的色调与飞扬的檐角颇有些国画的韵味。排列整齐有致的青色瓦片与被岁月侵蚀的白色墙面构成一幅和谐雅致的图景，碧水两旁的建筑在温软的南方口音与清明果的香气之中呈柔和的弧线形跃入眼帘，极是清丽。

这便是此行的第一景，北方长大的小姑娘邂逅精致素雅的安徽风光，留存于心中的只有满满的惊艳。

篁岭篇

乘车至山巅游览，风景犹如仙境。印象最为深刻的是5处建筑与3种景色：

怡心楼。大红色木楼缀有灿金漆料，门窗楼阁之雕镂也皆繁复贵气，实属婺源之少有。也正是如此，繁华不输京城建筑的怡心楼矗立在清新的蒙蒙烟雨中，令人眼前一亮。

查记酒铺。清润的雨丝飘过酒铺的屋檐，人影未近，已闻那空灵悠扬的笛声，走近细察，酒铺店主模样的男人执一只木色温润的横笛，正于大门口轻缓吹奏。店中端端正正地放置着几排瓷缸。想来，那缸中美酒，定也带着年华沉淀的馥郁香气吧。

怪屋。于我们来说，是此行最有趣的地方之一。一看那斜斜的门脸儿就能猜出几分，小心翼翼地踏进去，我们凝神清心，努力使自己在这倾侧的地面之上找到平衡。楼上则有设计精巧的"悬垂房间""隐形斗篷"等，却都被聪慧的同学们解开了谜底，怪屋之中，我们感受着这盎然童趣，绽放出会心的笑容。

酒吧。嘈杂的音乐从门口飘出来，一下子唤醒了心中对于喧嚣城市的那份记忆。迈进门，却并无玻璃杯的叮当作响，觥筹交错。纷繁灯光落处，只有古色古香的檀木桌椅映入眼帘。工作人员好奇地打量着我们——店中仅有的顾客们，大家并未多作停留，一整个午后，这酒吧竟都冷冷清清的。

小店。这小铺本是有一个极清新的名字，却没记下，满心遗憾。只是匆匆路过，依稀看见橱窗中充满生活气息的

小物件儿，还有外墙上悬挂的写有"除老板娘外均可出售"的装饰板。导游说，小店在微博上已经着实火了一把，赶紧再多看两眼，老板模样的人正俯下身子切割木材，身旁铺一片薄如蝉翼的木屑卷儿。看到我们，便抬起头，一脸和善朴实的笑容明明白白写在脸上的，还有那种淡泊名利的超脱。

——远山黛。一到篁岭，这云雾笼罩的天竟飘起了蒙蒙细雨，啊，果真是温婉的江西，连这雨丝也雾一般缥缈，雪一般轻盈，绝无北方风雨的刺骨凌厉。落到睫毛上，便消融了一般遁去踪影。再看那烟雨之中的远山，近处的山体被斜纵交织的雨丝染成了深灰色，越远，这灰便越清淡，越梦幻，仿佛一滴浓墨晕染在了宣纸上一般，又仿佛与天色融为了一体。而我们，就在这幅泛着青黛色的水墨画中踽踽前行，成了无双的画中人。

——花海。从山顶延伸到山脚，是一片开得恣意的三角梅，在雨露滋润下，它们粉成了出阁少女面庞上的一片红晕，粉成了日出之前天际壮美无限的那朵云霞，兀自开得明艳俏丽。我想，它们定是为这山峰装点的精灵，否则，怎会美得这般惹人怜惜？

——晒秋。烟雨之中的楼阁，黑白相配更添了几许韵味。却看那檐瓦之上，红得喜庆，黄得纯粹，那般明艳鲜丽。后来才得知那红色是辣椒，金黄则是皇菊。这种庆丰收的习俗叫晒秋。走近些瞧，皇菊瓣轻薄微卷，辣椒则是弯得极可爱，房梁上还挂着些玉米，个个饱满丰嫩，令人馋涎欲滴。在秋菊的清香、辣椒的爽利与玉米的馥郁之中，秋来得悄无声息却又轰轰烈烈。听，那是秋的声音！听，那是丰收的序曲！远处，有位老妇站在窗前，风雨沧桑造就了她满脸的沟壑，但那依旧清澈的眸光里，我看到满满的笑意。

庆源村篇

晓雾迷蒙，随风流动的云雾绕在山间，葱葱郁郁的树木只得依稀辨影。这云山雾绕的奇妙景观，真如蓬莱仙境一般，令人叹为观止。

漫步在村中的小路上，两边都是沿山势而下的梯田，生机勃勃的农作物密密匝匝地生长着，不时有公鸡雄赳赳、气昂昂地走过。生活的气息便从四面八方流溢而出。不知从何处蹿出一条体形精壮的黑狗，摇着尾巴，目光善良而友好，总是踮着小碎步在队伍里跑前跑后，可爱得很。

后来看到了些民居，一样风格的徽派建筑，秀丽雅致，都傍着一条玉带样明澈的溪流，这里的路都由一色的青石板铺就。偶遇几位挑着扁担、头顶草帽的居民，都先打量几眼，又露出极淳朴的笑容，家家户户也不怕什么抢夺偷窃，大门都敞开着，导游用方言一招呼，便能得到热情而亲切的回答。

到那别致的凉亭歇脚时，黑狗正叼着一块不知从哪儿捡来的骨头，津津有味地啃咬着，从村头到巷尾它一直伴着我们在这村庄里游玩，用那双澄澈的眼眸注视着这些远道而来的客，莫名地，有些感动。现在才明白，钢筋水泥筑就的城市，每个角落都泛着些清冷。而庆源的温暖好客，展现在纯净的眼神里，展现在明亮的笑容里，展现在那一张张或苍老或年幼的面庞里，所以，在首都生活了十余年的我，在这简朴乡村感受到了前所未有的震撼与宁静。

晓起村篇

一入古村落，首先映入眼帘的是树，满眼苍翠的树，挺

拔而巍然。叶片在轻拂的微风中飒飒作响，每一根纤细的枝条都极柔美婀娜。而后那民居便忽地从树木掩映之中探出檐角儿来，让人很是惊喜。

午间时分进门，刚好有一家张罗着吃饭，一家老小数十个人在圆桌前团团围坐，有双鬓斑白的老人，有牙牙学语的婴孩。走近时，竟能依稀闻得出飘散的菜香，不多时，我们便从那大敞着的门前走了过去，这温馨图景也很快消失在漫长的来路里，仿佛走近又走出了村民的生活一般，有些怅然。

漫步到了村子中央，晓起村的神樟便明明白白地挺立在面前了，深棕色的坚实树皮没有一丝划痕，直入云霄的粗壮枝干向四面八方延展。青翠欲滴的叶片不惧秋风萧瑟，向地面投下绿荫。而那浓郁清沁的香气飘浮在空气之中，愈发明晰……这棵几人都无法合抱的神樟经受住了岁月的考验与洗礼，那枝丫沉淀的不只有明灿的阳光，还有居民沉甸甸的信仰。

晓起，为我们带来些精神层面的东西，这些尊重生命、热爱生活的村民，不仅得到了努力耕耘的奖赏，更受到了自然的青睐与庇护。

江湾篇

萧江祠堂，极宏伟的木制建筑。屋檐梁角的精细刻画，石板木刻的雅致铺设，无一不展现出名门望族的非凡气魄。内外两套的设计均采用复古木色，低调之中更有一种内蕴的磅礴力量。不知哪位顽童敲响了那面破旧的堂鼓，鼓声悠悠划破空气，竟有种穿越了时代的错觉。

对面，穿过牌坊，又可见到林立的民居了。白墙青瓦之下都是吆喝卖些小玩意儿的商贩，从那香樟木的物件到精制的油纸伞、水墨扇，凡所应有，无所不有。大家后来便都在烧制水晶工艺品的门脸边住了步。只见那手艺人以双手握住那冰晶一般晶莹剔透的水晶，在焰心的炙烤下使其自由改变形态。大家看着新奇，想带回一两个去，便听手艺人身边一直不动声色的女子开口："都是手艺人，靠本事吃饭，一口价！"望着她尖削的下巴和冰冷的五官，我只想走。过去手艺人纯粹，不知到哪里去寻觅，那墨色的瞳仁里，渐渐照出人影儿来。

后来进了极是简陋的一处农屋，坑洼不平的地面与裂纹遍布的墙面显示出农户居住条件之艰苦，再看右侧悬挂着的各类农具、蓑衣、笸箩、箬笠……竟都是亲手打制的，让人不禁感叹这勤劳踏实的农民们的非凡智慧。

突然听到有人喊："看！古代的学堂！"迈进门一看，斑驳的四壁上悬挂着的毛笔字，竟也是些鼓励治学的格言，有同学吐舌调侃："才离教室，又进学堂！呀，躲不开，躲不开！"是呀，接受教育一直以来都是人们最为梦寐以求，也是最幸福美好的事，只希望我们能以正确的心态看待学习与求知吧！

江湾为我们打通了古与今的窗口，让大家自由往来穿梭。这便是其非凡魅力与价值所在，令人久久难以忘怀。

汪口篇

作为旧址，汪口明显更加有历史沉淀的灵秀韵味。穿过几条秀雅的小巷，我们到了一处古戏台。虽说没有碧水在旁，我们还是联想到了《社戏》之中迅哥儿和伙伴们遥望的戏台。大家"噔噔"几下蹿上台阶，在上下台处的布帘后好奇地打量着，嬉闹一会儿，便呜哇乱叫着上了台。对着一排录影设备摆出各种各样的姿势，实为乐趣无穷，想象着戏子脸上浓

妆艳抹，着一套神气的套服从后方杀将而出，迈着小碎步绕台一圈，再"唰"地亮个相，配上激越昂扬的曲调，台下掌声四起的那番景象，也便对迅哥儿对社戏的期盼与热爱明白了几分。

再入一室，一艘渔船摆在正中央，前方是红棕色的大铁锚。开始女孩子照相，都稳当甜美地端坐在船头，活脱脱几个小淑女。男孩子们可就是全然另一番景象喽。他们活像几个初见渔船的小渔童，目光热切地探遍了船的每个角落，嘴里还念念有词："双喜拔前篙，阿发拔后篙……"可不，又是《社戏》里的句子！后来男女生合照，这一幕便有了话剧般的效果，目光、表情、动作都大不相同，有的坚毅严肃，背脊挺直；有的温柔含笑，倚在船头；有的一脸喜色，双臂大张，乘风破浪！这是一条小船，把社戏带到了我们眼前，又把我们送到了夜色中的迅哥儿身边，让我们一往无前，驶向那个一直向往着的、童话中的世界！

汪口汪口，现实之中的梦幻。你用生动的笔法描绘出一幅童真的画卷，又把它缓缓铺开，铺开在我们面前！

陵岩洞篇

冬暖夏凉的岩洞，遍布造型奇特的石笋与石钟乳，黑黝黝的洞口之中却是别有洞天，五彩的橙黄投射在各异的石钟乳之上，创造出丰富而美妙的光影效果，同时造就了不少令人感叹的景观。

印象最深的是金山银山，乳白色的石笋山峰状挺立着，晶莹剔透，有了石钟乳滴水的润泽，更是呈现出金粉的效果，在金色灯光的照耀下熠熠生辉，在幽暗的石洞中必是最亮眼的一道美景。

坐船出洞的经历是极有趣的，我们坐在第 2 班船，6 个女生聚在一起，竟在洞中唱起了歌儿，漆黑如墨的湖水，凹凸不平的石壁，幽静暗淡的气氛点缀尖利高亢的歌声，陡然营造出一种极恐怖的感觉。当然，这一切在接触阳光之后便纷纷消散得无影无踪了。

到了这儿，便只得感叹，大自然太壮美，太神奇！

卧龙谷篇

沿着石级，我们一步一步攀登着这挺拔秀丽的山峰。目光所及之处，尽是苍翠葱茏的植物，树木巍然挺立，叶儿被轻抚的微风刮得飒飒作响，竹子则是拔着节儿地生长，竹干挺得笔直，令人感到惬意舒适，心旷神怡。

不知谁忽地听见了水声，只听一声惊喜的呼喝，大家纷纷跳下石阶，亲近这清冽如碧的山泉水。有几个身手矫健的，"噌噌"几下顺着冒出水面的圆石渡到对面，他人也纷纷效仿。我则是踌躇不定着，终是大呼小叫地被同行阿姨护到了对岸。

下一处的岩石更大了些，我便也大胆了起来，近距离接触山泉。好一处泉水，清澈如洗，能照见河底被冲刷溜圆的鹅卵石，也可清澈地映出人影儿，仿佛流动的玻璃，剔透纯净，摸一摸，泉水带着沁心的冰凉，令人心神为之一振。

最后那处风景，岩石之上矗立着一座红木青瓦的凉亭，大家又都争着攀过岩石上凉亭，这次我是打定了主意不上去，几位热情的阿姨却又是一番鼓励，硬着头皮上吧。泉水极为湍急，我小心翼翼地在石块上找准重心，尽量寻找干燥、粗糙的岩石落脚，没想到还是几次险些滑倒落入水中，幸亏阿姨在旁边及时搭救。看我过来了，几个孩子招呼我上凉亭，我坚决地摇了摇头，嘲讽惋叹自是不绝于耳的，我却从不后

悔当时的行为。

　　在这山清水秀的卧龙谷，我懂得了，出来玩儿就是要快快乐乐、平平安安，在不逾矩的前提下做自己想做的事儿。被舆论影响而去逞能冒险，不也是一种懦弱？虽然被嘲讽却坚持己见保全自身，何尝不是一种勇敢？做最真最好的自己，永远是最重要的！

戴村篇

　　天色还是浓重的漆黑，我们便睡眼惺忪地乘上了通往石城的列车。经过 1 个小时的辗转颠簸，我们在天色初亮之时到达了目的地。一下车，我们便被眼前的美景深深震撼了，连绵不绝的群峰被秋色染成了淡红，山腰升腾起的绝美雾气如同青烟一般缓慢地延展，最终弥漫开来。如同山峰的裙带一样，似那仙境蓬莱。蜿蜒的盘山公路形成了一条深灰嵌着黄金的细带，不时有车辆疾速驶过，一瞬间又回归沉默。远方的天际线金虹交融，金耀闪烁的光芒点亮了最远处黛色的连山，一轮红日即将喷薄而出，让人的心境都变得无比开阔。

　　后来进了村，一路雨后的泥泞不出所料地脏了鞋子与裤脚。沿着石板路登上观景台，高高的枫树红了叶片，婀娜地竖立在群峰之上，一座黑白的城静默地矗立在群山怀抱之中，袅袅炊烟飘摇而上，成了那般静谧惬意的画卷。绕到山后，鬼斧神工的月光峡、险峻嶙峋的辟石，每一处景观都令人啧啧惊叹。

　　戴村，这个被时光遗忘的地方，以它的惊世之美呈现在我们面前，美胜仙境。

挥别檀香山

序曲：
9个国度同聚，
22所中学相连。
14番日夜永远铭刻，
68颗心灿烂相依、热力澎湃。

我们曾守望日出，跋涉长夜，
丈量街巷，亲吻山海。
我们曾收获、成长和超越，
通过相互托举放射生命光彩。
我们相聚短暂，离别匆匆，
却敢于向流年横眉挑战：
怕什么重洋远隔，岁月无限？
最美的夏天，只因彼此同在。

ONCEinalifetime.

*1

夏威夷时间周五下午 4：22。

我去敲曲奇的门。

我们的寝室在不同楼层的同一位置，又都是走廊尽头，沿应急通道下去非常方便，但这无法让他拒不应声的事实显得不那么恼人，特别是在两次叩门和一通电话都了无回音，而去往威基基海滩的公车将在 3 分钟内到站的情况下。

曲奇是个丹麦小哥，性格单纯软软乎乎，唯一和外号不符的地方是外形，193 厘米的瘦高个儿，修长骨架往哪儿一撑都要从人群里戳刺出来，行走时步子迈得大且散散漫漫，像是长颈鹿一类的大型食草动物。

联络中断，本应和他一起出发的我和 Audrey 只能寄希望于一下楼就能直撞见他的背影。但并没有。楼下，大家正挤挤攘攘地准备上车。所幸夏威夷的一切都慢得不能再慢，司机垂眼点一点票钱，逐一查验人数，引着四五十号人组成的长长队伍一点点挪进车厢。上车后的我焦急地透过玻璃向外张望，Audrey 则一脸淡然。后来，公交车门"咻"地关紧，他的小娃娃脸竟不期然从层层叠叠的人群头顶闪现出来。

我松了口气。

"真不敢相信你们居然抛弃了我！"下车后，曲奇垂了眼，满是委屈地控诉。

"在三次敲门和一通电话未果之后。"Audrey 说。

"你戴耳机听歌来着吧？"Audrey 撇嘴。

"Well，"他清了清嗓子，"probably。"

我们同时摇头笑了。

阳光灿烂地洒下来，长街一旁的商家像往常一样游人如织，靠海一边有巨大的梵菩提树拔地而起，垂下粗而彼此纠缠的气根。我们在清风垂曳的树影里大步前行，远处飘浮着云和隐约的潮声。

小径仿佛没有尽头。

*2

周五下午 5：45。

老泡在海边的孩子们就是不一样，没收拾几下就争先恐后地下了水。不时有个儿高的把轻且瘦的整个举起来扛在肩头互相打闹，欢声远远近近，融化在阔大而铺满日辉的海面。我和几个上海姑娘没带泳衣，就在一边踩踩水。海浪温温吞吞的，没站一会儿细腻的流沙就裹没脚背。光线美极了，潮水像熔金的琉璃，每个人的肌肤都冷冷亮亮，从岸边看过去，大家的剪影翻滚着一种美而奇异的生命力量，像是一群戏水的年轻神祇。

后来我和她们回到树下吃东西。面包干瘪的汉堡和通心粉显得有点寡淡，我们就把辣奇多当老干妈就着吃。周易和叶正在教腼腼腆腆的日本小哥奥村说中文，一个教普通话，一个教上海话。我听得一头雾水，奥村却悟性惊人，模仿着说"什么？""不""对"的时候字正腔圆，还能以一种神秘力量判断语境，插话、对答，逗得我们笑作一团。

"你想不想来中国做客呀？"我歪着脑袋问他，像是看着牙牙学语孩子的妈妈一样充满慈爱。

"不。"他干脆利落地回答。

一圈中国姑娘笑得花枝乱颤。

"觉得我们中国同学好不好？"周易不嫌事儿大。

在小十双眼睛微妙的凝视下，奥村有点颤巍巍："对对对。"

这孩子，太会察言观色。

从海滩返回后我才发现，我们几个因为这段无营养对话失去了拍海滩grouppic的机会。后来，每次在脸书和ins上看到那张堪比超模群像、不逊宣传海报的照片，我总要暗地捶胸顿足。但转念想到奥村盈盈亮的眼神和努着劲儿仿读时千回百转的语气，又会撇嘴耸耸肩——算是值得了。

*3

周五晚7：45。

日轮彻底沉入海底，Allen收起了外闪。刚才大家三两成群七八结队拍照，或跳或躺或抱或扛，花样翻新、盛况空前，与我抱定一脸复制粘贴"假笑"，肢僵体硬、全不知如何自处的窘态对比鲜明——彻底坚定了我认真积累一些拍照姿势的决心。

听志敏说曲奇伤到了脚，四下里找了找，果然不见他在沙滩上奔跑扔球的影子。于是作罢，自顾自在凉软的沙地上漫步。海滩暗下来了，消逝的余晖把大家的剪影涂抹成一片辨不明的色块，岸滨金亮的城市灯火渐次亮起来，与头顶云和星遥相辉映。

正当大家收拾东西临行时，远方流金的海岸线上突然腾起烟火。我随着人潮蜂拥过去，Bray把我塞进她前面的一块空隙，很多块小小的手机屏幕亮起来。很快，盈盈亮亮的色彩炸开，被光映得明明暗暗的年轻脸孔浮起笑。我们和身旁的伙伴彼此依偎着，十指相扣，在时起时落的轰鸣里扬声许下承诺，一副滚热心肠只沸腾快乐，没有人流泪。

"其实，我真的觉得你非常优秀，很有气质。"

走回树下的路上，叶对我说。他的腔调和往常一样，清清淡淡的，非常温柔。

"哇——谢谢！"我一惊，不太好意思地笑起来，"咱们的距离和别的同学相比算是很近了，以后常有机会往来。下次去上海，我一定联系你。"

"嗯。"他点点头，很乖又有点可爱的样子，顿了一顿之后突然郑重起来，"下次你来，跟我们说一声就行。我们去接你。"

我心头一热。

大约就是这样的感觉，一下子，那些曾经非常陌生的地名都活起来了，因一份很奇妙而美丽的牵绊的存在，而有了非常近切的、直贴着人肺腑生长的温度。

如果要环球旅行，需见的人还真不少，我笑着想。上海有叶、麦琪和嘉成，香港有 Audrey 和眼镜，巴尔的摩有 Rach 和 Alex，夏威夷有 Bray、Dane 和 Hailey，新德里有小 V 和法韩，伦敦有 Cheryl，惠灵顿有 Brooke，哥本哈根有曲奇和希瑟，斯德哥尔摩有 Alva 和 Yasmine。去日本要看望的人最多，先是东京的 Sage 和 Otoha，再到埼玉的 Hikaru 和奥村，最后当然还有住在福井的，我最爱的日向子和千寻。

我们在世界各地安家了。

*4

周五晚 9：06。

在为时半小时的漫长等待中，不知疲倦的欧美小孩跟着小音响手舞足蹈，在夜色朦胧的街头唱着跳着，引得红灯时泊

车的乘客探出头，和他们一起晃荡摇摆。亚洲孩子们拘谨一些，规规矩矩站在后面，随意地三两攀谈。Audrey 逗 Hikaru，让他教我们一些日文脏话。

"哎呀，这不行，这不行。"他含着笑慢腾腾地说，语气无奈，温温吞吞的，一以贯之的长辈即视感。

Hikaru 和同龄男孩子多有不同。纯色 T 恤永远熨熨帖帖地掖进半腿裤，黑框眼镜，随身一本四四方方小词典，说话一板一眼，慢吞吞的语气起落让他说每句话都好像祖父在讲故事。他身上有种真实和珍贵的年代感，社交只用邮箱，听老歌，曾让所有人为之倾倒的歌声温暖、低沉、醇厚，剪一段就能卷进 80 秒的金色留声机。为人也如是，谦和、温淡，一直在担当与关怀，对正确的事能抱定毫无侵略性的一份坚守。

我们都笑——让会在总共不过 5 步路的小岔口独自等红灯的、师长一般的 Hikaru 说脏话，是真正不可能完成的任务。

"这些日子，要谢谢你。"他突然转向我，轻轻点着头，目光恳切，"你的英语很好，帮了我很多。"

我可真要脸红了。事实上，虽然没有过多交流，他才是我在这里非常荣幸识得，也格外敬佩的人。

13 号公车从夜雾中驶来了。待大家陆续上了车，晚间的车厢一下子变得很拥挤和喧哗——所幸，乘客们对这一群小太阳无限包容。

后来不知哪一刻，我坐下来，在疲惫侵略下缓慢抽离成一个沉默的旁观者。旁边一位眉目温柔的女士与我闲谈起来。打量着这群来自五湖四海、肤色各异的孩子，她含笑问我："你们还会留多久？"

我一怔。

"这就是最后一晚了。"我说。

*5

周五晚 10：45。

我简单收拾了东西来到 10 楼走廊。Bray 在弹尤克里里，大家沿着不宽敞的空间排排坐，荒腔走板的歌声混着细细碎碎的笑此起彼伏。一只黄气球在人群里落下去弹起来，从一端一直飘到另一端。

我们忽然地开始互相拥抱了。

我笑着去抱眼里盛满星星的新西兰姑娘 Brooke，还有纤细甜美的瑞典小姐姐 Alva 和 Yasmine。她们的目光都好温柔，脉脉且明亮，像夕阳下的潮水，恳切得让我的心化成滴滴点点的一摊。

仰赖充足的心理建设，我坚信自己不会哭。今晚不能熬着，明天还得收拾状态早起呢，我想。

可怕的认知就在这一刻垂直降落。

明天不必再早起了。因为我们不用再成群结队地从宿舍走到库克图书馆，甚至不会再见面。这一晚，是我们最后一次十指紧扣，最后一次并肩放声地笑和歌唱，最后一次就着彼此的温度互诉衷肠。酸楚骤然痛击我的眼眶和胸口，我果然还是高估自己了——就像每一次结局注定的离别一样，哪怕明知这是故事一环，我也依旧做不到从容。

我别过脸去拥抱希瑟。这个身材高挑的丹麦姑娘的怀抱总是格外温暖、踏实、力道十足，蕴藏着奇妙的治愈力，让我的灵魂可以放松下来，像小猫一样毛茸茸地蜷成一团。在卡拉 OK 之夜也好，项目展示前夕也罢，我曾很多次从她的臂弯里汲取抵御不安的力量，而此刻也如是，我自私地希望她能给我一些什么，让我止住眼泪。

但今天不同，她的拥抱不再有那么明亮的调子，她的声音很轻和破碎。我惊讶地发现，我不是唯一被别绪攻占泪腺的一个。四下里，很多 10 分钟前还在没心没肺笑闹的年轻人此刻通红着双眼，低声地、真诚地表达感念，对锥心二字绝口不提，却又字字句句都在告别。

我们一直在走廊里赖到 11：30，助教开始柔声劝大家回去。

后来大家都走了。只剩下我、Audrey、眼镜，小 V、法韩和曲奇坚守在电梯间，以"电梯没来"为借口堂而皇之地攥紧了最后的几分钟。法韩把玩着 Sage 送给曲奇的折扇，耍宝一样滑稽地重现自己在室友视频里的经典动作，我破涕为笑。

但还是被助教发现了。Sophia 目光复杂地按下电钮，机械传动的碾轧声即刻清晰可闻。我的心沉下去，直到一声"咯噔"，电梯叮咚轻响。片刻之后，铁灰色的梯门缓缓关闭，几个人的脸孔和残缺的告别被隔在门外。

怎么样都不会是完满的。

*6

周六凌晨 4：02。

我毫无来由地醒过来。抬腕，分针已明明白白晃过了 4 点。理论上讲，丹麦同学们在两分钟前就已经离开了。

我错过了两道闹钟。

恐慌攥住了我的喉咙。我一跃而起，甚至来不及梳洗，抓过房卡就夺门而出。

我知道自己看起来一定糟透了。衬衫起褶儿，阔腿裤松紧的蝴蝶结打得乱七八糟，面色枯槁，双眼因昨晚未收拾妥当的泪腺而泛着红。但已顾不得了——擂着胸腔的心跳和紊乱的呼吸让我脑袋发蒙。几乎未及反应，我已经到了一层。
梯门开启，我带着近乎哀求的念头踏出去。

一眼看见希瑟。

她、Amanda 和带队老师正等在大堂。我终于完整吐出一口气——显然，有个更习惯让人等着的家伙还在磨蹭。希瑟回过头，红着眼眶几步上来把我揽进怀里。

我没错过。

曲奇大概是在 4 点 10 分下来的，颈间绕着耳机，熟悉的蓝条纹棉衫，步子散散漫漫。看见我，他的眼睛亮了亮。"Morning."他说，声音因少眠和未愈的感冒而显得闷闷哑哑。我笑了——我们都打扮得和初见那天别无二致，连倦容都很类似，作为当时第一个彼此交流的小组，也算是某种意义上的有始有终。

很难说到底是怎么跟他熟起来的，大抵和每段关系的建立一样，都是几顿饭，几段路，几次等候，几轮纸牌游戏和追跑打闹，掺一点日出前的晨雾和海岸线上的街灯，加上说过的数不清的话——在电梯、食堂、游戏室、寝室门口或是出游途中，关于历史、社会、宗教、文化和家庭生活。当然还有不少彼此迁就，例如试图记住他本名过程中的 5 次询问和 3 回差错，例如永远学不会的"elsker"的卷舌，他也一样，不接电话又慢慢腾腾，总是叫人难以捉摸行踪。

然而就是如此了，这个说话带 flow，对体育、艺术和科学一概不感兴趣而对吃情有独钟，游戏能力莫名超群，对自己的"可爱"和"帅气"非常自知的丹麦小哥，成了我此行最要好的相识之一。

还是要离别了，我走过去，和曲奇分享昨晚以来的第 6 个拥抱。他俯下身，把我整个罩在怀里。他很瘦但臂弯温暖，

我们的温度融成模糊的一团，谁也没有说话，好像过了很久。

"It's not a good bye,"昨晚，他认认真真地说，"just a see-you-soon."

14度朝朝暮暮，7748公里萍水相逢。我们来时两手空空，但能背着沉甸甸思念远走。再见或许遥遥无期吧，但幸有好梦山长水远伴一程。这一路，无风雪，有归灯。

珍重。

*7

周六上午 8：20。

我再次醒来。

4 小时前送走丹麦 3 人后的我上了楼，重新闭眼小憩。意识边缘，我听到屋里叮叮当当响动，千寻的身影依稀跑前跑后地晃着。我记得自己曾昏昏沉沉地起来，呢喃着什么给了她一个满满的拥抱，她的笑容清鲜得像染了露。而后房门"咯噔"轻响，一切恢复寂静，不一会儿，我便重新跌回颠沛不安的浅眠。

此刻，对面的床铺和桌屉干干净净，让人恍惚觉得什么也没有发生过，陆离的记忆残片击中我，梦和现实的边界开始模糊。整个屋子很静，静到空气都沉重而充满压迫感，静到我能听见自己的影子攀长，带领孤独占满每寸空间，把我挤压成苍白稀软的一片。

热闹过后，只剩下我一人。

我呆坐了很久才缓缓起身。向前几步，我看见自己桌上摆着的什么。

那是整整齐齐的一薄摞福井旅游指南，和一袋印制着淡粉色字体的草莓味百奇。两张图案可爱的便笺纸被仔细贴好展平，一张写着"Thank you very much."，另一张认认真真地用中文写着"我爱你"。

回忆几乎是如潮水般地向我涌来了，关于英语并没有那么好，但一直甜甜笑着的千寻。

初见时她刚洗了澡，头发和眼睛都湿气朦胧的样子；交流不畅时她急得团团转，最后只能求助"Google Teacher"的可爱样子；看日向子给我化妆时一脸好奇，笑得眉眼弯弯的样子；打空手道时拳脚生风的样子；为了presentation准备到凌晨3点，第二天摇摇晃晃、睡眼惺忪的样子；还有那天上午，我和Audrey到了普纳荷，她和日向子突然神神秘秘地跑来我们桌前，数着"321"同声说出"我爱你"的样子。

像个小太阳一样啊，千寻，我凝视着她的字迹——连离别都是温暖的。

下一秒，我终于忍不住放声大哭。

*8

周六上午9：15。

Uber到了，我们沿着第1天来时的路下行，把大包小包拖上车。晴阳一铺万里，视野边际，曾盛放我们很多美梦和不眠之夜的UH宿舍逐渐远去，最终在一个转弯处消失不见。

我安安静静地看天边的云，心里像被凿开了一个空洞。

多动人啊。

这一群年轻、明亮、热力澎湃的生命，在全盛时代撞在一起。每颗心都流光溢彩，敲起来叮当作响，装着梦、希望、用不尽的生命欢喜和冷冷凉凉的探索欲，毫不设防，大敞襟怀，几句话的工夫就迫不及待地要彼此相认。我们大大方方地疯狂，说、笑、燃烧，无时无刻不在从彼此身上观照未曾触及

的世界一角，又永远充满柔情，相互托举，守望着每个人的点滴成长。

我们曾十指交扣。

而现在，我们就要各奔东西。

时间和空间单立在那儿或许都不足惧，但两者叠加的力道就震撼多了。我想你呀，可是我不能去看你。因为我们之间的距离不是一条街一重山一座城，是千重岭万顷洋和两根时针怎么也追不上的几厘米。而在一年、两年、十年以后，当流淌诗意的眉眼被浇铸出斩钉截铁的轮廓，现实开始勒索梦想，岁月耐心地把那团火化作一片不见底的海，蜿蜒阅历教会我们用技巧粉饰真心的不在场，我们是否还能像这样拥抱，是否还有这样如水的神情，是否还会如这样彼此珍护和深爱？

我们能永远相连吗，还是从初遇起就已经在马不停蹄地失去？

这些问题我都弄不懂。但那横生在视野里的、从此不复相见的几率弄得我很痛。我实在舍不得任何一张脸孔，却又什么都做不了，于是只好把整个肺腑都扭在一起无声哭泣。

你瞧，故事结尾，我还是个手足无措的孩子。

*9

周六下午1：46。

给刚刚分开的朋友们和助教、老师一一发过信以后，我像一块儿湿毛巾一样摊在了商场的小沙发上，整个又冷又潮，不断洇出深深浅浅的水渍。任谁把我捞起来不费力地拧一把，都能挤出一捧咸咸涩涩的泪。

要醒了，我对自己说。

檀香山的日色西沉，而我的黎明正缓慢来临。我甚至想尽最大可能咀嚼这种痛，允许思念暂时填满胸腔，因为我正在体验的、沉重而让人失语的恐慌，恰可能是这场梦的最后一缕余温。

*10

周六下午 6：00。

很饱足地吃过一顿拉面，我们从 Pearlridge 商城走出来，准备返回机场。

抬起头，我惊讶地看到一道巨大而完整的虹正架在云端。云朵蓬蓬松松，柔白，映出鲜明流丽的七彩。我痴看了一会儿，摇摇头举步前行。待跨越停车场走到路旁，天边已是清清净净的一片，方才的绚烂杳然无踪。

那种酸楚和怅然又卷上来，但这回，我同时感到一种温柔的宽慰。

没人知道它什么时候会再次浮现。但哪怕瞬息生灭，哪怕无以挽留，它确实曾以无可复制的惊人粲然，真实地照临我的世界。

一如那些笑脸。

*11

Don't cry because it's over.
Smile because it happened.

*12

Until we meet again.

梦里草原

一

　　广袤辽远的淡色远空有浩渺流云层叠翻卷，金耀的日光在无垠的锦绣天地间愈显明艳。目力所及之处，生辉的翠意在微醺的暖风里轻摇柔曳，安谧祥宁的农家屋顶升腾起清浅缭绕的炊烟，凌厉而苍凉的嶙峋山脊粗犷沧桑亘古坦然，一点丹青晕染的黛色峰峦云雾萦笼绵延无绝。

　　载着满车欢声的大巴在笔直的公路与蜿蜒的高桥上疾驶，如画胜景的光影自澄明的车窗间横斜浮掠。孩子们柔朗热情的笑语在宽敞明亮的车厢里久久荡漾流转，纯净的欢喜燃亮了每个温柔而明净的年轻容颜。

　　是啊，就让牵羁着心灵的沉重枷锁被抛落在轻灵却笃定的足迹之后吧。既然选择了远方，又何必念旧时烦忧心绪凌乱，何必惧风雨飘摇长路漫漫。

二

1. 农家小院儿

初秋的小院儿在丰收的馥郁里安谧得出奇。饱满橙黄的苞米穗自院墙那沧桑的木檐上直垂下来，简朴的小平房前栽种着盘根错节的葱郁果树。沉甸甸的李子和沙果在流翠生辉的宽大叶片间欢喜地垂挂着，稚涩的青嫩里泛起些甜蜜的红。树下姹紫嫣红的矢车菊叠压着饱满斑斓的花瓣，不时有胖胖的蜜蜂流连在那纷繁之间久久不去。

进屋，四壁雪白的房间里简单地置了些家具，澄明的窗被葱郁繁茂的枝叶满满地遮覆着，只能隐约听闻屋外人爽朗的谈笑声。硬实暖和的石炕占据了大半个屋子，厚实温软的被褥整齐地堆置在炕头，为这寒意沁骨的萧瑟初秋平添万千暖意。

2. 打李

刚到，妈妈们便开始在修挺的枝丫间搜寻熟透了的红李子。诚然，那甜美明艳的红皮下是尽数退却了酸涩的柔润与清甜。金黄沙软的果肉裹着香甜的汁水氤氲在唇舌之间，丰收的喜悦便随着那醇香毫不掩敛地涌入心田。

可是，这丰美的果实却往往生在高昂的树顶。瘦高的男孩子费力地攀上有些摇晃的木架，踮了脚尖努力地探出手臂，幸运时可以打落一两个，有时竭尽所能却也无所获。后来，爸爸取了细长柔韧的竹竿，对准那匿于绿意深处的果实轻盈一钩，那红润爽口的玲珑李果便应声而落。女孩子铺展开外衣，在层叠尽染的绿意之下等着去接掉落的李子，不想那圆润的果儿在落向柔软的布料之后竟又调皮而伶俐地从袖口钻了出去，博了满堂笑声。

后来男孩子们三两成群地围聚在李树下，碧叶间滑落的

诗与远方

339

潋滟光影正辉映在那年轻的面容之上。他们微微弯下腰身，灼耀的目光却一刻不离那纤巧的竿尖儿。李子一落，他们便游龙般竞跃而起，向疾落的果儿迅疾一抓，那抹浅红便被牢扣在修长的指间。

用寒冽的清水冲洗过鲜嫩红润的果实，以牙轻咬，唇舌生甜，齿颊留香。不禁漾起浅淡的笑意，痴醉于这清甜间，真乃人生幸事也。

3. 晚餐

在质朴祥宁的院落间摆置了桌椅，热情的阿姨操着温软亲切的乡音端上一盘盘香醇的饭菜。鲜嫩的时蔬在明净的搪瓷盘里蒸腾起馥郁的香气，独属于乡野的粗茶淡饭却散逸出一种琼筵盛宴难以比拟的自然气息。

桌台上热闹的欢声谈笑间，潋滟的夕阳在瑰美的霞色里逐渐敛起灼辉。明亮天光渐归沉黯，深邃远空愈显昏凝。高华明丽的清皎月盘仿佛嵌于天际流光溢彩的冷玉，圆润丰美的轮廓从黛色的云雾间亭亭升起。

沁骨的寒意也随初秋的晚风如约而至，那凉意自指尖蔓延至周身的每一寸肌骨，带了些秋的肃杀与萧瑟。饱餐之后，我们便夹紧了微颤的双肩，蜷起腰脊，颠着迅疾的小碎步跑回屋中。隐约听得窗外把酒欢谈之声，许是那暖人心脾的醇酒驱散了刺骨的凉意。

是啊，在这没有灯火华光霓虹璀璨的乡野，似乎也少了言不由衷觥筹交错的羁绊。朴素的饭食里寻得的简单的快乐，岂是那纷繁却冰冷的珍馐丰肴可以比拟？

这生活，也挺美。

4. 夜话

在冷硬的炕台上铺好温软的被褥，宽敞的石炕被均匀地划成 4 份供我们入夜安眠。洗漱完毕，换上睡裙，我如一尾游鱼般灵巧地钻进柔暖绵绒的被窝儿，腰背之下的炕台那凌厉笃实的坚硬感被厚实的软褥柔化了些许。关了灯，浓稠如墨的黑暗在电光石火间吞噬万物，唯有身旁挚友明灿似耀星的双眸仍在暗夜里绽放着金耀的光芒。

收拾停当，3 位挚友便开始与妈妈谈论些细碎的琐事。距离很近，能听到身边人温存而清浅的呼吸声，纤瘦的双肩与腰背亦能够相互抵碰。隔壁的男孩子们喧哗喧闹的玩乐声穿透隔墙涌入耳畔，让我们会心一笑弯了眉眼。

素日在学校漫步欢谈的伙伴，似乎在这个和衣私语的夜晚变得更加亲密无间。我们相依相伴，共度这安谧宁寂的长夜漫漫。

三

初秋，翠云山。

赭色的沧桑石板铺设在林间蜿蜒成径，挺拔岿立的林木将碧翠流辉的树冠托举向无垠的穹顶。明灿灼耀的日光透过斑驳陆离的枝丫投下缠绵婆娑的光影，水色温润、青葱柔嫩的草叶在这疏影间清亮得近乎透明。小心地步下石板，经年累积的松针若厚重的绒毯般绵糯沙软。于阳光下展开纤巧双翼的蜂蝶灵逸似这林中精灵，鸟儿悠扬空灵的欢鸣在安谧幽远的森林中愈显清晰。

穿越密林，碎落的明长城盘踞在轮廓柔润的山包之上。牛群迈着悠惬的步履在层叠尽染深浅相融的绿意间穿行，拥有了无烦忧的安然心绪。

再向前行，天之尽头，起伏连绵的群峰青峦在缥缈辽远的薄雾间泛出朦胧的黛华，灰蓝遥远的苍穹与浮掠浅紫的流

云同那峦顶相接。遍野的苍翠自远方千万里蔓延至眼前蜿蜒的长路两旁，纷繁斑斓的野花在灼灼的明艳里恣情盛放。臻白丰润的巨大云团嵌在广袤湛蓝的天幕之上，垂向松林深处的无尽苍莽。

峰峦叠嶂，云雾雪浪。

举目四望，野茫天苍。

1. 圣光

臻白的云层在广袤碧翠的草原之上堆叠浮掠，而渐隐于云层中的灿阳自斑驳的云影间向苍穹之下的万物散射出万丈金芒。那帷幔般朦胧缥缈的光华仿若大片水烟氤氲于辽远的天地之间，如若来自遥远神秘、圣洁无瑕的云中天国。

洗礼心灵的澄明圣光，照拂着这腾格里护佑着的一方锦绣净土。

2. 骑马

买好了 7 张骑马的票据，我们在人声鼎沸挤闹熙攘的木台上列队等待上马。或年轻或苍老的骑手稳笃而灵巧地驾驭着温驯睿智的良驹，以一条粗粝结实的缰绳掌控着紧随其后的马匹。而来访游客便跨坐在第 2 匹马的脊背之上，在骑手的带领下绕空阔的沙场驭风奔腾。

放眼望去，尘土飞扬的疆场之上的马匹或踏着悠惬细碎的欢悦步履，或迈开修长精壮的四蹄纵情驰骋于那广袤天地。而游客的容色更是大相径庭，有的带着激昂磅礴的万丈豪情，有的眉眼间流转着明媚潋滟的喜悦与欢欣，但更多的，却是根深蒂固、苍白无力的慌乱与恐惧。

本就满蕴焦灼跃如擂鼓的心，愈发忐忑不安沉浮难定。

领队叔叔在密实的人流间艰难地向马术师探出手臂出示票据，接连几次无果。终于，一位鬓发斑白的老者驾着精壮的棕马悠然而至，伸出那纹壑纵横的大手接过票券。领队叔叔急急回身，而不觉间被推到队首的我蓦地被他强壮的臂膊捞到了马驹身前。

愕然地回望木台上的挚友们，汹涌的人潮阻隔了他们前行的脚步。我这才意识到，箭在弦上，不得不发。心一横，我咬紧牙关蹬上斑驳的马镫，挺直腰脊，高高抬起左腿翻身上马。这驯顺的生灵任由我跨坐在它精壮瘦劲的肩背之上，仿佛感知到我的不安般浅浅回转那清澄温柔的眼眸。

左脚方才穿入脚镫，那马驹便扬起修挺的四蹄小跑起来。我单薄的躯体仿佛飓风中的花儿般在马背上不住地摇摆颠晃，钝痛自尾骨一路蔓延至软垂的双腿与无力的腰脊，我骨节发白的指拼尽全力地牢握住缰绳，好像洪流中疯狂挣扎的溺水者抱住了承载着唯一希望的浮木。破碎的惊呼从喉间逸出，四周无垠的草烟胜景都随颠晃晕成了一片芜杂的朦胧。

苍老的骑手随声回头，沧桑却英武的眉宇紧紧凝蹙。"弯腰，把腰弯下来！"粗粝而焦灼的声线是亲切的乡音。我艰难地挣扎喘息，骑手的话语在昏沉涨痛的脑海中成了唯一清明的执念。是啊，不能再随波逐流，要改变这痛苦的现状，只能依靠自己。

我绷紧周身的每一寸肌骨，双足竭尽全力地蹬住细窄的马镫，带动紧实的双腿向上施力，让上半身轻缓而小心地抬离厚重的马鞍。弯下挺直的腰脊，让身子俯向马驹肌理强壮的肩胛处那油亮顺柔的毛皮，同时尽力迎风扬起脖颈，紧凝着前路的笃定目光灼灼如炬。

天路漫漫。

浮掠的流云环绕着大片金黄油绿的秋草与麦田，低而缠绵的柔雾仿佛抬眸伸手便可钩一缕融于微凉的掌心。雨水洗礼过的远空是通透明澈、纤尘未染的温柔的浅蓝，在丰润柔软的云团的点缀下灿烂得像婴孩纯净的眼。田垄层叠的山包秋色馥郁，鼻翼间尽是清新的草香与泥土微湿的气息。

登上栈道，俯瞰一片浩渺天地，遥望半壁锦绣江山。广袤苍茫的青峦氤氲着缥缈清透的薄雾，不知哪位大家在这连绵悠长如凝浪的丘陵间挥毫泼墨，染出深浅相融、水烟朦胧的软绒草叶覆尽河山辽远，勾起团簇相依、青翠流辉的星点林丛缀于田垄斑斓。险峻而遥远的黛色群峰色泽愈发空灵浅淡，与瑰美的流云和低垂的穹隆相嵌相连。帷幔织帘，丘峦平原；何种壮美，何种绮婉。

再下车，遍野金绿色的高高的玉米叶在暖意晕漾的微风里轻摇浅曳，油麻花的苞儿玲珑圆润仿佛原野间浮荡的群星。灵秀淡雅的素色花簇拥有少女的裙裾般明净的花瓣，大片冷翠泛蓝的蒿草在清雅的芳息间静美玉立。

良辰美景，心醉神迷。

印象·西安

1

OnTheTrain

翻开风靡全球的绘画书，像是翻开了一段慵懒而悠惬的昏黄的旧时光。画笔的方寸之间，绽开紫罗兰色的镜框，色调古旧的黑胶碟与留声机，以及明净的落地窗外那满树宽阔柔润的碧叶，倒映着车窗外浮掠的光影。

偶识的旅伴是个稚气的 4 岁男孩，坐在父亲的怀中，乌黑的眼睫随明亮的目光流转而颤动不停。他像每一个懵懂的孩子一样喜爱喧哗吵闹，有阳光一般明亮而温暖的灿烂笑容与稚气而童真的甜甜声音。一如幼时的我，他也会随音乐轻轻摆动身体。

漫漫旅程中的一小步。

2

初见

身处西安。

大片明净无云的远空是泛着浅白的纯柔蓝色，看不到灼灼其华的灿阳，却有裹挟着翻腾热浪的金耀阳光不加掩敛地倾洒而下，四野，被染上蜜糖色沧桑而昏黄的暖晕。不宽的车道上车迹寥寥，淡色的长街灵秀而空旷。道路两旁有碧翠如玉的法国梧桐亭亭而立，逆光飘摇的温润青叶明亮得近乎透明。

毗邻火车站的长街名"未央"，唇齿间轻喃的，是千百年韶华流转间永不稀落的灯火。车窗的浮掠光影交错过的商城叫"开元"，眉眼间顾盼的，是千百世朝代更迭里从未改变的繁华。

这十三朝岿然屹立的古都，以其无限风华，艳瞩于世。

3

登上城墙，细细抚摩那斑驳陆离的墙砖，嵌砌无隙的石砖在柔润的指尖绽放出昏黄而沧桑的粗糙感。双足下的坚笃如磐让人莫名觉得安然，仿佛每走出一步，都凝蕴着历史更迭风云突变，仿佛转瞬，就又回到那泱泱大国盛世丰年。

那在暮色里岿然屹立的城墙，接受了漫漫岁月的风尘将它的面容无情改变，凝望着晨昏交替韶华轻逝只在弹指间，更经受住了百年飘摇风雨、百年烈日炎炎。谁能数清呢？从古至今的城墙之上，有多少士兵日夜守望着面前的一莽荒原，又穿行过多少雕镂瑰美缀饰华贵的龙车凤辇。

在城墙之上缓缓前行，我环望四野。

右手边，古城在秦腔婉转中安然沉眠，一方如玉素瓦，一片墨色飞檐，没有那尘世凡俗的喧哗喧闹，它如若一个纯净不染的灵魂安恬地栖息在古城墙坚实却温柔的臂弯。顾盼间竟生出陌生的恍惚，已不知今夕何夕，仿佛坠入惊鸿梦浅。

左手边，鳞次栉比的高楼大厦若雨后春笋般接连拔地而起，耀眼的霓虹灯在如织的人流中释放着自己的璀璨。公路、车流，被通明灯火点燃的远空与未央的夜如白昼，全然是脑海中熟稔的模样，喧嚣、纷繁。

幽深的黎明、古老的昨天，一墙之隔，恍若隔世。

高华明丽的月从那流云深处闪现之时，城楼亦上灯了。气度雍容的飞檐之下，通透温润的瓦泛出琉璃般金耀的光华。半敛的阁门一点朱红晕染，令人叹为观止的雕梁画栋色泽明艳。城楼上的灯笼也灼灼其华，视线所及之处，遍野是吉庆的火红。

用双足丈量着这一方土地，文字中空虚单薄的历史终于在这城楼上得以丰实。支离破碎的只言片语，一点点汇聚成千百年前的画面，跨越 13 个朝代，被微风相送来拥抱我的世界。

暖风拂面，久久难去的是心中震撼。因为我知道，那厚重而沉滞的历史长河正在无声却亘古地流动，在那承载了太多的城墙之上，在我们彼此的心灵之间。

4

法门寺

气势恢宏的大理石柱是铅华褪尽的灰白色，阔大的金顶直入苍穹，飞鸟欢鸣着清灵地掠过磅礴的廊柱，众生在这广袤天地间，一样渺小。

佛光大道

踏上大道时，恰逢喷泉表演开始。那丰润莹洁的石雕芙蕖中心喷溢出四道晶亮的清泉，四周水烟朦胧波光缥缈，一道虹在那水雾间辉映出明艳清丽的色彩，恍惚间，似那仙境蓬莱。

十八罗汉的塑像首先映入眼帘，铜所独有的金属质感坚硬而粗粝，完美地勾画出罗汉们迥异的情态。眉眼英气刚正

威武的、目光柔和慈蔼良善的，无不是凝视着来往的如织游人，守护着这一方依山傍水的人间净土。

若天籁般空灵柔和的佛乐远远地漾入耳际，安恬的禅意随乐声温柔地流入心间。阳光遍洒的长路两旁，是四季长青、盘根错节的苍松，时而的一方澄净碧潭、几点落英温婉，都让人深觉耳目一新。

远远地，便望见了在曦色里光华金耀的菩萨像。他们的神态祥宁平和，狭长的双目温柔地注视着面前虔诚笃信着自己的教徒。无数纯净静美的心灵，在他们沉邃的目光里得到普度。

这在阳光中灿烂闪耀的长路，指引人们一路向善，在佛光普照中，追觅光明。

旧寺

峥嵘岁月中的青瓦愈见斑驳，四壁的朱漆却在阳光下兀自明媚。2000 余件无价珍品便珍藏在这半敛的门扉后，推门四望，艳影惊鸿。

微光照耀下的秘色瓷泛出温润而柔腻的光泽，浅淡的素色中晕染着雍容的灿金。轮廓瑰润的瓷碟好似盛放着明净的浅水，细察之下，浅淡的水痕却又消弭无迹。在漫漫岁月之中，这种令人叹为观止的宫廷制瓷艺已失传，那仿佛晕漾着净水的古朴瓷碟，蓦地染上了一层动人心魄的神秘色彩。

源远流长的中华茶文化更在珍宝馆中得到了淋漓尽致的体现。一套精美绝伦的银质茶具再现出盛唐繁复的"吃茶"过程。古人将柔润的翠叶焙烤成香脆的茶饼，并将茶饼推碾为细腻绵柔的畜粉，再加入薄荷等清新的调味料，细细品味，唇舌回甜，齿颊留香。

在展柜中流转光华的，不只是岁月沧桑中大浪淘金的珍品，那是大唐盛世无双的智慧。

合十舍利塔

金碧辉煌的塔殿始终沐浴在无数热忱而虔敬的目光中，在灿阳照耀下，灼灼其华。一步步满怀虔诚地拾级而上，明净的玻璃窗上辉映着卢舍那大佛慈蔼的金像。再向上，雕镂华美的鎏金寺塔被安护在光华金耀的折梁之间，内部嵌满精致佛龛的折梁仿佛朝拜的人们虔诚合十的双掌。

向内步行，空旷的厅堂庄重典雅，墙壁上千万个汉白玉佛龛晶润柔洁，琉璃般通透精巧的莲灯闪烁着昏黄的微光。而金身释迦牟尼佛，就端坐在万佛堂的最中央。他那狭长而温润的双眸凝望着众生万物，丰泽柔和的双手指节微蜷、栩栩如生。一袭如水的袈裟从他宽阔的肩臂垂落至盛放的青莲之上，安恬而沉静。阿傩和伽叶静立在佛祖身侧，面容祥宁。

在佛祖面前缓缓屈下双膝，我双手合十置于胸前。妄念，即起即灭；心诚，方可得偿所愿。指尖轻点额头、双唇与前胸，意为心、言、行时时同一，蜷起腰脊，前额轻触面前的棉垫，表达完全的诚挚与敬虔。

再起立时，我的心魂已全然归于沉静。

在法门寺，我已不再是一位前来观光的游客，一个身在他乡的旅人，而是一位朝圣者，带着一颗虔诚无杂的心。

5

步入华清宫门，飞檐素瓦在朝阳中闪耀出辉煌的金辉，举目四望，满目碧色翠若流。温柔的芳息浅萦鼻翼之间，苍穹深远、骊山灵秀。任谁都无法想到，盛世大唐中的华清宫，早已在安史之乱的战火与硝烟中衰亡陨落，可惜，那仿清格局再华美瑰丽，也无法再现千百年前的绝世风华。

而华清宫中最传奇的人物，莫过于贵妃杨玉环。眸起秋澜青丝如墨，丰腴柔婉玉润珠圆，绝艳之姿倾帝皇，倾城一舞动长安。昔人已逝，只有后人依文献所塑的汉白玉像仍艳瞩于世。塑像中的玉环方要入浴，眉眼垂敛，唇角含笑，纤纤玉指正褪去那如水般凉滑的绸练，冰肌玉肤美艳绝伦。她正用一足试探池中水温，青丝与脖颈之上俱是玄宗所赐的珠玉信物，柔美灵动、栩栩如生。

百年前贵妃沐浴的华清池是宫中唯一历经岁月洗礼的地方，它瑰润的轮廓好似一朵怡然盛开的海棠。玉环沐浴时，清澈温和的温泉水中加入娇艳欲滴的玫瑰花瓣与上等中草药材，满山洋溢浓香。岁月漫漫，昔日池底的蓝田软玉早已因久无泉水润泽而褪色干涸，那历史中兀自传奇的女子却不因轻逝韶华而碎落衰亡。

宫中，一方代表九五之尊的清池波光粼粼，旧时，池里盛满清澈澄明的温泉之水，水烟一色清雾缥缈，袅袅温香氤氲满园。寒冬降临，飞雪落池成霜，观者如临仙境。夏夜，玄宗会与贵妃一同乘画舫看辉煌灯火与波光水影相映，抑或垂下一方剔透莹润的珠帘，在凉亭中酌茶谈笑，享一捧如墨夜色若画胜景，纵半刻婉婉良辰落落清欢。

但好景不长，安史之乱的硝烟贯穿了大唐灰亡的苍穹。兵变之后，玄宗忍痛赐死爱妃。佳人香消玉殒，便再无那"回眸一笑百媚生，六宫粉黛无颜色"的容颜倾世，空留玄宗一曲清梦半盅浮生长醉不复醒。

再度环望华清宫，游人如织，远空晴碧，那么华美而又安然。我如梦方醒般循着那秀丽坚笃的青石板路一路前行，蓦地，似乎感受到千百年前悠悠荡漾的缱绻余温，和那两颗缠绵悱恻的美好心魂。

一座城·一个人

香港是幽闭恐惧症的地狱。

记忆中的香港没有这么狭仄，从深圳来时亦然，出入境的交会处是雾霭淡融的穹与海，翻滚如兽脊的山。

但再从不安的梦中醒来时又是另一回事了。

香港的楼大多尖细，棱廓鲜明，笔直地簇入天空。新楼有一以贯之的漆色，高得很峻傲。旧楼不那么峭拔，表皮被岁月揉得皲裂，密密麻麻的窗格隐约透出杂挂着的衣物，脱色的外壁极类风干泛黄的老文献。楼和楼摩肩接踵，寸土不让，肌肤相亲，呼吸相融，把整个城市挤得不透风。所以路不是路了，是建筑物之间的窄缝，曲曲折折的，给人随时会被板块移动淹灭的欲坠感。而天也不是天，它广袤的尊严被楼顶肢解，成为濒死的金鱼的鳞片，用最后一口气投奄奄的光下世。

香港的一切几乎都是以节省空间为第一要务设计的。从整栋的楼、被锁铐住的双层电车，到密密嵌合的房间，储物箱和水池，没有什么不是适于叠压的极度规整的立方体。满目都是直角。去往铜锣湾时我们穿越小巷，空气不洁，起初

是照头顶浇下来爆炒肉类的劣质油烟气，接着是哈雷摩托被轰隆声碾出来的机油味，然后是真实的人体的酸腐气，得不到闲余的鼻息带你戳弄生活卑而不堪的一面。人们的日子在以这样酸软的方式展开。

但也不能说不喜欢铜锣湾——我向来对繁华和苍凉的极点握持一份冗余的怜爱。在这儿，所有商铺挤挨着，不厌其烦地把自己反复推到你面前，紧攥极度有限的空间细碎生长，生生把街巷岔路都塑成孪生子。样式古旧的霓虹招牌招摇在人群头顶，牵住目光，更像人间的月和星一样，跌跌撞撞地牵住时光。

人流潮水般地涌动，声浪从四面八方扑过来，不过是乱潮，一滴水落进去极易打着旋儿迷途。很奇异的归属感与孤独同根共生。我们置身于永恒往复的纪录片的一幕，共同以此心此生的渺小瞬息，构筑庞大的繁荣。

在下午3点同Audrey见面，夏威夷一别恰6个月整。

我们在街和街之间无目的地游走，同样无目的地谈话。她用让我羡慕的粤语买双份大粒珍珠奶茶，忘了放佐料但韧得惊人的动物小肠和淋多了烧烤酱的章鱼烧。我们端纸盒子倚着花坛的高台吃，嘎吱嘎吱地边嚼边笑。后来不知怎么绕出了闹市区，踱到维多利亚公园里面，Audrey跺脚去吓满地咕咕儿叫着很丰肥的灰羽绿颈鸽子，我又笑着止她。我们坐到长椅上去，面前是网球场，人们的轮廓被抖颤着的隔离网虚化，身后是浓绿的树木，我没有看到金白的花，却分明嗅见隐绰的桂花香气，又淡又清甜，浮来飘去，像酒，不醉人，只眉恬眼温地勾你心尖一点柔。风凉丝丝的，我听她说话，胸腔头一次地清朗空阔起来。我想起夏威夷流金的海浪和落日的味道。

从那时起我们俩就一起做过不少不逾矩也不全熨帖的事。我们在异乡乘十几站的公车去看海，拎着拖鞋沿黄昏的海岸线踏日暮，在临别的凌晨酗可乐看宫崎骏，直到谁都再没力气睁开眼睛。今天，她忘带书，要回学校，便又私领我坐一趟公车。限客的短程巴士，票价两元，统共走5站，开得晃晃悠悠，慢吞吞，闲惬得不似这座城。我们挤在车厢里，一路往山上去，直到舐天际的楼栋疏下来，木香氤到欲雨的水汽里。她跑进校园又气喘吁吁地回来，鼻尖渗出汗珠，眼睛却还是圆亮的，怀里抱的是暗粉色封皮的《活着》。我说这书写得很残忍，她说我记得，你看不得悲剧。晃回到人声里面的时候，我觉得她又带我做了一场计划外旁逸斜出的梦，既短又美的梦。

我们吃晚饭，我慢又艰难地吃一碗豚骨米线，她食量比我好得多，坚持要让我尝尝她一直念念不忘的牛腩，把碗里最大最香的都拨到我汤里来。

我一直知道她不喜欢拍照片。临行前，对着隔离栏自拍的时候我们几次三番地笑场。我也知道她不喜欢拥抱，郑重和仪式感于她是种舒适区外的束缚。于是我们把对方揽入怀中的动作都显得跳脱潦草，没什么久别意味。但我还是给她发了微信，说会再见吧，在故乡或是异邦，北京或是香港。她难得地没回我魔性表情包，她说会的，一定。

我再点开会话框，惊异地发现她把我们傻乎乎的自拍设定成了头像。真挺傻的，我们都对自己的五官拿捏不稳。但我们贴依着彼此，容色温柔，眼神发亮。

353

后记

安得静心有洞天

文 / 聂虹影

农历大年初二，栖身的小区很多人家都回乡过年了，在这个禁放的城市里，少了人的喧闹也没有了爆竹的喧闹，世界一下子安静了许多。整整一天，我把自己关在书房，一页页翻看着卓宜将要出版的文集《少年锦时》清样，透过她的文字感知着她的心路历程。

看完最后一篇已是傍晚，起身，活动一下身体，不经意瞟眼窗外，惊喜地发现已是银装素裹，2019 年的第一场雪，就这么没有任何征兆、悄无声息降落。整整一个冬季的蕴积让这个喧嚣无比的世界突然显出安静的面目。就像我手中捧读的这本《少年锦时》，不但安静而且干净。

和卓宜的妈妈相识多年，是文友是同事还是好姐妹，所有的关系叠加，就成了彼此生命中不可或缺的组成部分，理所当然，我就成了卓宜的干妈。也理所当然陪伴和见证了她的成长。

潜意识里，一直觉得她还是那个走路摇摇晃晃，一旦坐下来看书就会无比无比安静，奶声奶气告诉我"幸福的感觉只要一点点就足够了"的可爱宝贝，转眼间就长大了，个子比我还高，而且要出书了，乃至于我只能用一些诸如时光、岁月之类的俗词俗语来填塞难以言表的感慨。

初见卓宜，是在一家军队招待所里，7个多月的小人儿，第一次见到我，就伸手让我抱，推开了正在喝的奶瓶，拒绝了爸爸递过来的香蕉，只是倚在我怀里，安安静静的，告别时想把她递给姥姥，她竟然拒绝，接紧我的脖子伏在我肩上哭了。大家无比惊奇，原本她是很认生的，可对我竟然有种天然的亲近，我的心一下子被牵住了，千山万水，冥冥中，真的有一种说不清道不明的缘由将我们连在了一起。

十几年来，尽管一路见证着她的成长，也一路目睹着她的优秀，但面对这厚厚的一摞书稿，还是感到无比震撼。

震撼于她的勤奋。卓宜是个品学兼优的好学生，就读于顶尖级学校最优秀的班级，在学习任务无比重的情况下，还能够写下如此多的文字，需要付出多少辛苦和汗水？正值少年锦时，贪玩是孩子的天性也是共性，说她与众不同给人感觉当干妈的在自夸，可是，她确实与众不同，幼儿园中班，已经有2000多的识字量，拿起报纸就能很流畅地朗读，从小就爱看书，只要没人打扰，能一直看下去。大了迷上了写作，她会抓住点滴时间用文字记录心情，有了手机后，更是一发而不可收，出去吃饭、坐在车上、旅行途中，她经常会捧个手机在写。上初中上高中，功课负担在不断加重，学习压力也越来越大，她在稳定保持课内成绩优异的情况下，完成了

近百万字的习作，没有勤奋实在是难以做到，卓宜的这份勤奋令我震撼。

震撼于她的文笔。捧读卓宜的作品，我常常叹为观止，她驾驭文字的能力、写作手法的娴熟、收放自如的把握、内心感悟的表述都非常到位，令我找不到合适的词来评价。《少年锦时》分"星语心愿""学海拾贝""诗与远方"三个专辑，共收录她88篇文章，她用特有的思维、特有的语言来讲述自己的故事和感悟，讲述身边的人和事，讲述人生路上看到的风景和听到的故事。字里行间处处展现着她横溢的才华，她在《序》中写道："就是在这样的不完美之中，有很多让人心折的美也在岁月中留下了影迹。那些大步走进我生活又慷慨留下一捧暖光的人，那些如刻刀雕琢大理石一般打磨与塑造着我人格的事，那些不能长留却曾拥我入怀、把一些颠扑不破的无声真谛诉与我听的自然风光，被一支稚拙但真诚的笔拓下一角，于是很多记忆的温度、情感的浓度，不至于在时光的残忍冲荡下徒然消逝。那蘸着真情写就的字里行间，一个小少年跌跌撞撞成长的身形清晰起来……"简简单单的一篇自序，已经将她横溢的才华淋漓展示。

震撼于她的悲悯情怀。一直认为，世上有种最温柔也最具震撼力的东西，那就是悲悯。悲悯就像一条善良的河流，澄清着沿路的风尘。它不一定给人带来幸福，也不一定济世，但一定有光，一定伴着感动——是贯穿于生命的感动。读卓宜的作品，字里行间无不流露着这份悲悯情怀。她在《祖国不会忘记》一文中写道："那是站定在边境线上的他们，瀚海阑干，赤壁高原，烈日烤炙，大雪封山，他们把公理和正义钉实在祖国版图的每一处，以执着的守望和坚定如一的心尝遍孤绝人生苦。那是向灾难和战火举足的他们，大难席卷之时，他们冲锋在前，不问归路，为每一寸生命之火拼尽所有；缉毒、缉私、反恐，他们在最前哨同随长夜而来的黑暗纠缠搏斗，以满腔汹涌热血捍卫共和国的每一寸肌骨、每一盏灯火。他们与家人分居两地，甚至和所爱阴阳相隔，用及至最后也深铭心间的不灭的信念，为曾经的誓言注脚，以永恒，诠释铮铮的军人本色……改革的大潮里，一人之力太渺小了，渺小得远抵不过沧海一粟。就连这一支部队都只是一朵浪花，摔碎在巨轮前驶的航线上，杳然音踪。可我仍想感谢。1951—2018，你们的名字，被界碑的每一道纹路铭刻。你们军装傲立的身影，作为长青的灿烂岿立在很多很多人的心头。这不是绝唱，也不是挽歌。直到最后的最后，祖国会记得。而我，我们，也都会记得。"不知该怎么形容这份悲悯，它是那么地旷世，仿佛天上之水；它又是那么地尘世，伴着血脉不息运行，它是灵魂植下的一片净土，是纯净而慈悲的花朵，是对自身、对人类和万物的情感关怀。一直认为有悲悯情怀的人，心灵的光泽和温度永远经得起时间的变迁和检验。

　　震撼于她的人生定力。卓宜外表柔弱，性格内敛，从小到大，有她参加的所有聚会，她都是孩子里最安静的一个，不大喊大叫，也从不哗众取宠，永远是那么安静，安静到令人心疼。读她的作品，深深感知到在她安静的外表下，有一颗无比强大的内心，支撑这份强大的是她的人生定力，她比同龄人理性而深刻，属于"心有万丈只露一寸"类型，她知道应该做什么，不应该做什么，应该怎么做，认准目标和方

向，就会让自己心无旁骛地坚持下去，绝不会被外在的诱惑所动摇。这份定力表现在学习上，别家的孩子是督促着学习，卓宜不同，她是被督促着休息，正是这份坚守和努力，让她保持了门门功课都优秀的好成绩。这份定力还表现在写作上，从具备文章成篇的能力后，她就再也没有停下手中的笔，一直这么坚持下去。"板凳要坐十年冷，文章不写半句空。"这是坚守的宁静，也是成事的宁静，一个人只有在心境安宁、心无旁骛时，才会让心力、灵感、潜能得到最佳发挥，卓宜做到了。这份坚守和定力，也体现在卓宜的作品中，她在《我的"争"》中写道："很多人问我为什么要这么拼。我回答，因为我想'争'。我与疼痛抗争，它让我难以自抑地流泪，我就要露出含着泪却依旧灿烂的笑容；我与疲倦抗争，它让我无时无刻不昏昏欲睡，我就要打起精神上好自己的每一节课；我与虚弱抗争，它把我禁锢在病床之上，我就要回到自己深挚牵念着的集体；我与苦难抗争，它想由内而外地击垮我，我就要高昂着头颅去面对这风风雨雨，以坚强的心灵，以不屈的意志，以无畏的信念，以闪光的梦。我争，因为我想无憾当下，无悔今生；我争，所以我将磨砺出最丰实的羽翼，任风雨飘摇，自心如磐石，岿然不动。我知道，哪怕命运再不可逆转，它也并非无法战胜。"强大的人生定力，令我这个做干妈的羞愧和汗颜，我是个一遇到困难就想退缩或者绕着走的人，卓宜是我的榜样。

卓宜要求干妈为她人生的第一部作品集写篇文章，我毫不犹豫答应了，答应之后，几次动笔，都不能满意，仅题目就换了3次，太珍惜太介意某件事情，常常会无所适从。卓宜的文字与我的状态非常契合："我的文章有个特点——越亲近的人写得越少。一来，很多写作灵感是由乍现眼前且留之不得的美所激发的，是一种想要把它们以文字的方式记存下来的渴欲。而这些人，我总觉得他们是可久驻于我生命之中的，要动笔的念头便不那么过分紧迫——当然，这也或许是某种错觉。二来呢，对于他们，那些沉凝在我心头的感情太笃厚，细想只觉头绪万千，不知要从何下笔；又深感文字单薄，怕自己的章辞流于俗套、浮夸失真，写出来全不是心中模样。总的来说，亲人、挚友，我是不轻易去写他们的。但这回呢，着实有种很不寻常又难抗拒的力量，迫着我动了笔。"之所以提笔写下这些文字，理由有三：第一，作为干妈，自认为对她的了解程度仅次于亲妈，自认为比其他人更有资格解读她。第二，也非常希望在孩子的第一部作品集里留下我的祝福，做个永恒的纪念。第三，有些想法也想在此表达出来。这么多年了，目光一直追随着她，微笑望她、见证她的成长，在她的笑声中体味幸福，也见证她用尽力气喊出成长压抑的伤痛。渐渐长大的她单纯，善良，明亮，积极昂扬，纯真美好得令人心疼。她的文章，字里行间渗透着她对自己的小家、对生活的城市以及这个世界的责任感，渗透着她的善良和纯粹，尽管她是下意识的，我仍感到欣慰和钦佩。

她那么干净那么明亮，就像冬日的白雪，就像夏日的阳光，除了干净和明亮，她的心还有不被轻易察觉的孤独和忧伤。那么弱小的一颗心想去理解、去把握庞大的世界，她还是个孩子，我感到了她的累、无助和不安。有时真想告诉她，人生是多元的，社会是多元的，成长的路上会遇到许多污浊

和丑恶的东西，所以要学会接受、学会适应。可是她，太干净，太纯粹，连痛都痛得那么率真，那么透亮。让人无法开口，又怎能忍心让自己的尘嚣俗气沾染了她。

沧桑人生路漫漫，安得静心有洞天！这一生，我们都有自己注定要扮演的角色，卓宜是一个为实现自己的目标跌倒成伤仍奋不顾身、荆棘遍野仍能追逐梦想与荣光的孩子，我愿意将所有的美好和祝福都送给她，我拥有的，无法拥有的，都希望她能得到，这样一个好孩子，她应该得到世界上所有的美好——她配！

永远祝福卓宜——亲爱的女儿，妈妈们的骄傲！